MARKETING DO AMOR

MARKETING DO AMOR

RENATO RITTO

intrínseca

Copyright do texto © Renato Ritto 2023
Trecho de "Dust and Ashes", de Dave Malloy, do musical *Natasha, Pierre and the Great Comet of 1812*, na p. 7, em tradução livre.

REVISÃO
Laura Pohl

PROJETO GRÁFICO E DESIGN DE CAPA
Larissa Fernandez Carvalho
Leticia Fernandez Carvalho

DIAGRAMAÇÃO
Ilustrarte Design e Produção Editorial

ARTE DE CAPA
Vitor Martins

IMAGENS DE MIOLO
gulserinak1955 / Shutterstock (gato, p. 305); Peryn22 / Shutterstock (floresta, p. 353); deciofotografia22 / Shutterstock (árvore, p. 356); Mikhail Markovskiy / Shutterstock (floresta, p. 357); Margarita Nikolskaya / Shutterstock (gato, p. 371); tache / Shutterstock (gato, pp. 372 e 373); Kristina Sorokina / Shutterstock (massa de bolo, p. 449); Chutima Incharoen / Shutterstock (bolo, p. 455)

CIP-BRASIL. CATALOGAÇÃO NA PUBLICAÇÃO
SINDICATO NACIONAL DOS EDITORES DE LIVROS, RJ

r511m

    Ritto, Renato
        Marketing do amor / Renato Ritto. - 1. ed. - Rio de Janeiro : Intrínseca, 2023.
    528 p. ; 21 cm.

        ISBN 978-65-5560-841-0
        1. Romance brasileiro. I. Título.

22-81380   CDD: 869.3
                                CDU: 82-31(81)

Meri Gleice Rodrigues de Souza - Bibliotecária - CRB-7/6439

[2023]
Todos os direitos desta edição reservados à
EDITORA INTRÍNSECA LTDA.
Rua Marquês de São Vicente, 99, 6º andar
22451-041 – Gávea
Rio de Janeiro – RJ
Tel./Fax: (21) 3206-7400
www.intrinseca.com.br

A todos que já se sentiram inadequados.

"They say we are asleep
Until we fall in love
We are children of dust and ashes
But when we fall in love we wake up
And we are a god and angels weep
But if I die here tonight
I die in my sleep

They say we are asleep
Until we fall in love
And I'm so ready
To wake up now
I want to wake up"

"Dizem que só acordamos
Quando nos apaixonamos
Somos filhos do pó e das cinzas
E quando o amor nos desperta,
Viramos deuses, e os anjos se emocionam
Mas se eu morrer hoje,
Morrerei dormindo

Dizem que só acordamos
Quando nos apaixonamos
E estou muito pronto
Para acordar
Eu quero acordar"

"Dust and Ashes", *Natasha, Pierre and the Great Comet of 1812*, Dave Malloy

São Paulo, sexta-feira, 18 de junho de 2021

Empresa estrangeira de publicidade chega ao Brasil e mira no cenário internacional

Com a aposta de atrair mais clientes internacionais para escritórios brasileiros, a gigante alemã de comunicação Innovativ planeja o início de suas operações no país.

A multinacional Innovativ acaba de aterrissar em solo brasileiro. Conhecida pelos contratos de publicidade bilionários com grandes marcas, o objetivo da potência alemã é também conquistá-los em nosso país ao implementar a sofisticação de alto nível, pela qual é conhecida, em escritórios brasileiros.

A ideia da multinacional é adquirir pequenas e médias empresas que se destacam em nosso mercado e uni-las em um grande conglomerado. A Innovativ é famosa por já ter se instalado com sucesso em outros países da América Latina, como Argentina e Paraguai, além de ter escritórios estabelecidos em grandes potências, como Japão e Estados Unidos.

"Sempre que a Innovativ chega a um país, o mercado de comunicação nacional cresce muito. Nosso objetivo é justamente esse: trabalhar com pequenas e médias empresas que, ao levarem nossa marca, também passam a operar com nosso controle de qualidade e nossa sofisticação", explicou o responsável pelo projeto de implementação.

A empresa, que terá uma sede luxuosa em um grande edifício comercial em São Paulo, planeja apresentar o gerente de operações no país e anunciar as agências que serão adquiridas e incorporadas em uma matéria exclusiva no *Boletim Diário* na próxima semana, mas já está com vagas abertas para profissionais que queiram se juntar à marca. O gerente se diz animado com o desafio e feliz por ser o responsável pela implementação no Brasil. "O país já se destaca pela arte e pela criatividade, então tenho certeza de que será um ganho para todas as partes. A Innovativ, mais uma vez, vai inovar!"

☰ **BOLETIM DIÁRIO | CLASSIFICADOS**

ECONOMIA

Precarização do trabalho e salários que não correspondem ao custo de vida do trabalhador são problemas cada vez maiores em grandes empresas.

BEM-ESTAR

Dietas da moda. Saiba por que mudanças drásticas na alimentação e dietas restritivas podem ser prejudiciais tanto para a saúde física como a psíquica.

CLASSIFICADOS

Studio em São Paulo – Próximo ao metrô (linha vermelha)

Amplo espaço de 12m^2
Apenas R$ 3.000 por mês (+ condomínio)

Tratar com Geraldo | E-mail: seugeraldo_1962@gmail.com

Amplo apartamento aconchegante e espaçoso em São Paulo – Próximo ao metrô (linha amarela)

Viva bem em São Paulo! Amplo apartamento de 30m^2, com varanda gourmet e conceito aberto. Ótima localização! Apenas R$ 6.500 (contas não inclusas)

Tratar com Cíntia | E-mail: cintiaruiva@hotmail.com

Eduque seu pet!

Problemas de comportamento? Nós podemos te ajudar! Contrate os serviços da Pai de Pet!

Tratar com Jonas | Entre em contato pelo nosso site: www.paidepet.com.br

LISTINHA DE AFAZERES PARA ME MANTER SÃO:

- Comprar areia para o Hugo (usar o cupom da Catlovers)
- Comprar um vasinho novo pra estante pra repor o que o Hugo derrubou 💀
- Mandar relatórios de produtividade da equipe para a Débora
- ~~Sair depois do almoço pra comprar um chocol~~
- Sair depois do almoço pra comprar PETISCOS SAUDÁVEIS tipo frutas secas, castanhas etc. para beliscar no trabalho
- NÃO ESQUECER DA ~~DIETA~~
- VER O SOL!!!
- ENCONTRAR UM HOMEM FOFO ENQUANTO TOMO SOL LÁ EMBAIXO NO SAGUÃO DO PRÉDIO E ME APAIXONAR (de preferência, que ele seja de outra firma que não a minha)!!!
- Viver uma grande paixão
- Perceber que estou incondicional e irrevogavelmente apaixonado, me casar, adotar dois filhos
- Reunião geral às 16h
- Responder e-mails de trabalho que estão LOTANDO a caixa de entrada ⟶

- Me dedicar ao trabalho, conseguir uma conta importante, ser promovido e notado por uma multinacional, ganhar rios de dinheiro e poder me dedicar à pintura em tela, ser reconhecido como grande artista e convidado para expor no Louvre
- Lembrar de comprar papel higiênico!!!

Sexta-feira, 18 de junho de 2021, 10:00
De: Débora Santos
Para: Colabs do Artístico
Assunto: SEMANA QUE VEM!!

Oi, meus brilhantes lindos! 🖤 😍 😎

Antes de mais nada: não se esqueçam da nossa REUNIÃO GERAL hoje às 16h, ok? É geral mesmo, com todo mundo da empresa. Não sei de mais nada, infelizmente. 😔 Mas adiantem todos os trabalhos para nada atrasar!!!

Então, eu estava olhando aqui o nosso planejamento para a semana que vem e só temos coisas INCRÍVEIS.

A Catlovers solicitou um post para o Instagram e o briefing envolve GATINHOS NO ESPAÇO!!! Eu já tô até imaginando os gatinhos com CAPACETINHOS e em NAVEZINHAS! 🐱 🚀
É um post em comemoração ao aniversário da chegada do homem à Lua, em 20 de julho. Thi, prepara uma arte BEM FOFA pra eu poder te dar biscoito nos comentários. (Lembrando a todos os pais de pet brilhantes que a gente tem aquele convênio incrível de 20% de desconto na Catlovers! Além disso, a dra. Joyce, veterinária dos meus dogs, também atende lá e dá esse desconto nas consultas, então APROVEITEM! E eles ainda estão com aquele projeto de arrecadar ração pros gatinhos resgatados. Qualquer quantia ajuda, ok?)

Tem uma loja de roupas sustentáveis que vai começar a trabalhar com a gente, a Sustenair. Não é maravilhoso??? O conceito deles é bem urbano, as roupas são MUITO lindas e, além de tudo, ajudam na preservação dos oceanos. Eles utilizam plástico reciclado, evitando que o lixo acabe no estômago de tartarugas! E a gente AMA tartarugas. 😊 Enfim, essa nova atribuição é sua, Nic! Arrase! Eu quero que os posts reflitam bem a pegada ecossustentável da marca, mas de um jeito elegante porque as peças são chiques. Leiam direitinho o briefing, tá tudo lá explicadinho.

Essas são as duas coisas mais importantes, e a Nic e o Thi vão precisar da ajuda de todo mundo pra montar o texto dos posts e também pra cuidar dos nossos outros clientes e fazer artezinhas menores pra eles! Se eu não me engano, aquela loja de chás pediu uma ilustra fofa também, e, como o Thi não terá tempo porque vai precisar focar na Catlovers e eu estou cheia de trabalho por aqui, ele pode repassar pro designer que achar melhor. A decisão dele é a que vale, ok?

Um beijo e continuem brilhantes!!!

Dé
**Coordenadora de projetos
Agência Brilho**

P.S.: AH, E NÃO SE ESQUEÇAM, um lembrete geral: o chat interno da empresa é apenas para conversas sobre trabalho, ok? Vamos manter a produtividade em alta por aqui!!!

P.P.S.: Pessoal, por favor, alguns dos nossos colaboradores brilhantes têm relatado um probleminha com a cafeteira (parece que ela está soltando pó no café e também fazendo um café meio gelado). Já estamos de olho para comprar uma nova, ok? Até lá, evitem fazer café nela.

sandalinha.convicta

18 de junho

10:02 gaystristes está on-line

10:02 sandalinha.convicta está on-line

gaystristes:
eu AMEI o jeito que a Dé deu de dizer que quem vai controlar a agenda dos designers é a gente!!! como se isso não fizesse parte das nossas atribuições de trabalho BÁSICAS

gaystristes:
quer dizer, que porra de diretor de arte a gente é se não pode nem delegar nossas atribuições pra designer??? hahaha

sandalinha.convicta:
ai, thi, você sabe como é a Brilho... é o JEITINHO dela!!!!!!

gaystristes:
que CAOS essa empresa

sandalinha.convicta:
aliás, eu amei que você jogou NO LIXO a instrução de que o chat interno é apenas para trabalho kkkkk ai como somos rebeldes

gaystristes:
uai, a gente não tá falando de trabalho? quer dizer... tecnicamente, reclamar do trabalho também faz parte de trabalho, né? deveria ser permitido no chat interno

Enviar uma mensagem

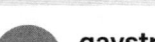

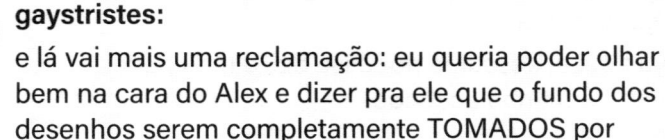

gaystristes:
e lá vai mais uma reclamação: eu queria poder olhar bem na cara do Alex e dizer pra ele que o fundo dos desenhos serem completamente TOMADOS por UMA PORRA DE UM JARDIM às vezes não funciona

sandalinha.convicta:
amigo, veja bem: em qualquer cenário e nomeação de cargo ou sei lá, foda-se, você é chefe dele. você vai precisar ter essa conversa uma hora ou outra. dar um feedback sobre o trabalho dele faz parte das suas atribuições

gaystristes:
às vezes o Alex me irrita TANTO em questão de trabalho que eu tenho que me concentrar e pensar nos motivos pelos quais a gente fala com ele

sandalinha.convicta:
ah, para com isso, o Alex é legal, vai! Ele é um pouco dramático demais? sim. um pouquinho exagerado? também. mas ele tem um coração bom e é fofo.

sandalinha.convicta:
lembra aquele dia que acabou o meu papel higiênico e eu tava apertada demais pra ir no banheiro do café aqui do lado da agência e ele me DEU um rolo do dele pra eu poder usar o banheiro? foi fofo

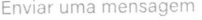

sandalinha.convicta

gaystristes:
ai amiga, desculpa por esse dia, o meu papel também tinha acabado

gaystristes:
mas sim... ele é uma pessoa bem decente e tem um bom coração. eu realmente acho que ele é talentoso e deveria continuar na Brilho. é só que... ele precisa começar a levar mais a sério!!!! tipo o briefing!!!!

sandalinha.convicta:
amigo, isso vai acabar acontecendo. não é possível que ele continue assim pra sempre, senão nunca vai ganhar dinheiro nenhum. e você SABE como o Alex tenta se enturmar com a gente. deixa ele. às vezes ele só precisa de um chefe exatamente como você. alguém que acredita nele, mesmo sabendo que às vezes... misericórdia

sandalinha.convicta:
aliás, falando nisso, na minha opinião de pessoa que totalmente não se sente atraída por homens, ele até que parece bonitinho. cê já pensou em de repente chamar ele pra sair?

gaystristes:
NICOLE, VOCÊ TÁ DOIDA? eu sou CHEFE dele!!! e QUANDO FOI que esse chat do nada virou sobre nossa vida pessoal?

Enviar uma mensagem

sandalinha.convicta:
bom, ser chefe dele não impediu o FRANK de pegar o Alex

sandalinha.convicta:
fala sério, aqui é a Brilho, ninguém dá a mínima pra quase nada se não é tão explícito

gaystristes:
primeiro que o Alex deve ter no máximo uns vinte anos, e estaria tudo bem se ele não tivesse CARA de um menino de vinte anos

sandalinha.convicta:
quantos anos você acha que tem, gay? 25 anos nem é velho

gaystristes:
segundo que ele tá naquele patamar de bonito demais, sabe? aquele proibido que eu nunca poderia acessar. você sabe que eu sou... gordo, né?

sandalinha.convicta:
THIAGO, PARA COM ISSO!!!! desde quando existe isso de PATAMAR de beleza?? e o que você ser gordo tem a ver com isso?

gaystristes:
você SABE que isso importa quando se é um homem gay

sandalinha.convicta:
ai, eu tenho ÓDIO quando você começa a falar assim do seu corpo. deixa as gays que se importam com isso pra LÁ, elas não valem a pena

gaystristes:
TÁ, não vamos falar desse assunto, além disso, o Alex é meio artistão demais. imagina ter que passar uma vida inteirinha com ele chamando o conceito PONHO-FLOR-EM-TUDO de RETRÔ? alguém precisa avisar esse menino que cortina de vó não é conceito, é velharia

sandalinha.convicta:
cê foi bem malvado agora. as artes do Alex são lindas. as flores SÃO conceito. nem vem.

gaystristes:
se você acha... eu acho que às vezes é exagero

sandalinha.convicta:
é CLARO que é exagero, é o Alex. mas isso não quer dizer que seja feio

gaystristes:
ai, Nic, você não sabe SE DIVERTIR. eu também acho as artes dele lindas. foi só brincadeirinha

sandalinha.convicta:
uhum

Enviar uma mensagem

gaystristes:
tá, mas por último e mais importante: ELE NAMORA COM O FRANK

sandalinha.convicta:
bom, isso não significa nada. o relacionamento deles pode ser aberto. a gente não sabe

sandalinha.convicta:
aliás, falando em Frank, lembra da época que ficaram tentando me juntar com ele? kkkk

sandalinha.convicta:
até eu vir de coturno preto e uma roupa BEM gay e começar a fazer questão de falar da minha ex-namorada, pra todo mundo entender.

gaystristes:
kkkkk A CARA da Débora quando ela percebeu KKKKK

sandalinha.convicta:
POR QUE ela shippava tanto Nic/Frank?

gaystristes:
eu não faço ideia

sandalinha.convicta:
você falou que não sei me divertir, mas eu vou provar pra você que sei sim, tá?

Enviar uma mensagem

sandalinha.convicta:
inclusive estou me divertido nesse momento, rindo com o post do chihuahua no meio das flores no instagram da marca de chá pra pets que a gente atende e acabou de aparecer no meu feed

sandalinha.convicta:
migo, fala pro Alex que não rolou. essa realmente não tá legal

gaystristes:
EU DISSE!!!!!!!!!!!!

sandalinha.convicta:
e eu vou me divertir mais quando VOCÊ disser isso pra ele. quero ESTAR PERTO! me espera pra falar. você vai chamar a atenção dele, NÉ?

gaystristes:
sinceramente, talvez eu só mande um e-mail... sem saco pra isso agora

sandalinha.convicta:
THIAGO!!!!!!!!!!

FESTINHA JUNINA
JANAINA, Neuza, Zil...

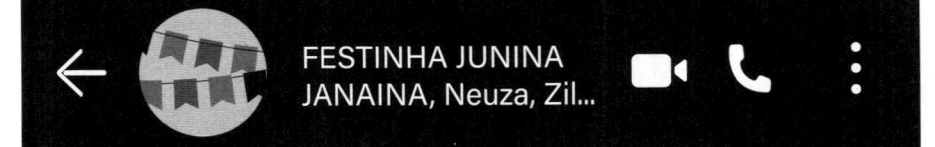

Sexta-feira, 18 de junho de 2021

JANAINA SOUZA criou o grupo FESTINHA JUNINA

JANAINA SOUZA adicionou Você e outros 25 contatos

JANAINA SOUZA
OI, FAMÍLIA, E AMIGOS   12:20

Neuza Souza
Que deus abençoe 3 este frupo   12:22

JANAINA SOUZA
VAMOS FAZER UMA FESTINHA JUNINA AQUI NO QUINTAL DE CASA AMANHÃ, SÁBADO! NÃO É NADA DE MAIS, É SÓ MESMO UMA CONFRATERNIZAÇÃOZINHA. POR FAVOR, TRAGAM O QUE FOREM BEBER. (FAVOR NÃO TRAZER CHAMPANHE POIS A VÓ NEUZA FICA BÊBADA MUITO FÁCIL, ELA AMA O GOSTO.)   12:25

Zilda Gomes
Boa tarde, grupo!   12:25

Neuza Souza
** Que Deus abençoe este frupo   12:26

FESTINHA JUNINA
JANAINA, Neuza, Zil...

JANAINA SOUZA
TIA SÔNIA, EU VOU FAZER QUENTÃO, VOCÊ TRAZ O ARROZ DOCE E A CANJICA? THIAGO, MEU FILHO, VOCÊ PODE TRAZER UM VINHO? A GENTE PODE FAZER O VINHO QUENTE NA HORA, FICA MAIS GOSTOSO. 12:30

Neuza Souza
Janaina não fala bobajem trazer champanhe se quiser ok 12:35

JANAINA SOUZA
BOBAGEM PRA QUEM NÃO TEM QUE BOTAR VOCÊ DEPOIS NA CAMA NÉ DONA NEUZA? 12:40

JANAINA SOUZA
A VÓ DISSE QUE VAI FAZER CACHORRO-QUENTE, PAMONHA, MILHO VERDE E UNS LANCHINHOS. VAI FICAR GOSTOSO, É RECEITA QUE ELA PEGOU COM A VIZINHA NOVA, A LETÍCIA. ALIÁS, JÁ COLOQUEI A LETÍCIA NO GRUPO TAMBÉM, ACHEI QUE IA SER LEGAL, ELA NÃO CONHECE NINGUÉM AQUI NA MOOCA. SE FOREM CHAMAR MAIS GENTE, ME AVISEM AQUI E CONFIRMEM PRESENÇA NO PRIVADO. 12:50

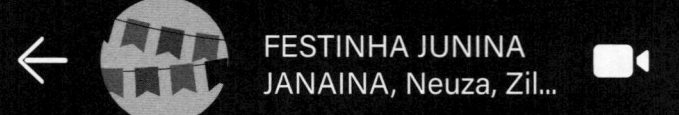

FESTINHA JUNINA
JANAINA, Neuza, Zil...

Letícia ♥
Oieeee, boa tarde!!!! 12:50

Sônia Souza
boa tarde levo sim o arroz doce e a canjica pode deixar precisa de mais alguma coisa janaina? me avisa cedo porque da outra vez você falou que precisava ter levado a pinga também só muito tarde e não deu tempo de encomendar com o seu toneco, daquele restaurante da fazenda que eu e o Jaime vamos comer no fim de semana e não tem pinga que nem a dele. 12:52

JANAINA SOUZA
NÃO, TIA, NÃO VAI SER NECESSÁRIO. FICA TRANQUILA. DESSA VEZ ACHO QUE NÃO VAI PRECISAR DA PINGA. 12:55

JANAINA SOUZA
SE ALGUÉM PUDER CHEGAR CEDINHO PRA ME AJUDAR NAS DECORAÇÕES SERIA MUITO BOM. MAS A FESTINHA MESMO VAI COMEÇAR LÁ PELAS SETE DA NOITE, ENTÃO VENHAM SÓ NESSE HORÁRIO SE NÃO QUISEREM AJUDAR, OK? UM BEIJO, JANAINA 13:02

FESTINHA JUNINA
JANAINA, Neuza, Zil...

Zilda Gomes
Estou muito feliz com o convite, Janaina! 13:03

Zilda Gomes
Conte com a minha presença, gostaria de fazer a parte do Correio Elegante, o que acha? O Jair disse que vai levar paçoca. 13:03

Letícia ♥
obaaaa, festa! Pode deixar que eu vou sim 13:04

JANAINA SOUZA
POR FAVOR GENTE CONFIRMAR NO PRIVADO OK PRA NÃO ATRAPALHAR DE TODO MUNDO VER AS MENSAGENS OK 13:06

Letícia ♥
desculpe! 13:07

Zilda Gomes
Perdão, Janaina, não me atentei. 13:08

Neuza Souza
boa tarde fique com deus abençoe todos vcs que a n senhora ilumine e que todos os anjos da guarda possam olhar ok agora não responder mais vou cochilar boa tarde 13:15

Mãe
on-line

Sexta-feira, 18 de junho de 2021

Oi, mãe!
14:27

Primeiramente, apresento pra você a incrível maneira de se comunicar sem usar maiúsculas em todas as palavras! Olha só, viu? Surpreendente.
14:27

OI, FILHO, DESCULPA, É QUE A MÃE NÃO SABE DESATIVAR O CAPS LOCK DO CELULAR AINDA, ESTOU MEIO PERDIDA NESSE TECLADO. ELE É NOVO, QUE O PAI COMPROU PRA MIM SEMANA PASSADA, ENTÃO EU NÃO FAÇO IDEIA DE ONDE DESATIVA. PARECE QUE EU ESTOU GRITANDO O TEMPO TODO, NÉ?! RSRSRSRS AGORA EU ESTOU RINDO AQUI PENSANDO NISSO.
14:35

Tudo bem, mãe, eu ajudo você quando for aí pra festa amanhã.
14:35

Tem que apertar um botãozinho ali no canto esquerdo. Mas eu explico pessoalmente. Pode ser?
14:36

Mãe on-line

> Mãe, outra coisa, quantas pessoas você convidou exatamente?
> 14:36

> Fiquei meio preocupado... será que o quintal da sua casa dá conta? E você confia em toda essa gente?
> 14:37

> Tem pessoas no bairro que você não conhece e está TUDO BEM não chamar! Elas não vão ficar sentidas. E mesmo que fiquem, não importa, elas não conhecem você! Da última vez isso deu meio errado, lembra?
> 14:37

> FILHO, VOCÊ ACHA QUE EU SOU LOUCA? EU NÃO SAÍ CONVIDANDO O BAIRRO INTEIRO, EU TIVE CRITÉRIOS. SÓ PESSOAS MAIS PRÓXIMAS QUE VIERAM NA FESTINHA DE NATAL, POR EXEMPLO. E EU FIZ QUESTÃO DE NÃO CONVIDAR AS PESSOAS QUE VIERAM E NÃO TROUXERAM COMIDA! ENFIM, CHAMEI SÓ AS PESSOAS QUE MORAM AQUI NA RUA, MAIS AQUELE JARDINEIRO DE GENTE FAMOSA QUE MORA UMAS RUAS AQUI PRA CIMA PORQUE ELE TEM UMAS HISTÓRIAS LEGAIS E É ENGRAÇADO.
> 14:39

Mãe
on-line

> E TAMBÉM CHAMEI A ZILDA DA RUA DO LADO PORQUE ELA É MINHA AMIGA E TÁ COM NETINHA NOVA, PEDI PRA ELA TRAZER PORQUE EU QUERIA CONHECER A NENÊ. AH, DAÍ A ZILDA E O PESSOAL DA RUA DELA VÃO TRAZER UMAS PESSOAS TAMBÉM, FIQUEI SEM GRAÇA DE NEGAR. 14:40

> ENFIM, FILHO, POUCA GENTE. 14:41

Mãe, você lembra do Natal? 14:45

Ninguém levou comida e só tinha um peru para uns trinta convidados, cada pessoa ficou com uma fatia superfina. E eu nem sabia mais quem era nosso parente e quem não era 14:45

> BOM, THIAGO, NÃO É MINHA CULPA SE VOCÊ NÃO CONHECE A SUA PRÓPRIA FAMÍLIA E ACHA QUE COMIDA É MAIS IMPORTANTE DO QUE CONVIVÊNCIA. 14:50

Mãe, aquele jardineiro começou a contar histórias dos "famosos" e falou que uma repórter de telejornal traiu o marido com a moça da previsão do tempo. 14:51

Mãe
on-line

> E tudo isso enquanto ele aparava a grama do jardim dela.
> 14:51

> Mas acabou que era a repórter do telejornal local, que nem é famosa de verdade, e por alguma razão a CUNHADA DELA estava na festa, você lembra disso? E você lembra que a irmã da repórter, sei lá por que, TAMBÉM estava na festa? Você lembra que as duas começaram a discutir e uma delas ligou para o cara e deu todo aquele barraco?
> 14:52

> MAS FOI IMPORTANTE, FILHO, PORQUE ELE NUNCA SABERIA QUE ESTAVA SENDO TRAÍDO SE NÃO FOSSE O JARDINEIRO. NOSSA, FOI MUITO IMPORTANTE ISSO ACONTECER.
> 14:55

> MAS NÃO NO NOSSO QUINTAL , MÃE!!!
> 14:56

> Ai, mãe, por favor, eu não quero ter que separar briga. 😣 Essas coisas sempre sobram pra mim porque vocês somem.
> 14:56

> E eu amo conviver com a nossa família e tudo, mas EU TIVE QUE PASSAR NO MCDONALDS!!! NO NATAL!!!!!!
> 14:57

Mãe
on-line

> Porque simplesmente não tinha mais comida!!!!!
> 14:57

> Por favor, desconvida essas pessoas. Por favor, por favor. Eu imploro.
> 14:58

THIAGO, QUE DRAMA!!! SÓ PORQUE VOCÊ PRECISOU CHAMAR A POLÍCIA? EU TINHA IDO NO QUARTO RAPIDINHO PRA MOSTRAR AQUELA VELA AROMÁTICA NOVA QUE COMPREI PRA ZILDA. E NO FIM NEM FOI TÃO RUIM ASSIM, OS POLICIAIS FORAM MUITO GENTIS. ATÉ PEGARAM UM PEDAÇO DO PERU PRA NÃO FAZER DESFEITA.
15:02

> Exatamente, mãe! Cada um deles pegou um pedaço do peru e aí não sobrou pra mais ninguém! Eu tava tão ocupado resolvendo todo esse problemão que não tive nem tempo de comer. Fiquei morrendo de fome.
> 15:03

> Por favor, mãe, desconvida essas pessoas. Sério.
> 15:03

> Foi um dos piores natais da minha vida... acho que o pior. Eu fiquei bem chateado =/
> 15:04

Mãe
on-line

> AH, QUE BOBAGEM. VOCÊ VIVE FALANDO QUE O PIOR NATAL DA SUA VIDA FOI AQUELE DA PRAIA DE QUANDO VOCÊ ERA PEQUENO. 15:05

> Ah, é. Bem lembrado, mãe... que ótimo você lembrar disso agora... 15:07

> Enfim, vou aparecer porque adoro festa junina (e pra ter certeza de que nenhum convidado vai fazer a limpa na casa e assassinar você e o pai) 15:07

> QUE ABSURDO, FILHO! ATÉ PARECE QUE ALGUÉM FARIA ISSO RSRSRSRS SÓ NESSA SUA CABECINHA MESMO. AS PESSOAS QUE CONVIDEI SÃO TODAS BOAS, GENTE DE BEM, É DIFERENTE DO PESSOAL DO NATAL, VOCÊ VAI VER. 15:09

> Pode deixar que eu levo o vinho pra fazer o vinho quente. Que horas devo chegar? 15:10

> PODE VIR PRO ALMOÇO? DAÍ VOCÊ APROVEITA E ME AJUDA COM A DECORAÇÃO, VOCÊ É BOM NISSO. 15:12

Mãe
on-line

> Combinado, eu chego pro almoço.
> 15:12

APROVEITANDO, FILHO, SERÁ QUE TEM COMO VOCÊ TRAZER ALGUMA MISTURA? EU NÃO SEI SE VOU CONSEGUIR COZINHAR NO SÁBADO. DÁ PRA VOCÊ CHEGAR E PREPARAR UM ARROZINHO E A GENTE COME COM A MISTURA QUE VOCÊ TROUXER.
15:15

> Pode deixar que eu levo tudo, não vai precisar fazer arroz.
> 15:15

> Mãe, não esquece que a gente vai separar um pouco das frutas que iriam no quentão porque eu não pretendo comer nenhum doce, tá? Quando as frutas chegarem eu já lavo e corto. Só me avisa.
> 15:16

> acho que vou levar uns petiscos com poucas calorias pra mim, porque estou numa dieta nova. Agora preciso parar de mexer no celular porque acho que vi minha chefe andando por aqui, ok? mais tarde a gente se fala
> 15:17

OK 15:19

Sexta-feira, 18 de junho de 2021, 15:20
De: Melissa Marino – Chánimal
Para: Alex Gomes; Thiago Souza; Débora Santos
Assunto: 📎 **Sobre o post de hoje do Instagram**

Olá, Alex! Olá, Thiago! Bom dia, tudo bem?

Estou enviando aqui anexo novamente o briefing que passei para vocês aí da Brilho sobre o post que queríamos fazer sobre a nossa nova linha de chás específica para chihuahuas. Pela natureza ansiosa dessa raça, combinamos todas as propriedades da camomila com a erva-doce e a lavanda, além de um pouquinho de capim--limão para ajudar no relaxamento e sono dos nossos queridinhos nervosos. Acredito que não tenha ficado claro que nosso estilo é minimalista e que o objetivo do post era brincar com o lúdico e colocar um chihuahua dentro de uma xícara de chá. Simples: apenas um chihuahua branco num fundo branco dentro de uma xícara branca.

Infelizmente, a pessoa responsável pela arte inseriu algumas flores coloridas no fundo que deveria ser branco e a imagem acabou não combinando com o nosso feed minimalista.
A postagem ficou bem bonita e tudo, mas não combina mesmo com o nosso estilo. O minimalismo por aqui é quase uma filosofia de vida, sabe? Acreditamos no minimalismo em

todos os âmbitos da nossa vida e da dos nossos pets, então na verdade o post todo colorido chegou a nos ofender. Será que vocês podem se atentar a isso no futuro?

Abraço,

Melissa Marino

Chánimal
Chá para todos, inclusive os amigos de quatro patas!

Sexta-feira, 18 de junho de 2021, 15:23
De: Débora Santos
Para: Thiago Souza
Assunto: RE: Sobre o post de hoje do Instagram

Oie, Thi, tudo bem?

Acabei de ver esse e-mail aqui da Melissa, da Chánimal. Sei que não deveria me intrometer tanto assim, mas é muito triste que isso esteja acontecendo! 🫤 A experiência dos nossos clientes deve ser BRILHANTE! E meus dogs gostam tanto desse chá, não quero fazer feio para essa empresa, ok?

Por favor, como diretor de arte e superior do Alex, é seu trabalho dar um toque nele e explicar a situação. Confio em você pra passar esse feedback. Por favor, não esqueça de reforçar com ele a importância do briefing. Ofereçam à cliente uma retribuição pelo erro e, se ela continuar muito insatisfeita com a solução que vocês apresentarem, podemos fazer uma call, ok?

Continue brilhante!! ✨🖤

Beijinho,

Dé

**Coordenadora de projetos
Agência Brilho**

Sexta-feira, 18 de junho de 2021, 15:30
De: Thiago Souza
Para: Alex Gomes
Assunto: Sobre o post da Chánimal

Oie, Alex, tudo bem?

Como você já deve ter visto, a cliente da Chánimal mandou um e-mail pra falar sobre o post de hoje no Instagram, do chihuahua, da xícara, das flores etc. Eu queria só reforçar a importância de que você se atente o máximo possível ao briefing dos clientes. Eu também já tinha visto essa postagem mais cedo e achado um pouco fora do tom, e estava preparando um e-mail pra você quando o da cliente chegou.

Pessoalmente, gostei muito da arte, porque adoro suas flores, mas acho que é o mesmo problema daquela outra vez que conversamos sobre a loja de colchões ortopédicos para pets, a Ortopet, sabe? Acaba que as artes ficam mais no seu estilo pessoal e não tão comerciais. Mas ficou lindo, mesmo, de verdade.

Vou deixar que você resolva essa situação, ok? Para te dar uma oportunidade de negociação. Oferece à cliente um combo pra stories como cortesia, pra reparar esse pequeno problema. E não esquece: por favor, fica mais de olho no que o cliente pede, tá?

Você desenha muito, só precisa encaixar melhor a parte mais comercial nas suas ideias, Alex! Mas vai ficar tudo bem. <3

Thiago Souza

**Diretor de arte
Agência Brilho**

Sexta-feira, 18 de junho de 2021, 15:32
De: Alex Gomes
Para: Thiago Souza
Assunto: RE: Sobre o post da Chánimal

Oi, Thiago!

Me desculpe, eu estava tentando dar o meu melhor. E pelo meu entendimento, isso significa dar tudo de mim em cada peça publicitária, né? Por isso acrescentei as flores. Achei que o post estava meio vazio e aquele chihuahua na xícara de chá parecia meio perdido, por isso inseri as flores.

Vou avisar pra cliente que, na próxima peça, não vou dar o meu melhor, ok? Que vou deixar só um chihuahua branco dentro de uma xícara de chá branca sem absolutamente nada em volta, mesmo que isso possa ter um retorno bem negativo para a marca no Instagram. As pessoas podem ver essa imagem nas redes sociais e enfiar um chihuahua na água fervendo, sei lá, a gente nunca sabe com quem está lidando.

Você quer que eu mande um e-mail pra ela explicando que esse é o meu melhor e que, se ela quer o meu melhor, é isso que tenho para oferecer? Que ela, na verdade, deveria agradecer? E que porra é essa de minimalismo como FILOSOFIA DE VIDA?

Enfim, eu sei que nada disso é sua culpa e tô desabafando aqui. Eu realmente só queria fazer uma arte bonita e deixar tudo fofo e senti que estava precisando de alguma coisa a mais ali. Que raiva. Eu odeio ter que me dobrar ao capitalismo e vender minha arte. AAAAAA!!!!! Falta muito pra uma grande empresa do audiovisual ver minhas ilustrações e me contratar pra trabalhar numa animação?

Obrigado pelos elogios,

Alex Gomes

Designer Pleno
Agência Brilho

Sexta-feira, 18 de junho de 2021, 15:35
De: Thiago Souza
Para: Alex Gomes
Assunto: RE: RE: Sobre o post da Chánimal

Oie, Alex,

Uau, por favor, por favor mesmo, não mande qualquer e-mail com esse conteúdo pra cliente da Chánimal. Ela vai ficar bem ofendida. Só avisa que vai refazer a arte e oferece os stories como cortesia, ok? Me copia no e-mail pra eu ter certeza de que está tudo bem e resolver qualquer problema que surja a partir daí.

Infelizmente, a gente trabalha pra uma agência de publicidade fazendo peças publicitárias e campanhas de marketing. Nosso trabalho é *literalmente* vender nossa arte e adequar as peças pra uma pegada mais *comercial*. Eu sei que talvez não seja isso que você tem em mente pro futuro, mas é o que temos pra hoje, ok? Só faz o que o cliente pedir e pronto, dá menos trabalho. No futuro, depois que a gente ganhar bastante dinheiro, vamos poder correr atrás dos nossos sonhos.

Você é ótimo e necessário pra agência, não se esqueça. 😉

Thiago Souza

**Diretor de arte
Agência Brilho**

sandalinha.convicta

18 de junho

15:36 gaystristes está on-line

15:36 sandalinha.convicta está on-line

gaystristes:
amiga, o Alex é completamente doido

gaystristes:
eu não consigo botar na cabeça desse garoto que a gente pode ser demitido

sandalinha.convicta:
ah kkkkkk é o jeitinho deleeee

sandalinha.convicta:
ele vai acabar aprendendo uma hora ou outra, amigo. fica tranquilo

sandalinha.convicta:
mas sabe, é sempre bom dar aquele toque quando estiver demais...

sandalinha.convicta:
não só quando a débora manda você expressamente chamar a atenção dele hahaha

gaystristes:
aaaah, nuncaaaaa. eu prefiro não ficar chamando atenção porque sei que isso irrita ele

Enviar uma mensagem

sandalinha.convicta

gaystristes:
não é minha responsabilidade falar que ele precisa se preocupar com o próprio trabalho. mesmo sendo chefe dele. se ele fizer cagada e for demitido, é consequência dos próprios atos, né?

sandalinha.convicta:
tem certeza? só um toque, talvez?

gaystristes:
quem sabe um dia...

gaystristes:
enfim, tô morrendo de medo da reunião geral

gaystristes:
a débora não falou absolutamente nada do que se trata, e se tem uma coisa que ela não faz é guardar segredo

gaystristes:
ela até tenta, mas no MINUTO seguinte a empresa toda tá sabendo e dizendo "não espalha, mas a débora me contou que..." e a rádio peão vai à loucura

sandalinha.convicta:
eu não faço IDEIA do que ela vai falar

sandalinha.convicta

gaystristes:
será que é hoje que eu vou ser demitido? será que é hoje que vão anunciar que todos os projetos nos quais eu trabalhei são uma grande bomba e que eu sou uma fraude?

sandalinha.convicta:
amigo, sai dessa

sandalinha.convicta:
mas sabe, hoje de manhã eu li aquela notícia que tem uma multinacional de comunicação alemã chegando no Brasil, você viu?

sandalinha.convicta:
fiquei pensando se vale a pena mandar meu currículo

gaystristes:
você tá infeliz na Brilho?

sandalinha.convicta:
ah, não exatamente infeliz. você SABE que eu amo todo mundo aqui e só não saio pelas pessoas, senão já teria fugido desse CAOS e largado vocês na mão hahaha

sandalinha.convicta:
mas tenho aquele sonho desde pequena de trabalhar numa empresa foda, sabe? ter um cargo legal...

Enviar uma mensagem

sandalinha.convicta:
além disso, liderar pessoas... e, claro, quero ganhar mais. e não vou conseguir muita coisa aqui na Brilho. quer dizer, a Brilho mal paga as contas, e eu não sinto que tem muito espaço pra gente SUPER CRESCER e tal

gaystristes:
pois eu acho que você devia SIM se candidatar às vagas nessa multinacional

gaystristes:
eu vou estar aqui torcendo pra que você seja contratada, porque você é incrível e merece demais

gaystristes:
imagina se você algum dia vira uma dessas executivas que sai na Forbes Under 30... espero que esteja pronta pra autografar a capa pra eu enquadrar

gaystristes:
se vc ficar milionária, promete que vai me sustentar pra eu pintar uns quadros? é tudo o que eu peço

sandalinha.convicta:
amigo, depois de tudo o que você tá fazendo por mim, tá mais do que prometido. sério

Enviar uma mensagem

sandalinha.convicta:
aliás, eu passei no supermercado no horário do almoço pra comprar pasta de dente porque vi que tava no fim, viu? não precisa mais comprar

gaystristes:
já tava na minha lista de compras! eu falei pra você não gastar com esse tipo de coisa, fica tranquila!!! você tá tendo um monte de gastos com o tratamento da sua avó, não precisa gastar com mais isso!!!

gaystristes:
quanto foi? eu juro que quero pagar de volta

sandalinha.convicta:
nem pensa nisso, não vai me pagar porra nenhuma. eu também uso pasta de dente. eu também moro no apartamento!!! você precisa exigir mais de mim!!! hahaha

gaystristes:
ter você lá no meu apartamento é um respiro. é muito bom ter com quem conversar e assistir a horas e horas de grey's anatomy sem parar. às vezes eu acho que na real é você que devia reclamar de ser obrigada a passar por isso

sandalinha.convicta:
eu amo assistir a horas e horas de grey's anatomy com você (em troca de um teto)

Enviar uma mensagem

sandalinha.convicta:
aliás, falando nisso, nesse fim de semana vou pra casa da minha mãe lá em Ribeirão pra te dar um sossego, ok?

sandalinha.convicta:
eu juro que tô tentando achar um apartamento em são paulo que não seja na puta que pariu, tenha mais do que um cômodo e custe menos de três mil reais, mas tá difícil

gaystristes:
o preço de imóvel em são paulo, né, misericórdia... ainda bem que eu consegui negociar o preço do aluguel do nosso apartamento com o amigo do meu pai

gaystristes:
mas viu... não vai embora não, o Hugo te ama, você sempre dá petisco pra ele nas horas erradas hehehe

sandalinha.convicta:
o Hugo merece. você não mima seu gato o suficiente

gaystristes:
eu juro que se ele roubar o peito de peru da minha dieta de cima da mesa mais uma vez eu vou deixar ele sem petiscos por uma semana. vou esconder eles de você e tudo

Enviar uma mensagem

sandalinha.convicta:
NÃO FAZ ISSO!!!!!!!!!! eu luto pelos direitos do Hugo

sandalinha.convicta:
vou passar no mercado e comprar um pacote de peito de peru exclusivo pro Hugo pra botar no potinho de comida dele

gaystristes:
não ouse 😢

gaystristes:
eu espero de verdade que o seu currículo já esteja na caixa de entrada da Innovativ

gaystristes:
e aí quando você aparecer na Forbes Under 30, eu quero muito morar com você no seu apartamento na Quinta Avenida pra poder mimar o SEU gato e acabar com a parca educação que você tenta dar pra ele!!!!!

gaystristes:
aliás, meu SONHO é poder comprar aqueles produtos de limpeza que vendem nos Estados Unidos, que eu vejo as pessoas usando naqueles TikTok de ASMR de limpeza. Se você for rica, eu vou exigir isso também

sandalinha.convicta:
eu nunca vou entender o delírio da gay moderna com produto de limpeza

sandalinha.convicta

gaystristes:
diz pra mim que você vai ter uma torradeira com touchscreen para escolher o quão torrado vai sair o seu pão com base na escala pantone

sandalinha.convicta:
mandando e-mail para a Innovativ pois preciso desse eletrodoméstico JÁ

sandalinha.convicta:
mudando de assunto, acabei de receber um e-mail aqui e aparentemente tem chocolate de uma loja que a Brilho atende porque eles mandaram amostra

sandalinha.convicta:
tá todo mundo dividindo os espólios lá na copa, corre pra pegar pelo menos um

gaystristes:
canalhas, ninguém me avisou. cadê esse e-mail?

gaystristes:
tecnicamente eu deveria começar a dieta... ai, mas só um chocolatinho não vai fazer diferença, né?

sandalinha.convicta:
vamo lá pegar um chocolate LOGO e depois sair CORRENDO pra reunião. para com essa porra dessa dieta

Enviar uma mensagem

REUNIÃO GERAL

Data: 18/06/2021
Horário: 16h
Local: Sala de reunião principal

agência brilho

PARTICIPANTES:

– Pietra Lopes (Sócia-fundadora)
– Camila Góes (Sócia-fundadora)
– Departamento comercial
– Departamento artístico
– Departamento de marketing
– Departamento de RH
– Departamento financeiro

TRANSCRIÇÃO:

Pietra: Boa tarde a todos os presentes, obrigada por terem comparecido.

(Um "boa tarde" geral em resposta.)

Pietra: Gostaria de lembrar a todos que, como sempre, as nossas reuniões serão gentilmente transcritas pela Fernanda. Procurem evitar conversas paralelas pra facilitar o processo, ok? As transcrições chegarão ao e-mail de vocês segmentadas em pautas, para podermos ficar mais à vontade durante a reunião. Bom... é melhor não me alongar muito. Agradeço a presença de todos! Estou muito feliz que conseguiram estar aqui. Eu sei que nossos meetings acabam atrapalhando um pouco os deadlines, mas a gente dá conta, né? Eu mesma tinha uma call programada agora para às 16h30 e tive que desmarcar... enfim. Eu e a Camila agradecemos muito o hard work de todos vocês nos projetos que a agência vem desenvolvendo. Certo, Camila?

Camila: Sim, certíssimo. Estou muito contente com o trabalho de todos vocês.

(Silêncio.)

Pietra: É com muito orgulho que divido com vocês que não perdemos nenhum cliente desde o início do ano, e já estamos em junho! Além disso, nosso departamento comercial fechou vários customers novos.

(Murmúrios de afirmação.)

Pietra: Bom, proponho uma salva de palmas a todos. Afinal, a agência só atingiu esse patamar graças a vocês, meus brilhantes!

(Palmas fracas e sem ritmo.)

(Murmúrios e som de água sendo servida em copos.)

Pietra: Agora, vamos ao assunto da reunião. Bom, devido ao sucesso da agência, a todo o buzz que estamos gerando, ela atraiu não só mais e mais clientes, como também uma empresa em particular. Não sei se vocês estão a par da chegada da Innovativ ao Brasil... É uma multinacional de publicidade bem grande e... bem... não tem um jeito fácil de dar essa notícia, então lá vai: a Agência Brilho foi uma das empresas adquiridas pela Innovativ.

(Um barulho de copo quebrando. Exclamações de susto.)

Thiago: Ai, meu Deus... desculpem! Desculpem, que desastre... Ai... é que foi o susto.

Nicole: Não, tá tudo bem, nem me molhou tanto...

(Burburinho geral.)

Thiago: Putz, amiga, desculpa... não queria... espera, coloca esses guardanapos aqui...

Nicole: Isso, mas cuidado pra não derrubar a jarra... não, amigo, é melhor botar o guardanapo no chão... deixa que a gente chama a limpeza pra tirar os cacos de vidro depois...

(Pietra pigarreia.)

Pietra: Gente, vamos focar, por favor. Alguém tem alguma pergunta?

Nicole: A empresa vai mudar de prédio?

Pietra: Sim. Iremos para a sede da Innovativ, que fica em um prédio comercial em um grande ponto empresarial da cidade.

Alex: A gente vai pra Faria Lima?

Pietra: A gente ainda não pode falar exatamente a localização do prédio porque é sigiloso, mas mais ou menos. Fica naquela região.

Nicole: Fica naquela região? A gente vai ter mais vale-transporte, né, porque misericórdia chegar até lá...

(Barulho de vozes conversando. Risadas e sons de aprovação.)

Pietra: Vamos ajustar todos os pormenores quando o momento certo chegar, tá bom? Não precisa se preocupar com isso agora.

Débora: Eu tenho outra pergunta! Como ficam os nossos empregos? Vamos ser... desligados?

Pietra: Bom, esse é o ponto mais sensível, que eu ia deixar pra abordar por último e de forma mais individualizada. Mas já que você perguntou, vou falar agora. Todos os funcionários do departamento artístico da Agência Brilho serão automaticamente transferidos para a Innovativ, porque vocês vêm performando bem fora da curva. A empresa quer muito manter esses creators talentosíssimos. Já os colaboradores dos demais departamentos terão prioridade nas contratações da empresa, mas precisarão passar por uma entrevista. Esse processo deve ocorrer na próxima semana, e os contratados serão informados de imediato.

Alex: Então... pode ser que haja demissões nos outros departamentos?

Pietra: Bom... quer dizer, existe a possibilidade... mas pelas conversas que tivemos até agora, eles se mostraram bastante interessados em contratar as pessoas da agência.

Débora: Então essa reunião é basicamente um aviso de demissão em massa?

Pietra: Não, não é isso... vejam bem, algumas pessoas vão acabar ficando pra trás, é inevitável. Mas para os que continuarem com a gente será uma oportunidade de general growth! Novos desafios, novos costumers!

(Burburinho geral.)

Débora: E os nossos clientes antigos? Como vão ficar? A gente ainda precisa cumprir os prazos deles?

Pietra: Sim, todos os nossos antigos costumers e seus respectivos prazos serão mantidos. Bom, pessoal, o rumo da reunião se mostrou um pouco diferente daquele que a gente havia previsto. Será que podemos encerrar por aqui? Na semana que vem o pessoal da Innovativ chega e deve conversar diretamente com cada área pra sanar outras dúvidas mais específicas... Se alguém tiver mais perguntas gerais, pode vir falar comigo agora... mas acho que podemos encerrar o...

(Vozes altas, barulho de cadeiras sendo arrastadas. Cacofonia.)

— Fim da transcrição —

Sexta-feira, 18 de junho de 2021, 16:45
De: Thiago Souza
Para: Nicole Melo
Assunto: Puta merda

Que merda foi ESSA? A gente tava falando da Innovativ agorinha e de repente a agência tá sendo COMPRADA por eles?

Aliás, desculpa de novo pelo copo d'água. 😫 Fiquei tão chocado que nem sei direito como aquilo aconteceu.

Thiago Souza

**Diretor de arte
Agência Brilho**

Sexta-feira, 18 de junho de 2021, 16:47
De: Nicole Melo
Para: Thiago Souza
Assunto: RE: Puta merda

Amigo, entenda: EU TAMBÉM NÃO FAÇO IDEIA de como isso aconteceu.

É bizarro. Isso significa que eu não vou mais precisar mandar meu currículo. Será que significa que a gente vai ter mais OPORTUNIDADES de crescimento? Será que, no fim, vai ser bom pra quem ficar, porque a gente vai se livrar dessa bagunça que é a Brilho?

E relaxa sobre a água! Quando eu tava saindo, vi que a Débora já tinha chamado o pessoal da limpeza. E eu tinha outra camiseta aqui, sempre trago uma extra na mochila. Relaxa, tudo certo.

Nicole Melo

Diretora de arte
Agência Brilho

Sexta-feira, 18 de junho de 2021, 16:50
De: Thiago Souza
Para: Nicole Melo
Assunto: RE: RE: Puta merda

MAS VOCÊ TÁ COM TANTA CERTEZA ASSIM DE QUE A GENTE AINDA VAI TER EMPREGO ATÉ O FIM DO MÊS? MESMO? Elas falaram que sim, mas você lembra que teve aquela reunião no começo do ano pra dissipar "todo e qualquer burburinho" de que a empresa seria vendida? Elas até falaram pra gente FICAR TRANQUILO que avisariam com antecedência se isso fosse acontecer. Pra agora simplesmente anunciarem do nada que fomos vendidos?! O burburinho, no fim das contas, ERA REAL.

E elas disseram que existem chances de a nova empresa não manter os outros funcionários, né? Daí pra falarem "ah, eu sei que você faz parte do departamento artístico, mas infelizmente…" é um pulo. Podem simplesmente jogar essa pra cima da gente. Não dá pra confiar em empresa nenhuma. Nunca. E QUE REUNIÃO FOI ESSA? "Oi, a gente está vendendo a empresa, mas vai ficar tudo bem! Ou não também, de repente, não sei… beijos, até mais"?????????

Eu não tenho mais nenhum clima pra trabalhar e tudo o que eu queria agora era COMER UMA BARRA INTEIRA DE CHOCOLATE daquelas que todo mundo comeu mais cedo e não sobrou pra gente. ai, E HOJE NEM É DIA DA DONA IDA VENDER OS DOCINHOS DELA NO SAGUÃO!!!!!!!!

Sabe, NEM AMENDOIM, que tecnicamente tá dentro da minha dieta, eu tenho aqui. Preciso passar no mercado. Será que se eu comprar amendoins cobertos de chocolate conta como trapaça na dieta? Tecnicamente é um estágio ANTERIOR a começar a comer amendoins comuns sem nada, né? Um passo necessário pra alguém que ama muito chocolate. Tipo ir desapegando aos poucos.

Ai, Nicole, vamos fingir que a gente tá indo tomar café e, sei lá, se abraçar escondido atrás da porta da copa? Eu preciso de um abraço.

Thiago Souza
Diretor de arte
Agência Brilho

Sexta-feira, 18 de junho de 2021, 16:55
De: Nicole Melo
Para: Thiago Souza
Assunto: RE: RE: RE: Puta merda

Que merda, eu ODEIO quando você começa uma dieta nova, é sempre um saco. Thiago, você não precisa fazer essas dietas doidas, a sua alimentação não é ruim. Você só é gordo!

Eu acho que tenho umas bolachinhas da dona Ida na minha gaveta, você quer? Não é chocolate, mas é doce. Pode ser mais uma etapa do seu desapego. Daí a gente vai tomar um café e eu te levo as bolachinhas. E te abraço. E aí a gente chora junto atrás da porta.

Eu não tinha pensado por esse lado... a reunião foi bem absurda, né? E me fez lembrar das outras situações em que as donas da Brilho prometeram várias coisas e não cumpriram, ou fizeram de um jeito zoado... quer dizer, lembra daquele evento sobre racismo estrutural no Dia da Consciência Negra em que todos os palestrantes eram brancos? Ai, ai, enfim.

Nicole Melo

**Diretora de arte
Agência Brilho**

FESTINHA JUNINA
JANAINA, Neuza, Zil...

Sábado, 19 de junho de 2021

JANAINA SOUZA adicionou outros 12 contatos às 07:24

JANAINA SOUZA
OLÁ PESSOAL, APENAS PASSANDO PARA CONFIRMAR A FESTINHA JUNINA HOJE E ADICIONAR MAIS 12 AMIGOS QUE ESTARÃO PRESENTES, CONVIDADOS DA ZILDA. SEJAM BEM-VINDOS AO GRUPO.
07:25 ✓✓

Mãe
on-line

Sábado, 19 de junho de 2021

THIAGO, MEU FILHO, JÁ ACORDOU?] 07:25

RECEBI ESSA IMAGEM AQUI DE BOM DIA QUE ACHEI TÃO LINDA, VEJA SÓ. 07:25

→ Encaminhada

tenha um dia MARAVILHOSO!!!

07:25

EU ESQUECI DE DIZER, MAS TRAGA SEUS PAPÉIS MAIS GROSSOS E SUAS TINTAS PRA FAZER AQUELAS PINTURAS QUE TODO MUNDO AMA!!! DAÍ VOCÊ DESENHA AS PESSOAS E ELAS LEVAM PRA CASA DE LEMBRANCINHA. VOCÊ FAZ TÃO BEM, FICA TÃO BONITO. OS VIZINHOS VÃO AMAR E FALAR DISSO POR UM TEMPÃO. QUEM SABE A ZILDA ATÉ ME DÊ DESCONTO NA AVON NO MÊS QUE VEM. 07:26

Mãe
on-line

> oi, mãe, bom dia
> 9:30

> é claro que eu não tava acordado, é sábado. por que você acordou tão cedo?
> 9:30

OI FILHO, É QUE SUA AVÓ PRECISOU DAR CONTA DE FAZER TODAS AS RECEITAS E EU FUI AJUDAR ELA.
9:32

MAS PAREI NO MEIO PORQUE A ZILDA APARECEU PRA TRAZER UMAS MADEIRAS, ELA TÁ MESMO EMPOLGADA EM MONTAR A BARRAQUINHA DE CORREIO ELEGANTE
9:35

> mãe, eu posso até levar o kit de pintura, mas aí eu vou perder todo o tempo da festa desenhando pros vizinhos!!! não era bem o que eu tava planejando...
> 9:36

> e minhas tintas são caras... sei lá, não queria gastar com isso
> 9:36

FILHO, POR FAVOR, É SUA MÃE QUE ESTÁ PEDINDO, TRAGA SEU KIT DE PINTURA!!!! VOCÊ FICA AÍ DESENHANDO PRA ESSAS LOJAS DE GENTE METIDA A BESTA, POR QUE NÃO DESENHARIA PRA SUA FAMÍLIA?
9:37

Mãe
on-line

> ai mãe, tudo bem, tá bom, pode deixar que eu levo sim.
> 9:37

> eu vou passar no mercado pra comprar umas coisas e depois naquela rotisseria pra comprar o almoço, ok?
> 9:37

> chego aí mais tarde.
> 9:38

> TÁ BOM FILHO, SÓ NÃO ESQUECE QUE A ZILDA TAMBÉM TÁ AQUI E VAI FICAR PRO ALMOÇO, ENTÃO ADICIONA ELA NA CONTA ALÉM DE EU, VOCÊ, SEU PAI E SUA AVÓ, OK?
> 9:39

> como assim? você convidou ela pro almoço?
> 9:39

> ela não pode pedir um delivery?
> 9:39

> THIAGO, NÃO FALE UMA COISA DESSAS, NÃO SE NEGA COMIDA A NINGUÉM!!!!!!!! A ZILDA É PRATICAMENTE DA FAMÍLIA.
> 9:39

> tá. pode deixar.
> 9:40

```
- CUPOM FISCAL -

     MERCADINHO ESQUINA
     CNPJ: 12.919.823/0001-83

IE: 218.39I.099.389
IM: 9.213.129-3     19/06/2021 10:37

COD. 218372
DESCR. VINHO TINTO SUAVE
QTD: 0005
UN: R$ 29,90

COD. 8945803
DESCR. CAMISINHA
QTD: PCT 10
UN: R$ 24,90

COD. 1238108
DESCR. MANDIOCA
QTD: PCT 600G
UN: R$ 5,59

COD. 2093890
DESCR. LARANJA
QTD: PCT 500G
UN: R$ 2,65

              TOTAL: R$ 182,64
Pagamento: Dinheiro

      AGRADECEMOS PELA PREFERÊNCIA!
      É SEMPRE UM PRAZER RECEBER VOCÊ.
```

FESTINHA JUNINA
Janaina, Neuza, Zil...

JANAINA SOUZA alterou seu nome para Janaina Souza às 10:40

Janaina Souza adicionou outros 10 contatos às 10:42

Janaina Souza
oi povo! bom dia! agora sem maiúsculas porque meu filho, thiago, me ajudou a configurar o celular. 10:44

Janaina Souza
não esqueçam da festinha junina às 19h aqui em casa, ok? a decoração está ficando linda e teremos surpresas para todos! não se esqueçam da comida que forem trazer, isso é muito importante. se alguém ainda quiser confirmar que vem de última hora, pode se achegar! é só trazer um pratinho de doce ou salgado e uma bebida e aparecer. vai ser muito gostoso!!!! estou animada!!!! apareçam!!!! 10:45

Janaina Souza
aproveitei também pra colocar no grupo o pessoal que a zilda acabou confirmando de última hora, sejam bem-vindos, favor confirmar presença. 10:46

FESTINHA JUNINA
Janaina, Neuza, Zil...

Neuza Souza
cachorro quente pamonha milho verde ok favor trazer champanhe ok agradeço no aguardo
10:49

Sônia Souza
bom dia apenas para confirmar apenas arroz doce e canjica certo, precisa de pinga, me avise qualquer coisa janaina pois ainda consigo ir pegar no seu toneco ok?
10:50

Janaina Souza
não tia, não precisa. a não ser que a senhora queira trazer pinga, mas não precisa.
10:52

Sônia Souza
ok vou pegar pinga no seu toneco.
10:55

Zilda Gomes
Bom dia, o correio elegante está lindo lindo, vamos esquentar a noite dos casais e dos apaixonados do grupo!!
11:20

Zenaide
boa tarde a todos estarei presente e estou levando bolo de milho, ok? festa a caráter?
12:07

FESTINHA JUNINA
Janaina, Neuza, Zil...

Vladimir Varga
Olá, boa tarde. Desculpe confirmar de última hora, mas sou morador novo do bairro. Não pude confirmar presença antes porque não tinha certeza se conseguiria ir, por conta do trabalho. Mas vou aparecer na festa para conhecer um pouco mais a todos. Espero que não seja um incômodo. 12:47

Janaina Souza
povo, favor confirmar presença no privado ok para todos poderem ver as mensagens do grupo e não ficar muita bagunça. 12:50

Vladimir Varga
Desculpe. 12:51

Lindomar Fernando
confirmo a participação na festividade ok 12:51

Lindomar Fernando
desculpe agora que eu vi 12:52

Janaina Souza
ok seu lindomar, obrigada pela presença! e a festa é a caráter sim, tirem a camisa xadrez do armário e o chapéu de palha. vai ter quadrilha, a gente define o par na hora!! um beijo e até logo 12:55

FESTINHA JUNINA
Janaina, Neuza, Zil...

Sônia Souza
não tenho roupa a caráter vou estar vestindo calça jeans e camiseta branca ok, e o nelson falou que não tem camisa xadrez então vai botar palha no bolso da camisa.
13:32

Zilda Gomes
Janaina, querida, o Jaime disse que não quer se vestir a caráter e agora que eu insisti ele disse que não quer mais ir à festa, será que ele pode ir com roupa normal?
14:03

Jaime Gomes
eu sô caipira, eu não preciso me vesti de caipira kkkkk
14:05

Janaina Souza
haha jaime, entre na brincadeira!! mas se não quiser, não precisa. venham para se divertir!! qualquer coisa também posso pedir para o thiago fazer um dente preto ou uma maquiagem de caipira em quem quiser estar mais a carater, ok? fiquem tranquilos, só venham.
14:10

Jaime Gomes
Combinado, sô 14:11

FESTINHA JUNINA
Janaina, Neuza, Zil...

Janaina Souza
e por favor, mandem mensagem no privado, vamos deixar o grupo livre para quem quiser ler as mensagens   14:12 ✓✓

Neuza Souza
boa tarde que deus abençoe a festa favor trazer champanhe ok   15:40 ✓✓

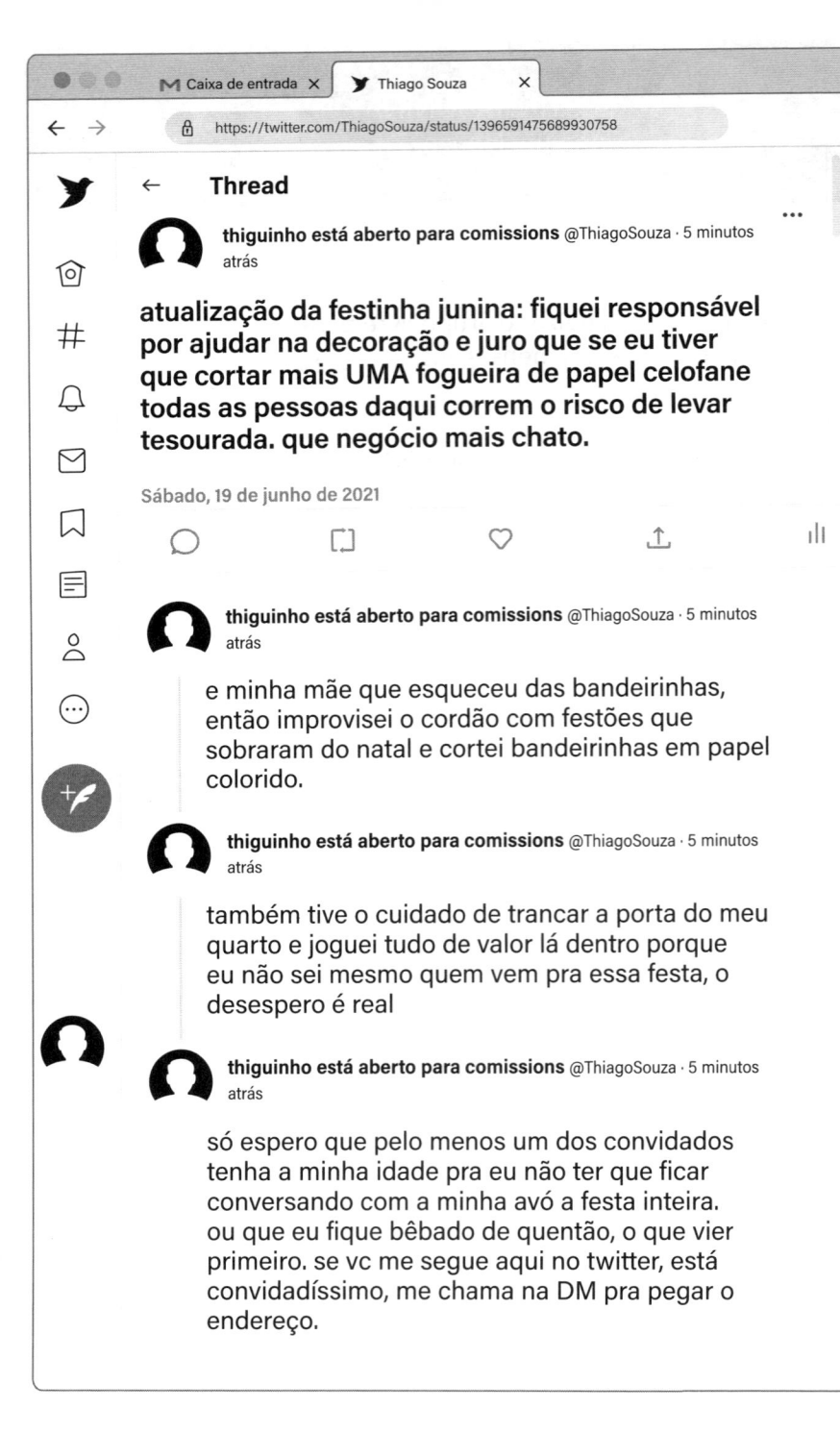

thiguinho está aberto para comissions @ThiagoSouza · 5 minutos atrás

atualização da festinha junina: fiquei responsável por ajudar na decoração e juro que se eu tiver que cortar mais UMA fogueira de papel celofane todas as pessoas daqui correm o risco de levar tesourada. que negócio mais chato.

Sábado, 19 de junho de 2021

thiguinho está aberto para comissions @ThiagoSouza · 5 minutos atrás

e minha mãe que esqueceu das bandeirinhas, então improvisei o cordão com festões que sobraram do natal e cortei bandeirinhas em papel colorido.

thiguinho está aberto para comissions @ThiagoSouza · 5 minutos atrás

também tive o cuidado de trancar a porta do meu quarto e joguei tudo de valor lá dentro porque eu não sei mesmo quem vem pra essa festa, o desespero é real

thiguinho está aberto para comissions @ThiagoSouza · 5 minutos atrás

só espero que pelo menos um dos convidados tenha a minha idade pra eu não ter que ficar conversando com a minha avó a festa inteira. ou que eu fique bêbado de quentão, o que vier primeiro. se vc me segue aqui no twitter, está convidadíssimo, me chama na DM pra pegar o endereço.

Thread

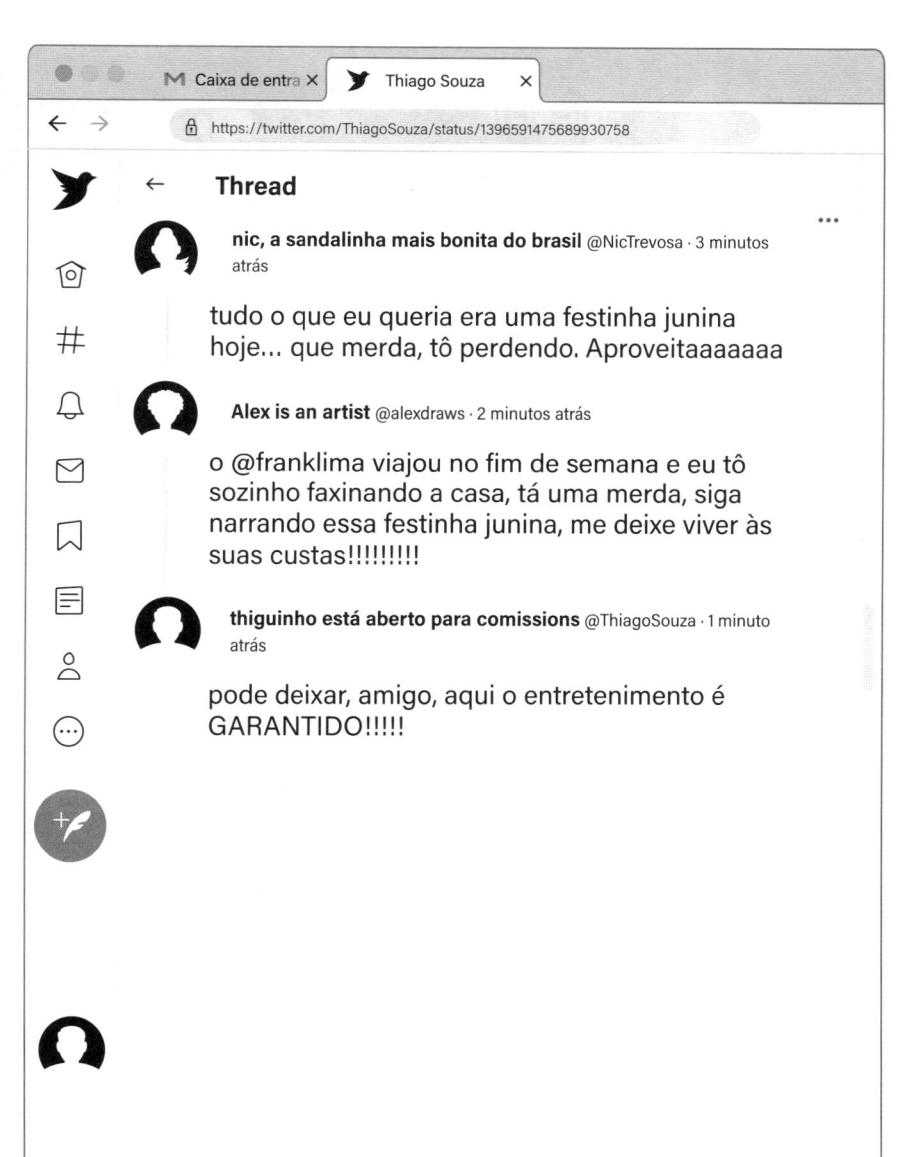

nic, a sandalinha mais bonita do brasil @NicTrevosa · 3 minutos atrás

tudo o que eu queria era uma festinha junina hoje... que merda, tô perdendo. Aproveitaaaaaaa

Alex is an artist @alexdraws · 2 minutos atrás

o @franklima viajou no fim de semana e eu tô sozinho faxinando a casa, tá uma merda, siga narrando essa festinha junina, me deixe viver às suas custas!!!!!!!!!

thiguinho está aberto para comissions @ThiagoSouza · 1 minuto atrás

pode deixar, amigo, aqui o entretenimento é GARANTIDO!!!!!

Nic Melo
on-line

Sábado, 19 de junho de 2021

> amiga, como foi a viagem? tá tudo certo por aí? chegou bem?
> 19:12

oie, tá tudo bem, cheguei bem. mas caralho, como ribeirão é longe   19:15

eu vi que você saiu cedinho pra ir no mercado comprar o que faltava da festinha da sua mãe, aí antes de sair pra rodoviária troquei a comida do Hugo, ok?   19:16

ele virou o potinho de água na área de serviço, daí eu aproveitei e limpei   19:16

> amiga, você é um anjo, obrigado!!!!!!! não precisava ter se preocupado. pretendo voltar pra casa cedo pra não deixar ele tanto tempo sozinho, obrigado mesmo. você é perfeita!!!!!
> 19:17

> o Hugo tá um INFERNO com esse potinho de água, todo dia é isso
> 19:17

pois é... e eu não queria chegar na pior parte, mas ele comeu um cabo de trás da sua tv...   19:18

Nic Melo
on-line

> não bem comeu, sabe, ele brincou daquele jeitinho dele e aí acabou que ficou meio destruído
> 19:19

AAAAAAAAAAAA que gato infernal
19:20

obrigado por avisar, eu vou ver isso assim que chegar em casa, amiga
19:20

> mas eu dei um petisquinho porque ele foi muito fofo e lambeu minha mão quando troquei a comida 🍲
> 19:22

NICOLE!!!!
19:22

> ai, o que que é, ele é fofo, ok? e você precisa mimar ele um pouquinho mais, acho que é por isso que ele fica sendo meio demônio desse jeito
> 19:23

aham.
19:23

> minha mãe mandou um beijo.
> 19:24

manda outro pra elaaaa! como tá a dona Ana? e a vovó Vera?
19:24

Nic Melo
on-line

dona Ana tá bem!! vovó Vera também, uma carinha de saúde maravilhosa. aliás, minha mãe disse que vai fazer aquele bolo de cenoura que você ama amanhã pra eu levar 19:24

aaaaaaaaaaaa que péssimo momento para estar de dietaaaaaa 19:25

talvez isso tenha sido combinado justamente pra você quebrar a dieta 🙄 heheheh 19:25

para com isso, Thiagoooo 19:25

aliás, como tá a festa aí? 19:26

ah, eu nem te contei da última: minha mãe praticamente me obrigou a trazer o kit de pintura e virar A Atração da festa, desenhando todo mundo pros convidados terem lembrancinhas 19:30

enfim... ele esperava festa e recebeu trabalho 19:30

que merda, amigo... 19:32

Nic Melo
on-line

> ah, mas vai que aparece um moço aí que você goste rs 19:32

> dizer que tá fazendo desenhos das pessoas é um super quebra-gelo 19:32

> e sua vida amorosa não tem sido lá das mais agitadas, sem querer criticar nem nada 19:32

>> amiga, só porque você não gostava do Lucas NÃO QUER DIZER que ele não fosse legal 19:33

> thiago, ele só tava com você pra usar a sua mesinha digitalizadora e você sabe 19:33

>> EU CRIEI FANFICS, OK? a gente ia casar (na praia), ter dois filhos (barriga de aluguel), netos e fazer almoços de domingo (que ele ia cozinhar pois você sabe muito bem que eu não cozinho) 19:34

> enfim né, ainda bem que isso acabou e é passado 19:34

>> ai, amiga. vamos ser realistas, né? 19:35

Nic Melo
on-line

> as probabilidades de um homem interessante aparecer na festinha de quintal dos meus pais, neste momento, são praticamente nulas
> 19:35

> embora a amiga da minha mãe, a Zilda, tenha convidado metade da população de São Paulo
> 19:36

nunca se sabe!!!! pra um fanfiqueiro você tá bem desiludido 19:36

> preciso voltar a desenhar. pedi uns minutos pra descansar mas as pessoas já tão me olhando feio.
> 19:37

ok, chega de drama, também preciso ir. vou ajudar minha avó a reenvasar uma planta, prometi que a gente faria isso agora à noite. 19:37

me manda atualizações se tiver. E CURTA MUITO ESSA FESTINHA. coma o máximo de variedades de milho disponíveis 19:37

> PODE DEIXAR!!!!!
> 19:38

Thread

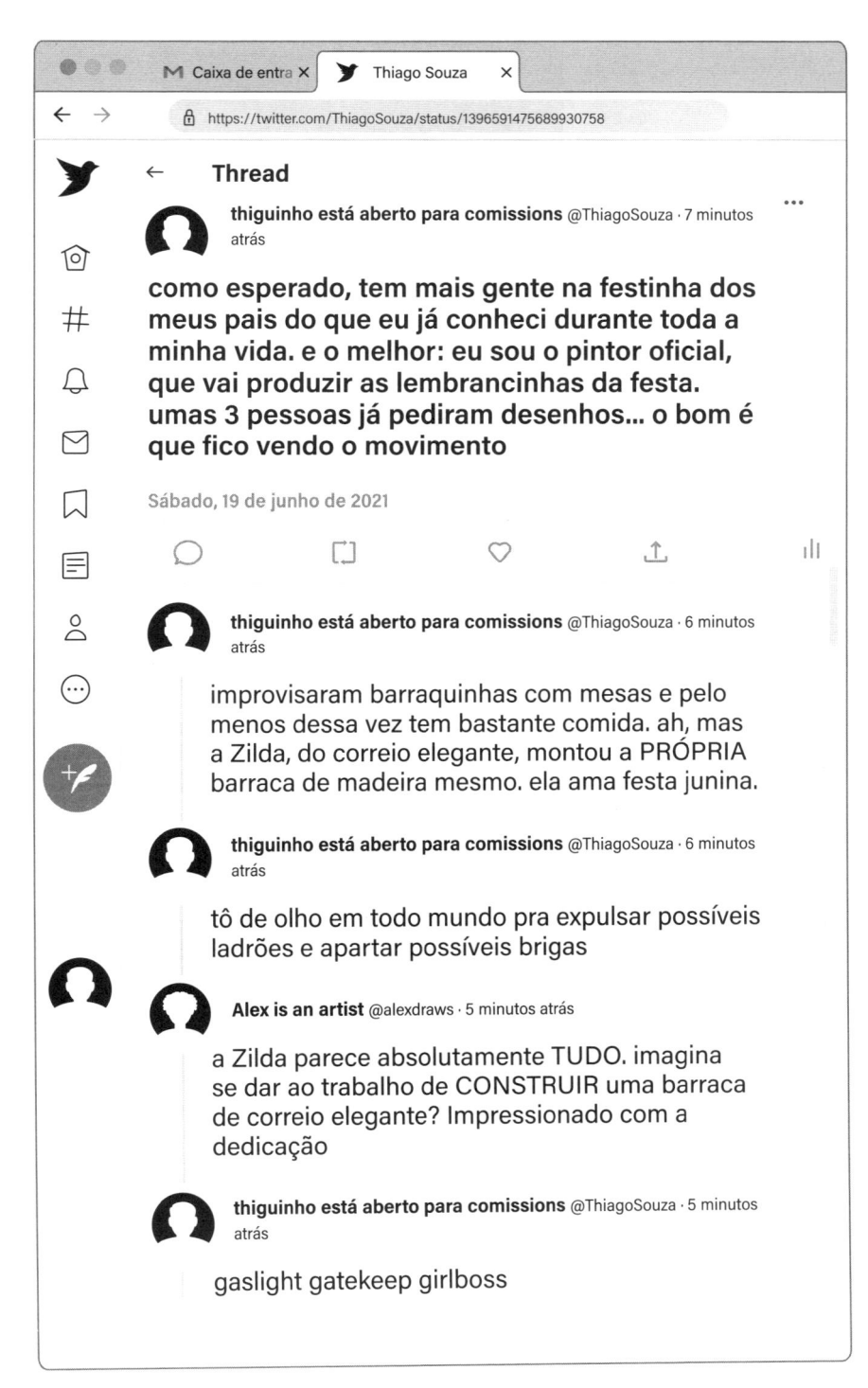

thiguinho está aberto para comissions @ThiagoSouza · 7 minutos atrás

como esperado, tem mais gente na festinha dos meus pais do que eu já conheci durante toda a minha vida. e o melhor: eu sou o pintor oficial, que vai produzir as lembrancinhas da festa. umas 3 pessoas já pediram desenhos... o bom é que fico vendo o movimento

Sábado, 19 de junho de 2021

thiguinho está aberto para comissions @ThiagoSouza · 6 minutos atrás

improvisaram barraquinhas com mesas e pelo menos dessa vez tem bastante comida. ah, mas a Zilda, do correio elegante, montou a PRÓPRIA barraca de madeira mesmo. ela ama festa junina.

thiguinho está aberto para comissions @ThiagoSouza · 6 minutos atrás

tô de olho em todo mundo pra expulsar possíveis ladrões e apartar possíveis brigas

Alex is an artist @alexdraws · 5 minutos atrás

a Zilda parece absolutamente TUDO. imagina se dar ao trabalho de CONSTRUIR uma barraca de correio elegante? Impressionado com a dedicação

thiguinho está aberto para comissions @ThiagoSouza · 5 minutos atrás

gaslight gatekeep girlboss

Thread

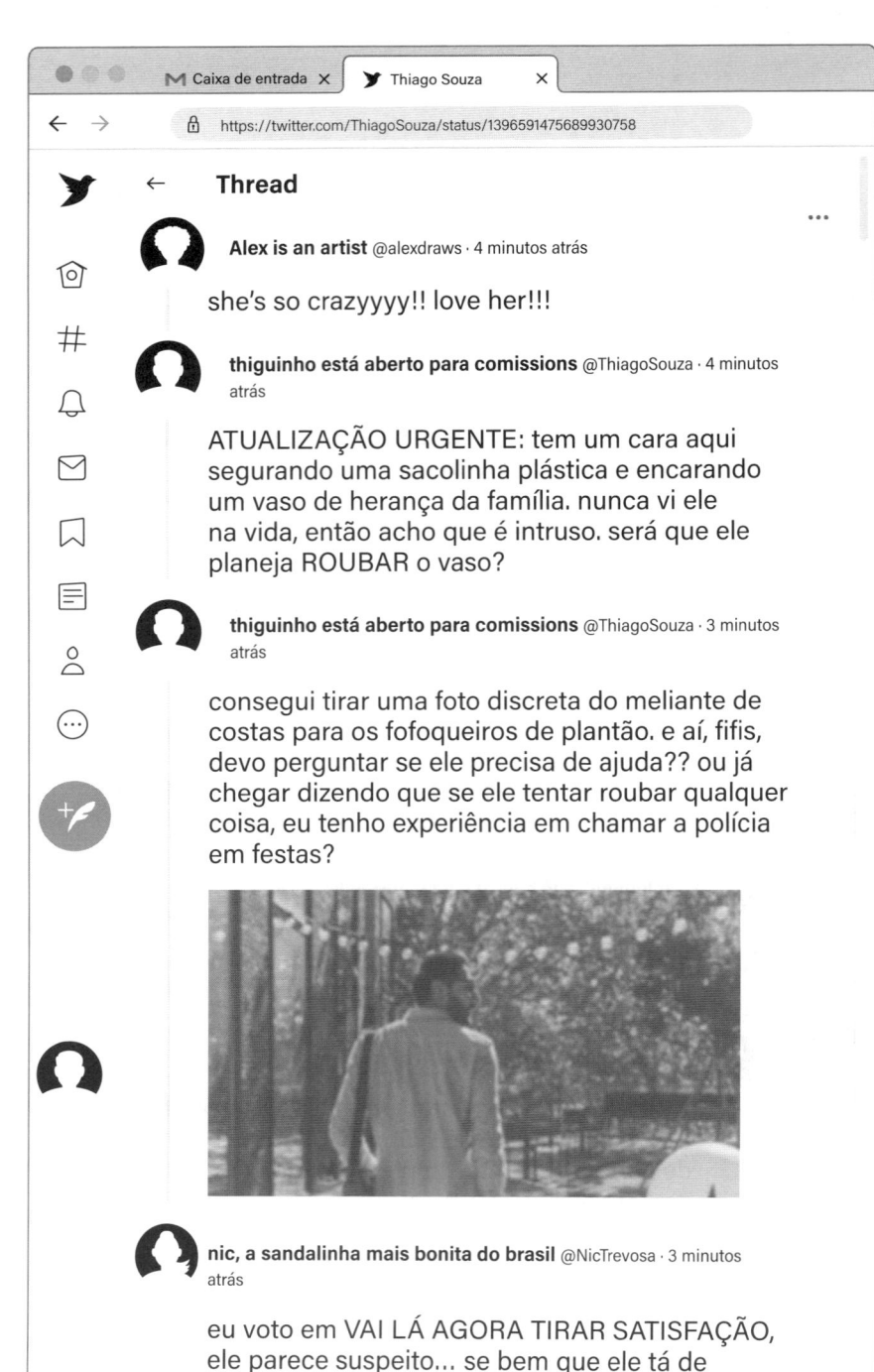

Alex is an artist @alexdraws · 4 minutos atrás

she's so crazyyyy!! love her!!!

thiguinho está aberto para comissions @ThiagoSouza · 4 minutos atrás

ATUALIZAÇÃO URGENTE: tem um cara aqui segurando uma sacolinha plástica e encarando um vaso de herança da família. nunca vi ele na vida, então acho que é intruso. será que ele planeja ROUBAR o vaso?

thiguinho está aberto para comissions @ThiagoSouza · 3 minutos atrás

consegui tirar uma foto discreta do meliante de costas para os fofoqueiros de plantão. e aí, fifis, devo perguntar se ele precisa de ajuda?? ou já chegar dizendo que se ele tentar roubar qualquer coisa, eu tenho experiência em chamar a polícia em festas?

nic, a sandalinha mais bonita do brasil @NicTrevosa · 3 minutos atrás

eu voto em VAI LÁ AGORA TIRAR SATISFAÇÃO, ele parece suspeito... se bem que ele tá de ROUPA SOCIAL... será que não tá perdido?

Thread

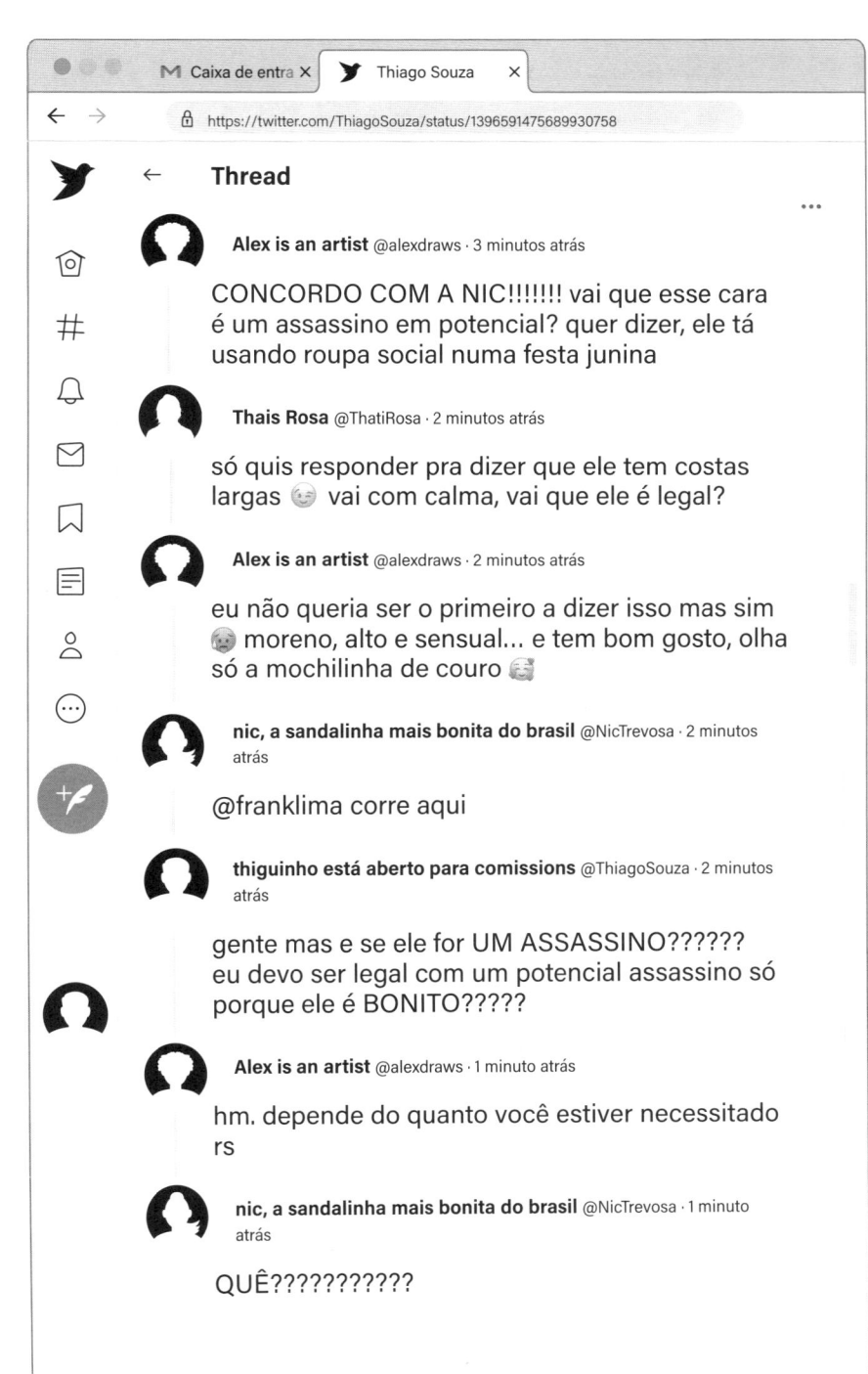

Alex is an artist @alexdraws · 3 minutos atrás

CONCORDO COM A NIC!!!!!!! vai que esse cara é um assassino em potencial? quer dizer, ele tá usando roupa social numa festa junina

Thais Rosa @ThatiRosa · 2 minutos atrás

só quis responder pra dizer que ele tem costas largas 😏 vai com calma, vai que ele é legal?

Alex is an artist @alexdraws · 2 minutos atrás

eu não queria ser o primeiro a dizer isso mas sim 😳 moreno, alto e sensual… e tem bom gosto, olha só a mochilinha de couro 🎒

nic, a sandalinha mais bonita do brasil @NicTrevosa · 2 minutos atrás

@franklima corre aqui

thiguinho está aberto para comissions @ThiagoSouza · 2 minutos atrás

gente mas e se ele for UM ASSASSINO?????? eu devo ser legal com um potencial assassino só porque ele é BONITO?????

Alex is an artist @alexdraws · 1 minuto atrás

hm. depende do quanto você estiver necessitado rs

nic, a sandalinha mais bonita do brasil @NicTrevosa · 1 minuto atrás

QUÊ???????????

Thread

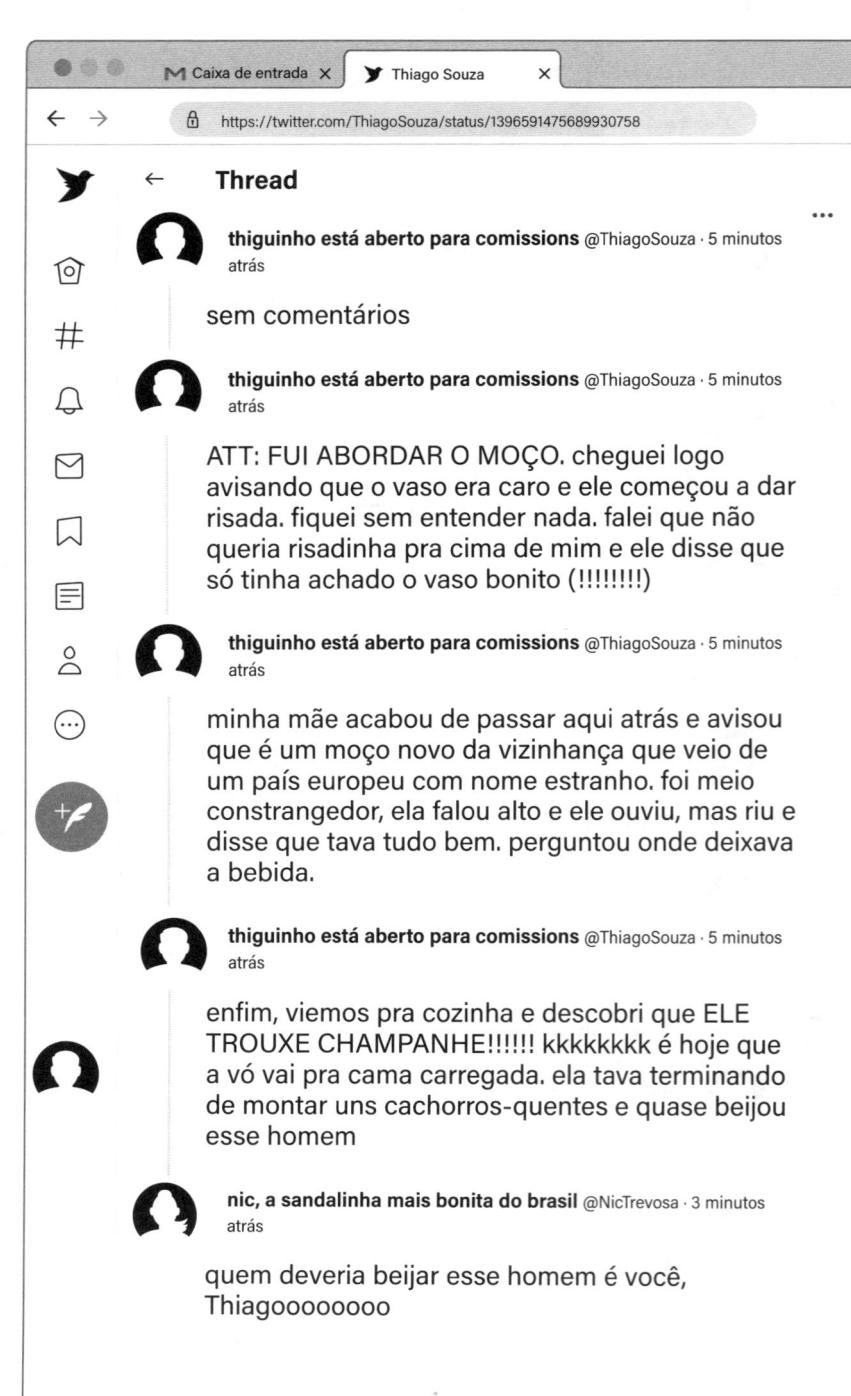

thiguinho está aberto para comissions @ThiagoSouza · 5 minutos atrás

sem comentários

thiguinho está aberto para comissions @ThiagoSouza · 5 minutos atrás

ATT: FUI ABORDAR O MOÇO. cheguei logo avisando que o vaso era caro e ele começou a dar risada. fiquei sem entender nada. falei que não queria risadinha pra cima de mim e ele disse que só tinha achado o vaso bonito (!!!!!!!!)

thiguinho está aberto para comissions @ThiagoSouza · 5 minutos atrás

minha mãe acabou de passar aqui atrás e avisou que é um moço novo da vizinhança que veio de um país europeu com nome estranho. foi meio constrangedor, ela falou alto e ele ouviu, mas riu e disse que tava tudo bem. perguntou onde deixava a bebida.

thiguinho está aberto para comissions @ThiagoSouza · 5 minutos atrás

enfim, viemos pra cozinha e descobri que ELE TROUXE CHAMPANHE!!!!!! kkkkkkkk é hoje que a vó vai pra cama carregada. ela tava terminando de montar uns cachorros-quentes e quase beijou esse homem

nic, a sandalinha mais bonita do brasil @NicTrevosa · 3 minutos atrás

quem deveria beijar esse homem é você, Thiagoooooooo

Thread

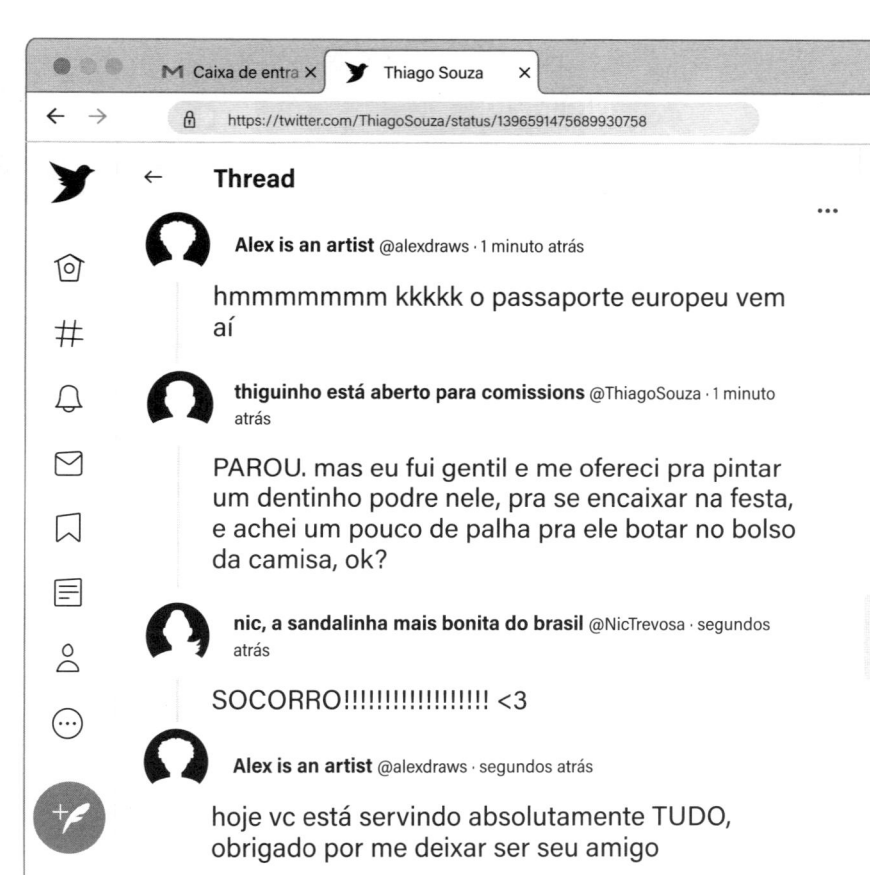

Alex is an artist @alexdraws · 1 minuto atrás

hmmmmmmm kkkkk o passaporte europeu vem aí

thiguinho está aberto para comissions @ThiagoSouza · 1 minuto atrás

PAROU. mas eu fui gentil e me ofereci pra pintar um dentinho podre nele, pra se encaixar na festa, e achei um pouco de palha pra ele botar no bolso da camisa, ok?

nic, a sandalinha mais bonita do brasil @NicTrevosa · segundos atrás

SOCORRO!!!!!!!!!!!!!!!!!! <3

Alex is an artist @alexdraws · segundos atrás

hoje vc está servindo absolutamente TUDO, obrigado por me deixar ser seu amigo

Nic Melo
on-line

> amiga, tá aí?
> 20:27

to sim. o que rolou? 20:29

> então. sabe o bonitão que eu mostrei no twitter?
> 20:29

uhum. 20:29

> então... ele se chama Vladimir
> 20:30

> e o apelido de Vladimir é Vlado (quem diria??? amei)
> 20:30

> enfim, ele é muito legal.
> 20:31

hmmmm... 20:31

isso tá indo pra onde eu acho que tá indo? 20:31

> depois que eu deixei a garrafa de champanhe na geladeira e minha avó quase teve uma síncope e já pediu pra ele abrir (ele abriu), eu falei que as barraquinhas estavam todas no quintal e ele perguntou se podia vir comigo. EU IA NEGAR?
> 20:32

Nic Melo
on-line

MAS É CLARO QUE NÃO 20:32

> pois é. daí eu fiz o dentinho podre nele 20:32
>
> (ele usa enxaguante bucal de hortelã!!!!!!!) 20:32
>
> daí ele continuou sentado perto de mim, vendo eu desenhar os vizinhos que apareciam pedindo um retrato. e nos intervalos a gente conversava sobre a festa e sobre coisas aleatórias... 20:33

!!!!!!!!! socorro !!!!!!!!!! 20:33

> pois é!!!! ele até elogiou o jeito que eu desenho?? (!!!!!!) 20:33
>
> parece que ele veio pro brasil a trabalho, mas não entrou em detalhes 20:33
>
> (o português dele é perfeito!!!!) (quer dizer, ele tem um leve sotaquezinho, mas não incomoda. do que vale você ser europeu se não for ter um sotaquezinho chique, não é mesmo??) 20:33

Nic Melo
on-line

> enfim, ele é da ESLOVÁQUIA, mas morou um tempo aqui em são paulo com o tio, que era casado com uma brasileira
> 20:34

> falei um pouco da minha mãe e como a festa de natal do ano passado foi uma doideira e rimos muito hahaah
> 20:34

> falei também que a minha avó vai amar ele daqui pra frente e pode ser que ela apareça com bolo na casa dele porque ele trouxe champanhe pra ela
> 20:34

hahahahaha fofooooos 20:35

> ele disse que só viu uma mensagem sobre champanhe no grupo da festa e não sabia se era mesmo pra trazer ou não, mas resolveu arriscar
> 20:35

chiquérrimo, ele sabe escolher champanhe ainda por cima kkkkk 20:35

> simmmm. eu falei que se minha avó ficasse bêbada, era ele que ia levar ela pra cama e só percebi a conotação depois
> 20:35

Nic Melo
on-line

> daí a gente riu muito hahaha
> 20:35

MEU DEUS HAHAHAHA e ainda por cima tem SENSO DE HUMOR. quer dizer, espero que ele NÃO leve ela pra cama, que ele leve VOCÊ pra cama
20:36

ai amigo, será que veio aí? 20:36

será que é o seu Tom Holland? 20:36

> AAAAAAAAA não fala isso que eu crio expectativa
> 20:37

mas vem cá... ele só tá sendo MUITO LEGAL ou ele tá FLERTANDO? 20:37

> EU NÃO SEI DIFERENCIAR? eu vou arriscar a dizer que... os dois?
> 20:37

> ele me perguntou onde era o banheiro e eu dei as instruções e aí finalmente as pessoas me deram uma folga pra COMER
> 20:37

> fui buscar uma pamonha... sei que eu deveria estar comendo castanha, mas é que é pamonha da minha avó 🥺
> 20:38

Nic Melo
on-line

> COME ESSA PAMONHA FELIZ E SEM CULPA!!!!!! para com isso (e bota uma no bolso pra mim por favorzinho) 20:38
>
> enfim, tudo muito interessante... acho que vc devia... tentar uma investida 20:38

KKKKKKKK 20:39

amiga, eu não sei pra quantas pessoas você tá mandando mensagem, mas acho que vc tá falando na conversa errada 20:39

oi, meu nome é Thiago, eu sou aquele seu amigo que você divide apartamento, gordinho, autoestima baixa, cicatriz de acne no rosto, sabe? 20:39

não tem nenhuma chance de eu tentar uma investida kkkkkkkk 20:39

> THIAGO, PARA COM ISSO, QUE ÓDIO. o cara tá aí te dando mole, mano... vai fundo. pelamor 20:40
>
> manda a clássica "já é ou já era?" 20:40

Nic Melo
on-line

> eu não sei se consigo?
> 20:41

bebe quentão!!!!!!!! chama a coragem 20:41

> ele tá voltando!!!!! falo com você depois
> 20:41

> aimeudeusdocéu ele trouxe um copinho de quentão pra mim rs
> 20:41

> tá, FALO COM VC DEPOIS
> 20:42

socorro 😳😳😳😍😳😳😳 20:42

FESTINHA JUNINA
Janaina, Neuza, Zil...

Janaina Souza
oi, gente! achei melhor mandar mensagem por aqui porque eu não sei aonde a gente enfiou o microfone e a caixinha de som pra avisar as coisas em voz alta e tá uma barulheira   21:00

Janaina Souza
@Thiago Souza você sabe onde tá o microfone e a caixinha, filho? se tem uma pessoa que pode saber, é você.   21:02

Janaina Souza
enfim, quem quiser participar da quadrilha, a gente tá afastando as barraquinhas no quintal e deve começar daqui uns quinze minutinhos, tá? espero que todo mundo se anime!!!! senão a quadrilha fica chata   21:04

Correio Elegante

DE: Vlado
PARA: o moço bonito que desenha

**PULA FOGUEIRA
SOLTA BALÃO
POSSO FICAR
COM O SEU CORAÇÃO?**

Dança quadrilha comigo?

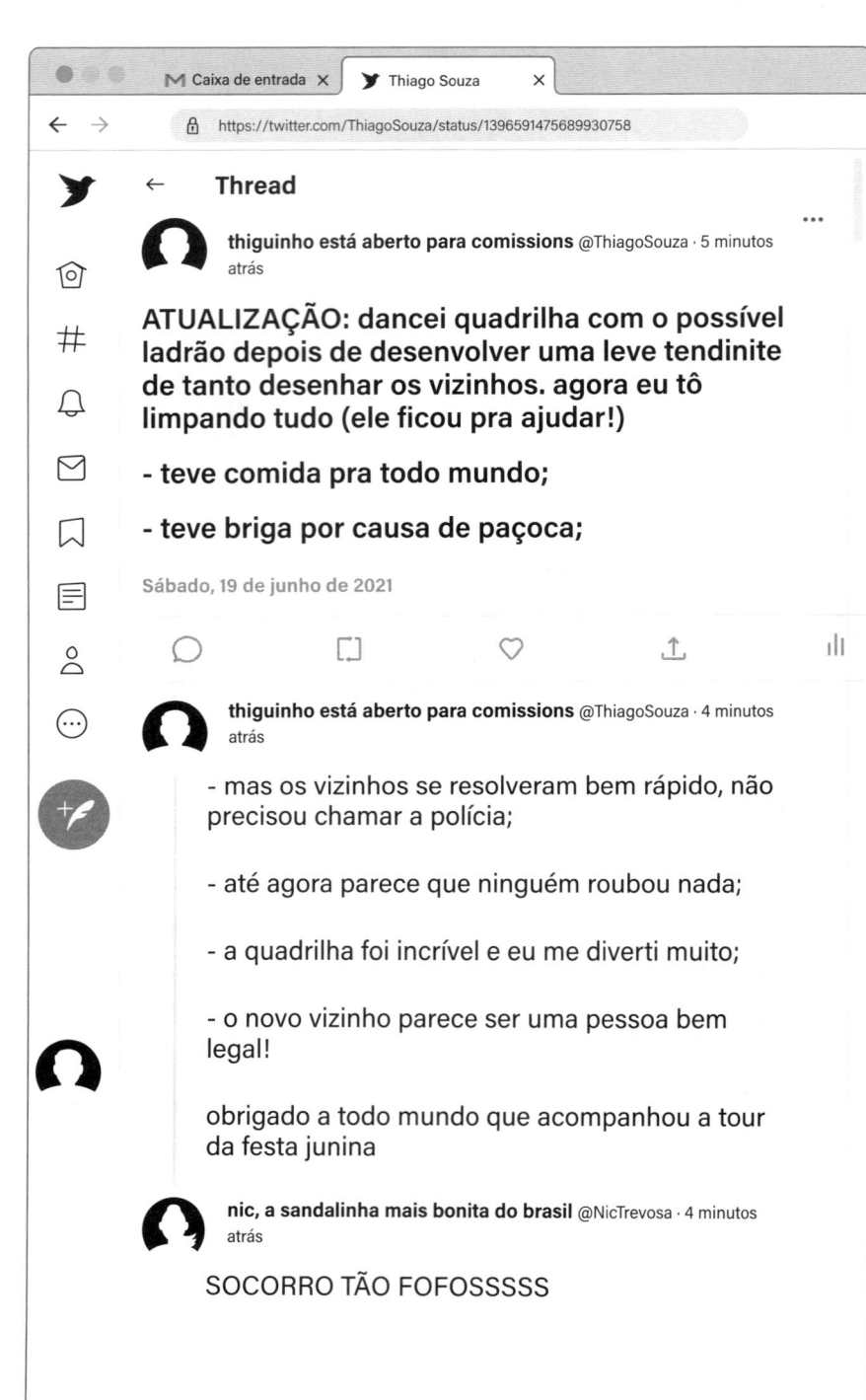

thiguinho está aberto para comissions @ThiagoSouza · 5 minutos atrás

ATUALIZAÇÃO: dancei quadrilha com o possível ladrão depois de desenvolver uma leve tendinite de tanto desenhar os vizinhos. agora eu tô limpando tudo (ele ficou pra ajudar!)

- teve comida pra todo mundo;

- teve briga por causa de paçoca;

Sábado, 19 de junho de 2021

thiguinho está aberto para comissions @ThiagoSouza · 4 minutos atrás

- mas os vizinhos se resolveram bem rápido, não precisou chamar a polícia;

- até agora parece que ninguém roubou nada;

- a quadrilha foi incrível e eu me diverti muito;

- o novo vizinho parece ser uma pessoa bem legal!

obrigado a todo mundo que acompanhou a tour da festa junina

nic, a sandalinha mais bonita do brasil @NicTrevosa · 4 minutos atrás

SOCORRO TÃO FOFOSSSSS

Thread

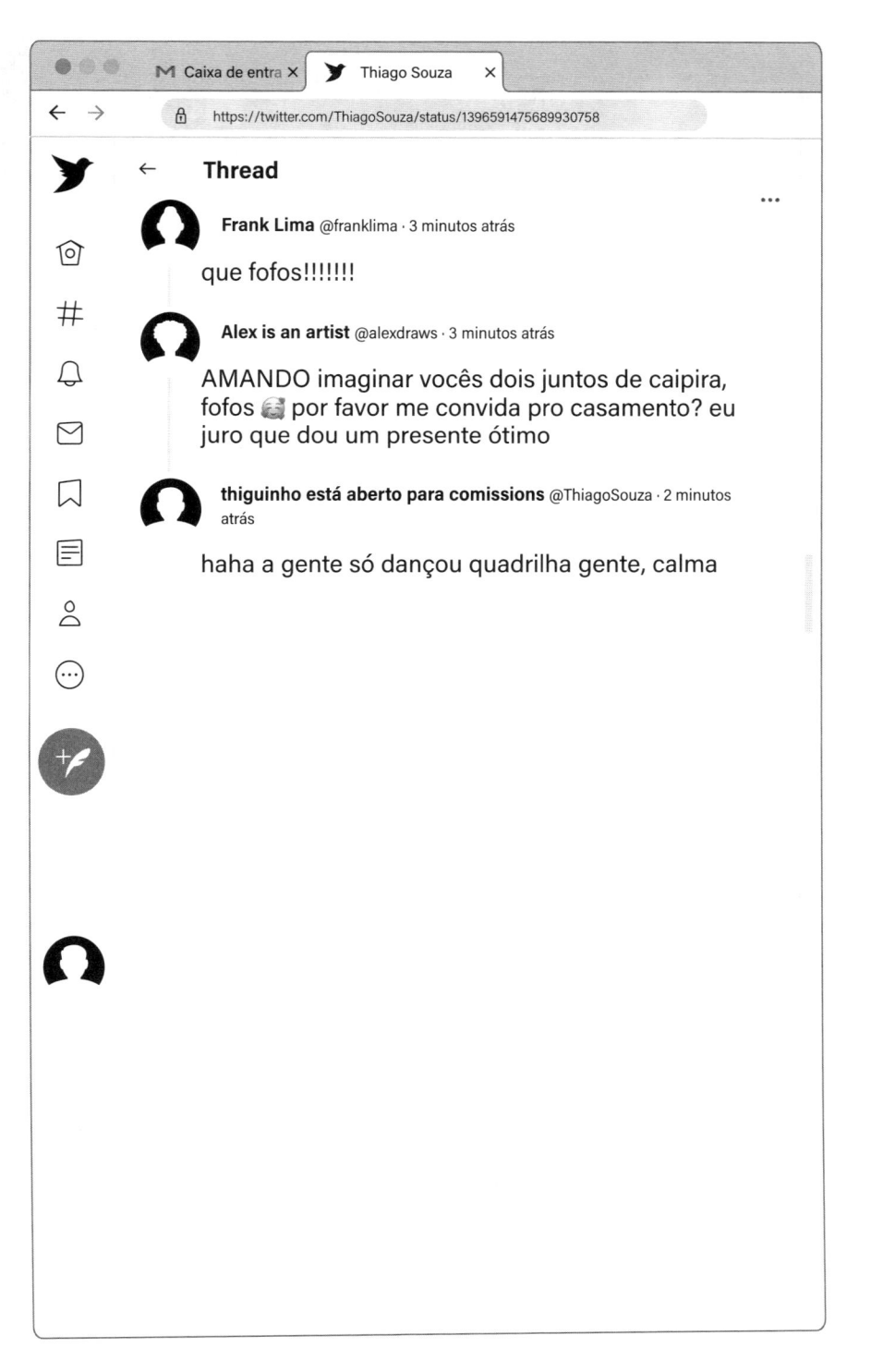

Frank Lima @franklima · 3 minutos atrás

que fofos!!!!!!!

Alex is an artist @alexdraws · 3 minutos atrás

AMANDO imaginar vocês dois juntos de caipira, fofos 😊 por favor me convida pro casamento? eu juro que dou um presente ótimo

thiguinho está aberto para comissions @ThiagoSouza · 2 minutos atrás

haha a gente só dançou quadrilha gente, calma

Nic Melo
on-line

Sábado, 19 de junho de 2021

amigo, e aí? o cara já foi embora? vocês trocaram número????? 22:07

amigo??? 22:40

Thiago, você tá aí???? 23:18

Domingo, 20 de junho de 2021

amiga, bom dia. perdão. aconteceu um negócio ontem... eu te explico depois 7:40

eita??? 9:23

Domingo, 20 de junho de 2021, 07:35
De: Michael Pott
Para: Vladimir Varga
Assunto: 🔗 **Direcionamentos – Filial brasileira**

Traduzido do inglês ˅

Olá, Vladimir,

Fiquei muito feliz pela nossa reunião hoje. Desculpe novamente pela diferença de fuso, não percebi que era tão cedo por aí. Mas isso certamente demonstra que você segue focado, o que é muito importante para que eu fique tranquilo quanto a sua atuação em mais esse desafio.

Segue em anexo a nova planilha de produtividade para que você dê início à implementação, conforme conversamos. É só uma referência para que você se organize, mas eventualmente posso precisar de uma informação ou outra, então por favor mantenha-a atualizada. Tire um tempo para preenchê-la com cuidado, ok? Migrar da planilha anterior para essa deve ser trabalhoso, mas a cautela é mais do que necessária para que dados cruciais não sejam perdidos.

Não se esqueça de tudo o que conversamos referente à gestão de pessoas, ok? Vamos fazer dessa nova implementação um sucesso! A Innovativ conta com você.

Obrigado,

Michael Pott

**COO
Agência Innovativ**

Domingo, 20 de junho de 2021, 07:40
De: Vladimir Varga
Para: Michael Pott
Assunto: RE: Direcionamentos – Filial brasileira

Traduzido do inglês v

Olá, Michael!

Fique tranquilo quanto ao horário, eu me mudei recentemente e ainda estou adaptando minha rotina de sono. Se precisar realizar futuras reuniões em um horário que pareça inadequado no fuso do Brasil, posso me adequar à sua agenda.

Sobre a nova planilha de gerenciamento de produtividade, fique tranquilo, vou começar a usá-la a partir de agora. Vou transferir todos os dados que já existiam e alimentá-la para termos os números consolidados e estabelecermos metas precisas. Vou tirar o dia hoje para fazer isso. Acredito que vá ser um ótimo instrumento, aliado a tudo o que conversamos sobre gestão, principalmente nesse momento inicial, para atingirmos resultados rápidos e que essa implementação seja um sucesso! Estou animado.

Obrigado,

Vladimir Varga

**Gerente de operações no Brasil
Agência Innovativ**

Domingo, 20 de junho de 2021, 08:07
De: Vladimir Varga
Para: Ladislav Varga
Assunto: Como estão as coisas?

Traduzido do eslovaco v

Oi, tio! Tudo bem?

Vou tentar escrever pra você de vez em quando pra contar novidades sobre o que está acontecendo por aqui!

Desembarquei no Brasil faz uns dias e o calor vai acabar me matando. Isso e a péssima conexão com a internet em basicamente todos os lugares, mas pra quem já viveu tanto tempo em uma cidadezinha no interior da Eslováquia, é até que bom. Mas depois que as torres chegaram por aí, a internet não tem nem comparação. Enfim.

Estar em São Paulo me faz lembrar muito de você e da Bianca, da época em que moramos aqui e daquela casa de praia em que costumávamos passar umas semanas nas férias antes de a gente se mudar de volta para a Eslováquia. Era muito, muito bom. Você lembra? Ela fazia cocada e a gente ficava tardes inteiras na praia e eu voltava pra casa todo queimado. E aí você passava aquelas loções de aloe vera e eu chorava. Me deu muitas saudades dessa época!

Tenho me sentido um pouco solitário. Estava animado de vir pra cá pela empresa, porque tenho memórias muito boas desse país com vocês, mas percebi que é bem triste estar aqui sozinho. As pessoas têm sido receptivas e eu até consegui ir em uma festa que fizeram no meu bairro, mas passar o dia todo dentro de casa sem ter com quem conversar me deixa... triste. Mas está tudo bem! Só preferiria se tivesse alguém aqui comigo.

Como ficar à toa não é exatamente o meu forte, eu acabo trabalhando mesmo, que é basicamente a única coisa que tenho pra fazer. É bom porque adianto as coisas, mas estou um pouco cansado.

Aliás, eu conheci um cara naquela festa que eu falei. O nome dele é Thiago e ele desenha. Ele se mostrou muito interessante e atencioso, gostei bastante dele. Os pais dele eram os anfitriões e foi muito bom, senti uma energia muito boa deles e especialmente do Thiago. Isso me deu esperanças no meio dessa solidão toda.

Espero que esteja tudo bem! Por favor, me manda notícias, tá? Fico muito preocupado sabendo que você está sozinho por aí, nesse vilarejo no meio do nada. Espero que não esteja pegando muito trabalho das pessoas da vizinhança. Já conseguiu terminar de arrumar a moto daquele vizinho? Ele pagou?

Não esquece que você também precisa comer, então é bom cobrar por esses serviços que tem feito pros vizinhos.

Com amor,

Vlado

Domingo, 20 de junho de 2021, 09:47
De: Ladislav Varga
Para: Vladimir Varga
Assunto: RE: Como estão as coisas?

Traduzido do eslovaco v

Vladimir,

Agradeço muito o e-mail e a preocupação. Por aqui está tudo bem.

Fico feliz que tenha lembrado das vezes que fomos para a praia e da época que morávamos no Brasil com a sua tia Bianca. Ela era uma mulher fascinante, não era? São boas lembranças. Você era um bebê chorão com aquelas queimaduras, e passar Aloe Vera em você era muito difícil, porque você não parava de gritar e espernear.

Lembro de como era calor. E como era sempre abafado. Bons tempos.

Outro dia tive um pequeno acidente tentando diminuir a mangueira do jardim com uma faquinha e acabei precisando fazer um curativo na mão, mas está tudo bem, não foi nada grave. Por favor, não faça drama, já está tudo resolvido. Tomei até a vacina antitetânica.

Espero que você aproveite tudo o que precisa com esse moço e essa sua fase passe logo.

Cordialmente,

Ladislav Varga

FESTINHA JUNINA
Janaina, Neuza, Zil...

Domingo, 20 de junho de 2021

Janaina Souza
oi, gente! festão, né?????? eu amei, vocês amaram? 10:27

Janaina Souza
quem não veio, infelizmente perdeu uma das melhores festas que já tivemos!!!!! 10:27

Janaina Souza
vamos repetir mais festinhas, ok? espero que da próxima vez venha quem não veio 10:28

Janaina Souza
ah, esqueceram um agasalho aqui em casa, ele é vermelho e rosa, uma belezinha, não sei de quem é, por favor me avisem. só não mando foto porque eu estava tendo um problema com o aspirador e acabei abrindo o compartimento de pó e fez um pouco de sujeira na sala, deixei aqui para o thiago, meu filho, levar no técnico mais tarde. 10:29

Letícia ♥
Oi, vizinha! Acho que é o meu casaco rsrsrs 10:30

FESTINHA JUNINA
Janaina, Neuza, Zil...

Zilda Gomes
Olá, pessoal! Aproveitando o espacinho do grupo, gostaria de dizer a todos aqui presentes que sou uma revendedora do time Avon. Revista nova todos os meses, produtos que a gente acaba mesmo precisando! Temos lançamentos ótimos esse mês, vou deixar uma página das ofertas aqui também, pra quem tiver interesse. Podem me chamar aqui no zap que eu estou aceitando todos os tipos de pagamento, incluindo PIX, ok? Se tiverem interesse, temos um esqueminha de consórcio entre as vizinhas, quem estiver interessada pode me chamar também. Um beijo, Zilda   10:40

→ Encaminhada

PDF ofertas-avon-junho.pdf
10:40

Janaina Souza
obrigada, zilda   10:41

Janaina Souza
é uma ótima revendedora, pessoal! indico muito   10:41

FESTINHA JUNINA
Janaina, Neuza, Zil...

Janaina Souza
letícia, passa aqui depois pra pegar o agasalho.   10:43

Janaina Souza
infelizmente não vou poder lavar pois minha máquina enguiçou e estou sem máquina por um tempinho, o homem do conserto marcou de vir aqui na terça-feira para resolver mas ainda não veio, @Thiago Souza você chegou a falar com ele?   10:43

Letícia ♥
Pode deixar, Janaina! Aproveitando também, não sabia que podíamos fazer divulgação! Gostaria de dizer que revendo Natura. Quem estiver interessado na revista, posso levar pra vocês darem uma olhada sem compromisso, ok? Um beijo   10:45

Zilda Gomes
Opa, eu também revendo Natura! Se quiserem um descontinho amigo, vem que eu posso dar! Podem dar uma olhadinha sem compromisso também. Um beijo   10:47

FESTINHA JUNINA
Janaina, Neuza, Zil...

Zenaide
olá todo mundo gostaria de divulgar também o meu serviço de bolo e docinho pra festa de aniversário, também faço salgado e também atendo outras festividades que não apenas aniversário, o bolo de milho da festa fui eu quem levou tava bom né, receita própria. encomendas aqui via meu zap mesmo. venha prestigiar. 13:45

Sônia Souza
olá pessoal também revendo natura ok, revista comigo. quem quiser dar uma olhadinha sem compromisso, posso passar pela sua casa e deixar a revistinha, esse mês veio novidade de perfume afrodisíaco pro dia do orgasmo rsrsrs vamos lá mulherada, quem quiser a revistinha me avisa ok? 17:25

Janaina Souza
pessoal, vou estar encerrando o grupo para evitar mais propagandas ok? vou estar abrindo um grupo novo quando formos ter uma nova festinha. um beijo 19:40

Neuza Souza
boa noite que deus abençoe o grupo 19:56

FESTINHA JUNINA
Janaina, Neuza, Zil...

Neuza Souza
obrigada bonitão champanhe obrigada boa noite deus abençoe n senhora acompanhe cubra manto   19:57

Vladimir Varga
por nada, dona Neuza! 😉 20:03

Janaina Souza
pessoal, eu não sei excluir grupo, tentei em diversos tutoriais aqui mas não sei. vou pedir para o meu filho @Thiago Souza me ensinar assim que possível. até lá, por favor, não mandem mensagem neste grupo, ok? ele está fechado.   20:33

Domingo, 20 de junho de 2021, 20:35

De: GPO – Software de gestão de ponto
Para: Vladimir Varga
Assunto: Notificação automática da gestão de ponto

Caro colaborador Vladimir Varga,

Este é um e-mail automático para notificá-lo de que no dia 20 de junho de 2021 seu ponto digital registrou 01:35 horas trabalhadas. Por favor, evite trabalhar em dias sem expediente.

Caso esta exceção esteja pré-acordada com o departamento de Recursos Humanos, favor desconsiderar este e-mail.

Atenciosamente,

**GPO
Software de gestão de ponto
A melhor solução para a sua empresa!**

| OVERVIEW | STATISTICS | ACHIEVEMENTS | + | ★ | **VIGIAS** |

★ **GAYFAIRY**

525/5000 PONTOS ACUMULADOS

300+ HRS HORAS JOGADAS

SOBRE O JOGO

PERFIL DO USUÁRIO ⌄

Vigias é um jogo de ação em equipe em primeira pessoa. Em um ambiente distópico, um grupo de seres humanos acaba sendo afetado pela radiação da poluição atmosférica e desenvolve superpoderes, que acabam sendo uma vantagem quando a Terra é invadida por uma raça alienígena que quer aniquilar os humanos. Contando com 3 categorias de personagens — escudeiros, curandeiros e atacantes —, os super-heróis precisam formar equipes de 6 para derrotar os 6 super-heróis do time adversário, que foram infectados pelos aliens.

PERFIL DO USUÁRIO

Username: vladvar
Nickname: GayFairy
Horas jogadas: 300+
Jogado pela última vez: há 5 minutos
Progresso em conquistas: 5 de 182
Ranking geral: Liga de latão, nível 38

r/Vigias Enviado por u/brisas há 7 horas

Atualização de personagem: Grace

Notícia sobre o jogo *Vigias*: nova atualização de aparência da personagem Grace, a curandeira, foi anunciada. Sua função secundária, de ataque, também foi ajustada e sofreu um importante nerf.

GayFairy · 3 min

> Linda e burra, exatamente como essa empresa maldita quer que a gente, que é main Grace, pareça. Que ódio!!!!

ArqueiroExplosivo · 3 min

> mas ela ficou tão linda!!!!!!! :(se você não quer nerf no ataque de uma personagem curandeira, talvez esteja na hora de você jogar com uma personagem de dano, sabe u/GayFairy

GayFairy · 3 min

> NUNCA!!!!!!! Eu amo a Grace. Ela é uma fada da cura. Ela é foda, ela era uma médica e cientista brilhante antes de entrar pro time dos Vigias!!!!! Eu sou MAIN GRACE PRA SEMPRE

ArqueiroExplosivo · 2 min

> mas sabe, ela pode ser LINDA e FODA ao mesmo tempo. Tá tudo bem. Acho que o nerf nas habilidades de ataque dela foram pequenos, considerando que ela só tem... bom, uma pistola.

GayFairy · 2 min

> Ela pode ser linda e foda ao mesmo tempo, mas nerfar a habilidade de ataque dela só faz ela virar uma fadinha inocente e... bom, a

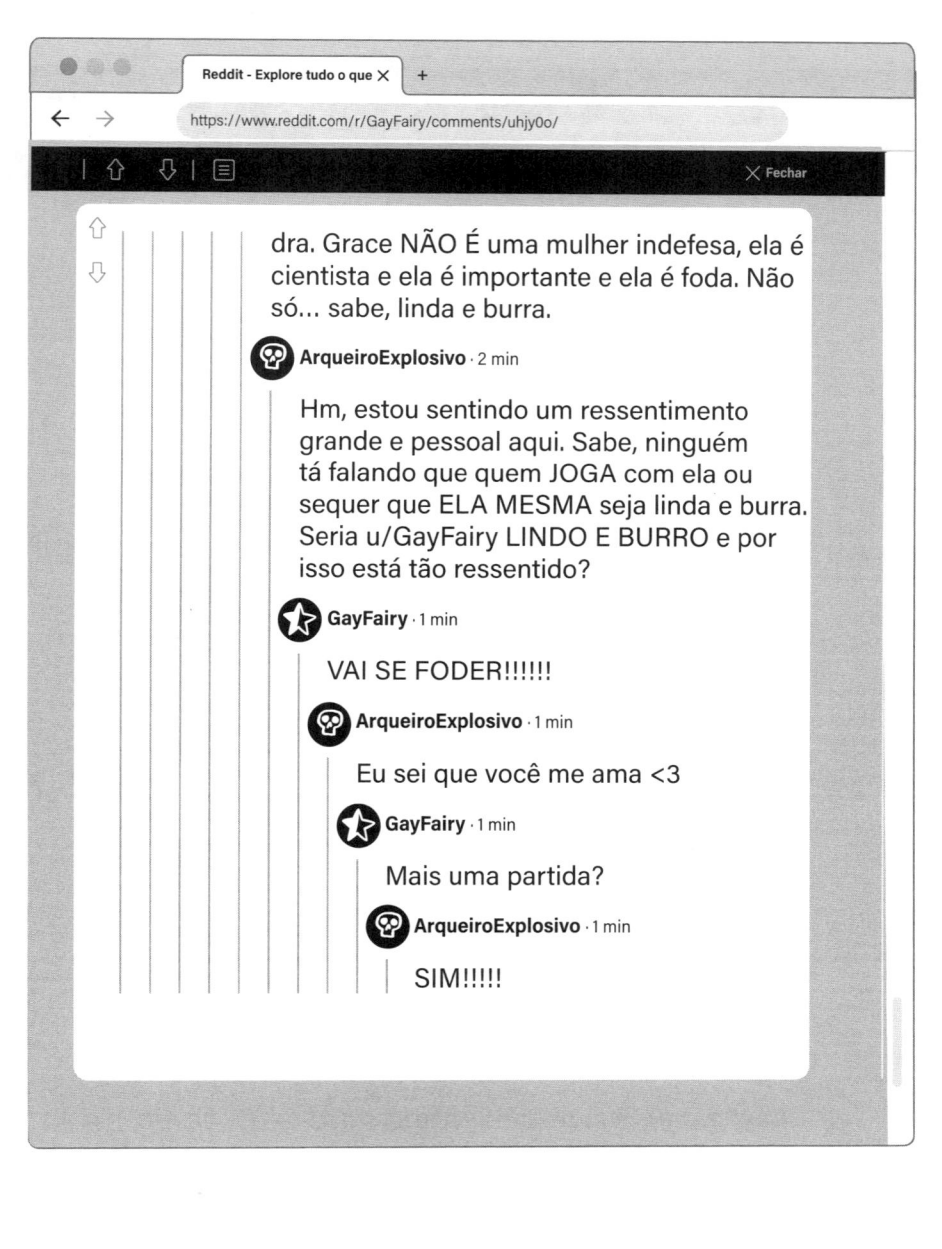

dra. Grace NÃO É uma mulher indefesa, ela é cientista e ela é importante e ela é foda. Não só... sabe, linda e burra.

ArqueiroExplosivo · 2 min

Hm, estou sentindo um ressentimento grande e pessoal aqui. Sabe, ninguém tá falando que quem JOGA com ela ou sequer que ELA MESMA seja linda e burra. Seria u/GayFairy LINDO E BURRO e por isso está tão ressentido?

GayFairy · 1 min

VAI SE FODER!!!!!!

ArqueiroExplosivo · 1 min

Eu sei que você me ama <3

GayFairy · 1 min

Mais uma partida?

ArqueiroExplosivo · 1 min

SIM!!!!!

Chat interno

GayFairy: gg, acabamos com aquele arqueiro do time inimigo

GayFairy: foi bem fácil de marcar ele, né?

ArqueiroExplosivo: sim… quer dizer, eu marquei, você só ficou curando, né?

GayFairy: ué, sim, mas é a união do time que fez acontecer a mágica…

ArqueiroExplosivo: é… com certeza…

GayFairy: topa mais umas rodadas?

ArqueiroExplosivo: eu queria muito!!!!!!!! mas combinei de sair com a minha namorada mais tarde 😕 foi mal, cara.

GayFairy: ah, seu sortudo. tem alguém com quem sair

ArqueiroExplosivo: cê não vai fazer nada hoje?

GayFairy: vou nada. me mudei recentemente, ainda não conheço ngm aqui

GayFairy: trabalhei o dia inteiro, tô só desestressando

ArqueiroExplosivo: entendi. poxa 😕 espero que cê consiga alguém pra jogar. talvez uma sala aleatória?

GayFairy: ah não, é muito chato… normalmente as pessoas são ruins hahaha acaba com a graça

ArqueiroExplosivo: ah sim, claro, porque a sua GRACE é o que faz a diferença na partida

GayFairy: vai se foder, eu tô falando exatamente porque eu sou curandeiro, e ficar curando gente ruim é chato pra cacete…

ArqueiroExplosivo: é, e não é como se você fosse lá TÃO BOM assim de Grace, né?

GayFairy: vsf

ArqueiroExplosivo: mas viu, você devia sair um pouco… fazer outras coisas fora daqui

ArqueiroExplosivo: ir pra um bar, sei lá. um bar gay?

GayFairy: eu não, odeio lugar cheio

GayFairy: não conheço nada por aqui e não aguento mais trabalhar, senão terminava umas coisas que ainda tenho pra fazer

GayFairy: e preciso ir pra academia mais tarde, tenho ido todo dia

ArqueiroExplosivo: lindo e burro, assim como a Grace

GayFairy: vsf

ArqueiroExplosivo: preciso ir

GayFairy: tchau

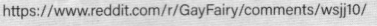

r/PeçaUmConselho Enviado por u/GayFairy há 5 minutos

Como eu [H 30] faço para mandar mensagem para um cara [H 25] depois de sair com ele e transar no primeiro dia?

Faz pouco tempo que eu me mudei de país a trabalho e tenho me sentido sozinho. Eu sei que é tudo questão de adaptação (isso já aconteceu antes, não é a primeira vez que me mudo a trabalho), e sempre tenho um período mais triste até criar uma rotina e chegar na parte divertida.

Mas dessa vez as coisas estão um pouco mais complicadas. Eu fui a uma festa recentemente e conheci um cara muito legal, bonito e fofinho. Ele é artista e fiquei fascinado pela forma como ele consegue demonstrar suas emoções. Isso parece ser muito, muito natural para ele.

Sempre fui um cara muito fechado, fui criado assim. Minhas emoções foram podadas para não ficarem em evidência. Sei que pareço esquisito por isso. Mas depois de ver ele desenhando e colocando as próprias emoções no papel, falando livremente sobre tanta coisa mesmo com a família ao redor, fiquei me perguntando por que isso é tão difícil pra mim e pensando em como eu queria ser assim também. E nessa mesma noite – eu fiquei realmente fascinado e estava solitário, meio triste, pensativo e carente, por favor não me julguem –, a gente acabou... sabe, transando.

Queimei a largada feio.

Estou com um pouco de vergonha de mandar mensagem para ele e parecer carente demais, mas, por outro lado, eu realmente queria que a gente se conhecesse melhor. Estou me sentindo tão sozinho aqui. Mesmo se ele não quiser continuar nada comigo, eu aceitaria que a gente fosse só amigo, sabe? Eu... percebi que tenho poucos amigos. Isso é meio triste.

O que vocês fariam?

ArqueiroExplosivo · 3 min

caralho, u/GayFairy, queimou a largada legal... kkkkk no primeiro dia??????? mas sinceramente, eu acho ok

acho que você devia total mandar mensagem!!! talvez ele esteja com esse exato dilema, inclusive. e se você quer conversar mesmo que terminem só como bons amigos, melhor ainda. ninguém merece ficar se sentindo sozinho, meu amigo. aliás, espero MESMO que você tenha pegado O NÚMERO DELE pelo menos kkkk

fofos, já shippo. por favor, mande atualizações (agora tenho cada vez mais certeza de que você é lindo e burro que nem a Grace, porque pra conseguir transar no primeiro dia desse jeito... bom...)

GayFairy · 2 min

me chamou de lindo e burro só porque eu transo mais do que você????? isso é inveja!!!!!!!!

pode deixar, eu atualizo. acho que vou mandar mensagem.

UnicornRainbow · 2 min

ele desenha? mas em que tipo de festa você foi que as pessoas desenham???

manda mensagem sim!!!!! mas não seja doido de já querer começar a planejar o casamento hahaha manda só um oi tudo bem, pega leve. não vai assustar o cara.

GayFairy · 1 min

que merda, eu já tinha reservado nossos ternos!!! =(lol ele estava desenhando retratos dos convidados. obrigado pelo conselho, acho que vou mandar mensagem.

JackFox · 2 min

ué, mas você quer continuar vendo esse garoto? se sim, só tem um jeito de fazer isso, e não é entrando na casa dele com um cajado de cura e uma pistolinha, que nem a Grace invadindo o quartel-general inimigo dos Vigias. hahaha manda mensagem sim!

GayFairy · 1 min

às vezes eu esqueço que não posso ser a Grace no mundo real. lol obrigado pela dica.

Academia Build your Body!

PROGRAMA DE TREINO

Data: 20/06/2021 21:50

Nome: Vladimir Varga
Início do contrato: 17/06/2021
Instrutor: Paula Maria
Quantidade de treinos: 3

Treino de hoje:

EXERCÍCIO	SÉRIES	REP.
Supino	3	8
Supino inclinado halteres	3	12
Cadeira extensora	3	15
Cadeira abdutora	3	15
Elevação lateral	3	10
Bíceps rosca	3	12
Tríceps corda	3	12

Bom treino!

VLADO
on-line

Domingo, 20 de junho de 2021

oi, thiago! 22:37

peguei seu número no grupo que a sua mãe criou. 22:38

queria dizer que gostei muito da noite de ontem e queria te conhecer melhor! Se estiver disponível, vamos marcar de sair essa semana? 22:38

oi, vladimir! 22:45

me chama de Vlado!! 😃 22:45

hahaha tá bom. oi, vlado!!! 22:45

oi, thiago. 22:48

gostei muito de ontem também. 22:48

vamos sair sim! vamos com certeza. que dia você pode? 22:48

posso amanhã à noite, depois do trabalho. umas 20h? 😊 22:50

VLADO
on-line

> você tem algum lugar pra indicar pro cara novo na cidade?
> 22:50

eita, que difícil... você quer ir tipo... num barzinho? conheço um bem legal.
22:52

> ah... hm. é um bar cheio de gente?
> 22:52

bem, às vezes ele enche, mas às vezes não. não dá muito pra saber. mas é um barzinho legal.
22:53

> eu prefiro lugares não tão cheios pra gente ficar mais à vontade. mas tudo certo, a gente pode ir pro barzinho sim!
> 22:53

olha, não espere muita coisa. tem uns drinks legais e tal, mas não muito mais que isso haha eu tenho certeza de que na Europa tem coisas melhores.
22:53

> aaaah, eu duvido. o jeitinho brasileiro é melhor em absolutamente tudo. em tudo mesmo. todas as minhas experiências aqui tem sido melhores do que lá.
> 22:54

uau. sério? em tudo mesmo? estou até lisonjeado.
22:55

VLADO
on-line

eu não tinha pensado nisso 😬😳 22:56

mas serve 🥺 22:56

hahaha eu tava só brincando. mas se vc quiser pode ser sério 😳
22:57

marcado então amanhã, né? segunda-feira.
22:57

marcado 😊 22:57

agora preciso dormir porque acordo cedo amanhã!!!! boa noite
22:58

boa noite 23:00

| OVERVIEW | STATISTICS | ACHIEVEMENTS | + | ☆ | VIGIAS |

GAYFAIRY 38

525/5000 — PONTOS ACUMULADOS
300+ HRS — HORAS JOGADAS

NOTIFICAÇÕES ✕

Últimos cinco jogos

Mapa - Rio de Janeiro: Derrota
Mapa - Londres: Derrota
Mapa - Sydney: Derrota
Mapa - Istambul: Empate
Mapa - Nigéria: Derrota

Tempo total jogado no dia: 3h
Pontos acumulados: 525/5000

Nic Melo
on-line

> thi, acho que vou direto pro trabalho amanhã, ok? consegui comprar o ônibus de volta só de madrugada 22:07

beleza. a gente se vê lá amanhã então. 22:09

> eu juro que tô olhando apartamento, eu juro juro. sério mesmo 22:10

> mas você viu o preço dos apês mais SIMPLES em São Paulo? Não tá dando. Ainda mais tendo que pagar o tratamento da minha avó 22:10

NICOLE PARA COM ISSO!!!! eu já falei que pode ficar o quanto quiser aqui em casa, você é maravilhosa de se dividir qualquer coisa. falando sério 22:11

aliás, como tá a sua avó? você falou sobre isso muito por cima ontem. 22:11

> ah, ela tá bem... dentro do possível. o tratamento do câncer é mó barra, vários remédios etc. mas ela tá bem. carequinha. ontem ela tava com desejo de comer doce e aí eu e minha mãe fizemos brigadeiro pra ela. 22:12

Nic Melo
on-line

> ufa, feliz que ela tá bem. ela é forte demais, vai passar por mais essa. 22:12

> isso mesmo, tem que fazer as vontades da vovó Vera 22:12

> e te falar uma coisa. se eu souber que vocês não tão fazendo as vontades dela eu vou ligar pra sua mãe e ir pessoalmente pra Ribeirão resolver isso. 22:12

hahaha ela tá sendo mais mimada do que nunca, você pode ficar descansado 22:13

aliás, tudo o que ela quer agora é que eu ache uma moça pra casar e eu já falei pra ela que tô focada na minha carreira hahah mas ela tá irredutível, credo 22:13

> hahahaha TEM QUE FAZER AS VONTADES DA VOVÓ VERA!!!! arranja uma namorada AGORA. 22:13

KKKK se fosse fácil assim 22:13

aliás, minha avó deu um presente embalado pra gente que tá aqui comigo. 22:13

Nic Melo
on-line

disse muito séria que eu só posso abrir com você. hahaha
22:13

ai socorro, FOFA DEMAIS <3
só que agora tô curioso
22:13

a gente precisa mesmo estar JUNTO pra abrir o presente?
22:14

hahaha ela disse que é pro apartamento 22:14

acho que eu posso abrir agora, a gente tá praticamente junto pelo celular 22:14

POR FAVOR
22:14

pera, vou abrir 22:15

AMIGO É A COISA MAIS FOFA 22:15

POR FAVOR EU QUERO SABER O QUE É
22:15

É UMA CAPINHA BORDADA PRO FILTRO DE ÁGUA COM ESTAMPA DE ARCO-ÍRIS HAHAHAHAHAH
22:15

SOCORRO
22:15

Nic Melo
on-line

> veio com um recadinho, depois mando foto pra você ver 22:15

AI EU AMEI. 22:16

> aliás, falando nisso, minha mãe mais uma vez aproveitou o barco e encheu o saco dizendo que eu preciso pagar você de alguma forma e que eu não posso ficar morando de favor, onde já se viu etc. 22:16

> inclusive, vou deixar um pote de bolo na geladeira quando chegar em casa amanhã, ok? ela fez questão 22:16

eu amo a dona Ana, mas NÃO ESCUTA ELA!!! Tá tudo bem. ter você em casa tem sido maravilhoso, eu já disse. mas de todo jeito agradece o bolo rs E O PRESENTE DA SUA AVÓ, que eu ainda nem recebi mas já amei HAHAHA 22:16

aliás, o Hugo deve estar sentindo sua falta. 22:17

ontem ele SURTOU porque eu dormi na casa dos meus pais (longa história hehe) e obviamente fez a maior bagunça 22:17

Nic Melo
on-line

> você acredita que ele conseguiu abrir a porta do armário e derrubar o saco de comida? Ele comeu QUASE TUDO, Nicole
> 22:17

ele quer, ele consegue 😎 22:18

> e aí ele fez uma baguncinha geral, subiu na mesa, derrubou um copo. jogou a areia pra fora da caixinha, pra demonstrar INDIGNAÇÃO por eu não ter limpado com perfeição antes de ele dormir.
> 22:18

claro, claro, o que foi inteiramente CULPA SUA mesmo 22:18

> e também achou meu fone de ouvido, que tava no armário da sala.
> 22:18

> agora eu tenho 3 pedaços de fone de ouvido 🙃
> 22:19

ai 22:20

tadinho =(não fica bravo com ele 22:20

> eu não fiquei, mas a gente precisa começar a impor limites pra esse gato
> 22:20

Nic Melo
on-line

> ele deu a doida hoje à tarde e pulou na minha cabeça enquanto eu tava quieto assistindo um filme
> 22:21

ahh, ele deve estar meio carente 22:21

quando eu chegar vou dar um petisquinho e um sachê molhado 22:21

> meu deus você tá criando um monstro
> 22:23

EU NÃO RESISTO!!!!!!! EU AMO UM GATO!!!!!!!!! 22:23

Queridos Thiago e Nicole,

Comprei essa capinha na internet para colocar no filtro de água do apartamento de vocês, mas quando chegou achei ela horrorosa, vou ser honesta. Primeiro que veio na estampa errada: eu comprei especificamente a de arco-íris, porque queria celebrar vocês, ainda mais em junho, mas veio uma capinha feia de flores. Segundo que o material pareceu de baixa qualidade e as linhas se desfizeram assim que chegaram aqui. Se eu soubesse teria comprado o pano num armarinho e feito eu mesma.

Então peguei minhas agulhas, desmanchei as flores feias, bordei o arco-íris e arrematei melhor o tecido. Espero que gostem e que deixe a cozinha de vocês mais alegre (Thiago, a Nicole me mostrou fotos e vocês precisam mesmo dar uma colorida no ambiente, está tudo muito de uma cor só).

Um beijo,
Vera Melo (vovó Vera)

Segunda-feira, 21 de junho de 2021, 10:00
De: Pietra Lopes
Para: Lista de colaboradores
Assunto: 📎 Reunião às 14h

Bom dia, queridos colaboradores brilhantes!

Espero que o final de semana de vocês tenha sido incrível.

Mando este e-mail para informar que **às 14h** teremos uma **reunião** com a equipe da **Innovativ**, que virá para explicar a todos como as áreas serão integradas e as mudanças nos processos de trabalho. Cada departamento terá uma reunião em um espaço diferente, como mostra a planilha em anexo.

Não se esqueçam de continuar brilhantes, ok? ✨🖤

Mesmo agora tendo que ser... inovadores!!!

Pietra Lopes

**Sócia-fundadora
Agência Brilho**

Segunda-feira, 21 de junho de 2021, 10:29
De: Melissa Marino – Chánimal
Para: Alex Gomes; Thiago Souza; Débora Santos
Assunto: 📎 Sobre o post de domingo no Instagram

Bom dia, Alex! Bom dia, Thiago! Tudo bem?

Entro em contato novamente, dessa vez sobre o post de domingo no Instagram da Chánimal. Eu gostei muito da ilustração do gatinho lambendo folhas de chá que vocês fizeram para a ação de desconto especial na nossa linha para gatos no fim de semana. O problema, novamente, é que a imagem também tinha (várias) flores, e o nosso chá para gatos não leva flores. Pedi para um motoboy enviar uma prova do produto aí para a Brilho para que vocês vejam novamente (a gente já mandou antes, certo?) e peço que se atentem mais ao produto na próxima vez.

Gostaria de relembrar que acreditamos num conceito minimalista e as flores acabaram ficando fora do tom do nosso feed, que deve ser clean. Será que vocês podem dar um toque por aí? Envio novamente em anexo o briefing das nossas artes.

Abraço,

Melissa Marino

Chánimal
Chá para todos, inclusive os amigos de quatro patas!

Segunda-feira, 21 de junho de 2021, 11:15
De: Nicole Melo
Para: Thiago Souza
Assunto: Seu final de semana

Vai, desembucha. O que foi que aconteceu depois da festa???????

Você não me falou mais nada DESDE ONTEM e eu tô SURTANDO aqui!!!!!!!

Nicole Melo

**Diretora de arte
Agência Brilho**

Segunda-feira, 21 de junho de 2021, 11:35
De: Thiago Souza
Para: Nicole Melo
Assunto: RE: Seu final de semana

Ai que saco. Primeiro de tudo: fodeu, a moça da Chánimal reclamou de novo de uma ilustração do Alex 🤢 Amiga, eu não sei mais o que fazer. Vou mandar mais um e-mail pra ele sobre isso, mas sinto que a Débora vai dar um jeitinho de fazer a gente rodar em breve.

Segundo: Tá. Então.

Você sabe até onde eu contei ontem, né?

Eu e o Vlado ficamos lá tomando quentão e jogando conversa fora e em algum momento começaram a rolar uns flertes em que ele me encarava e dava risada e eu também e aí começamos a comentar sobre o que a gente mais gostava em festas juninas. Ele falou sobre as comidas (ele gosta muito de curau???? curioso), as bebidas (eu falei que gosto de quentão, ele também, mas prefere vinho quente... enfim) e a fogueira, e eu concordei em tudo e cheguei no correio elegante e na quadrilha, que eu particularmente gosto muito. Mas falei que não tava muito animado porque não tinha par e tal, rimos muito, falei que tava solteiríssimo e fiz questão de brincar com o meme "no Brasil não há homem para mim" pra deixar tudo bem claro.

Nessa altura todo mundo já tava meio que se preparando pra quadrilha, minha mãe tava empurrando as barraquinhas pro canto do quintal e aí o Vlado disse que ia pegar mais quentão. Uns trinta segundos depois apareceu meu primo segurando um cartãozinho e falou que era correio elegante pra mim. O homem me mandou um CORREIO ELEGANTE me chamando pra DANÇAR QUADRILHA. Enfim, dançamos quadrilha, foi tudo muito fofo. Minha avó tava extremamente feliz que eu tava dançando com o moço bonito do champanhe e ficou sentada numa cadeira batendo palma animada toda vez que a gente se mexia, enfim.

Depois da quadrilha as pessoas meio que foram dispersando e eu precisei desenhar mais uns vizinhos e perdi o Vlado de vista. Achei que ele tinha ido embora e comecei a ajudar minha mãe e a Zilda a arrumar tudo. Minha avó ainda tava meio bêbada por causa de todo o champanhe (Nicole, ela virou 1 garrafa inteirinha) e ficou responsável por guardar as coisas na geladeira e meu pai tava... sei lá. Meu pai tava fazendo qualquer outra coisa que não ajudar. Daí o Vlado apareceu (ele tinha ido acompanhar um vizinho bêbado até a casa dele) e começou a ajudar também. Até que TODO MUNDO sumiu. Eu tava sozinho arrumando o quintal e entrei em casa pra ver pra onde as pessoas tinham ido.

Percebi que a porta do quarto dos meus pais tava semiaberta, então abri meio devagar pra indicar que eu estava entrando, mas sem bater, porque não achei que precisasse, e no fim precisava... porque o Vlado estava seminu, com as calças na mão!!!

Vou terminar de digitar o resto e te mando daqui a pouco, só isso aqui já foi metade da minha manhã e EU PRECISO MESMO MANDAR UM E-MAIL DE TRABALHO, que ainda tenho que terminar de escrever.

Beijo,

Thiago

Diretor de arte
Agência Brilho

Segunda-feira, 21 de junho de 2021, 11:40
De: Nicole Melo
Para: Thiago Souza
Assunto: RE: RE: Seu final de semana

THIAGO AAAAAAAA TERMINA A HISTÓRIA!!!!!!!!! EU TÔ MORRENDO AQUI PRA TENTAR ENTENDER O QUE ACONTECEU!!!!!!!! Mas pera, se você DORMIU NA CASA DOS SEUS PAIS, então quer dizer que vocês TRANSARAM?

Ai amigo, sobre o trabalho, eu não acredito que o Alex botou flor onde não devia de novo. Caralho, sabe. Mas vou deixar claro aqui mais uma vez que você vai precisar dar um feedback pra ele. É inevitável, tá atrapalhando o seu trabalho.

Eu não tenho a menor dúvida de que a Débora vai começar a pegar no seu pé.

Nicole Melo

Diretora de arte
Agência Brilho

Segunda-feira, 21 de junho de 2021, 12:05
De: Thiago Souza
Para: Nicole Melo
Assunto: RE: RE: RE: Seu final de semana

CALMA, eu já tava terminando de escrever o resto.

Bom, tá, onde eu parei?

AH! O Vlado com as calças na mão! Eu fiquei tão assustado que não sabia o que fazer, se deveria ou não fechar a porta etc. Tenho certeza de que nessa hora eu estava roxo de vergonha e não conseguia formar nenhuma frase que fizesse o mínimo de sentido. E aí o Vlado virou e me viu ali parado na porta, de BOCA ABERTA e petrificado. Só gritei "DESCULPA", mas ele não pareceu nada constrangido e falou: "Eu fui limpar um copo de quentão e caiu bebida na minha calça. Eu estava com o short da academia na mochila, aí sua mãe sugeriu esse quarto pra eu me trocar."

Bom, como ele parecia absolutamente confortável seminu no quarto dos meus pais (afinal, europeu tem essas coisas de FICAR PELADO EM SITUAÇÕES ALEATÓRIAS mesmo e a gente sabe), não era eu que iria me incomodar. Quanto MAIS ele ficasse seminu, por mim, melhor. Perguntei se ele se incomodava de eu estar ali e ele riu e disse que não. Então começou a dobrar meticulosamente a própria calça, apoiando na cama. E o corpo dele... bom, vendo ali de perto, era lindo. Lindo mesmo. Tipo o dos modelos daquele catálogo daquela loja de cuecas estampadas que a gente faz os anúncios, sabe?

Eu sentei na cama e acho que ele percebeu que eu estava encarando... hm, demais, vamos dizer assim. Começamos a falar sobre a temperatura e como estava quente, sabe? Jogando conversa fora mesmo... e muito quente, nossa, que noite quente assim em pleno junho... se esse é o inverno, espere só o verão... putz, mas tá realmente quente etc.

Até que eu vi que ele já tinha tirado o short da mochila, mas estava me encarando sem se vestir. Tomei coragem e sustentei o olhar dele, e o Vlado sentou do meu lado na cama. Nessa hora, eu fiquei sem graça e desviei o olhar e encarei um ponto no carpete como se fosse a coisa mais interessante do mundo, mas ele tossiu e eu olhei pra cara dele... e aí ele chegou perto e... me beijou. E a gente começou a... bom, se pegar na cama dos meus pais.

E ele já estava só de cueca, o que facilitou BASTANTE as coisas, sabe? Mas quando a gente chegou num ponto em que quase não tinha mais volta, eu consegui me desgrudar dele e sugeri que fôssemos pro meu antigo quarto. Eu definitivamente não queria transar na cama EM QUE FUI CONCEBIDO. Até porque as camisinhas que comprei mais cedo no mercado TINHAM FICADO no meu quarto e eu nem sabia quem ERA aquele homem, que dirá fazer qualquer coisa com alguém desprotegido. Não que a gente fosse necessariamente precisar das camisinhas, mas caso fôssemos, elas já estariam ali.

Só que... meu quarto fica do outro lado do corredor, né.

Eu estava vestido (um pouco amarrotado? Sim, mas definitivamente usando roupas!) e o Vlado, só de cueca. E não pensamos direito, só saímos pro corredor. Eu estava com a chave na mão pra abrir a porta do meu antigo quarto e... eu NEM PENSEI que A MINHA AVÓ pudesse estar no corredor. Aquela senhorinha trêbada de champanhe, que tinha acabado de sair da cozinha. Eu nem vi isso acontecendo, só... aconteceu. E aí eu fiquei nervoso e comecei a tentar enfiar a chave na fechadura mais rápido enquanto ela nos encarava surpresa. Minha mão tremia e eu precisava achar o buraco da fechadura ANTES que ela abrisse a boca pra falar QUALQUER COISA, mas não deu tempo. Ela virou pra gente, deu uma risada e soltou: "UAU, O QUENTÃO REALMENTE TÁ ESQUENTANDO AS COISAS... VAI LÁ, MEU FILHO."

O Vlado começou a rir e eu não sabia o que fazer, se abria logo a porta ou me jogava no chão e fingia um desmaio de tanta vergonha. Ele perguntou "Você gostou do champanhe?", e aí minha avó deu mais umas risadinhas e disse que sim. Ele respondeu que ficava muito feliz em saber. Desisti de abrir a porta e fiquei encarando a minha avó... e aí o Vlado só pegou a chave da minha mão tranquilamente, abriu a porta e disse "A gente só tá... batendo... um papo". Com essas pausas. Nesses exatos lugares. E a minha avó começou a rir mais alto.

Assim que a dobradiça abriu o suficiente para que um corpo passasse pela fresta da porta, eu me enfiei dentro do quarto. E aí a gente só entrou e... bom, foi incrível. Foi tudo superintenso, mas bem delicado, e o Vlado não é NADA EGOÍSTA no sexo, sabe... e foi tudo empolgante e... sei lá. Eu não vou ficar descrevendo o que aconteceu neste E-MAIL DE TRABALHO, mas foi perfeito. E aí a gente só caiu na cama de tão exausto e dormiu bem agarradinho e acho que foi tranquilamente uma das noites mais maravilhosas da minha vida.

É isso, fim. Ele acordou bem cedo no domingo e foi embora porque precisava trabalhar. Nem tomou café nem nada, saiu bem cedinho, antes de todos acordarem.

Espero que a minha narrativa tenha melhorado o seu dia e que a gente possa ter uma reunião tranquila agora. Aliás, você viu o que a Débora falou? Vão apresentar os novos chefes hoje. Tô bem ansioso pra saber quem são.

Bjo,

Thiago Souza

Diretor de arte
Agência Brilho

P.S.: Você trouxe marmita? Eu não trouxe e tava pensando em ir naquele quilo mais caro, mas que é mais gostoso, sabe? O que ninguém nunca teve intoxicação alimentar. Tem uma papelaria no caminho e eu vou aproveitar e pegar dinheiro com as chefes pra comprar um mouse, porque o meu estragou e o armário de materiais tá quase vazio rs

Segunda-feira, 21 de junho de 2021, 12:09
De: Nicole Melo
Para: Thiago Souza
Assunto: O seu Tom Holland

Eu não tô ACREDITANDO que você achou o seu Tom Holland. THIAGO, É O SEU TOM HOLLAND!!!!!!!!!

Eu tô rindo TANTO de tudo o que aconteceu porque... Thiago do céu. Como isso foi acontecer? Além disso, como foi acontecer DESSE JEITO? HAHAHA Ai, ai. Espero que sua avó não tenha ficado muito traumatizada. E, sabe... no fim, você comeu o que tinha de melhor naquela festa: o Vlado.

Nicole Melo

**Diretora de arte
Agência Brilho**

P.S.: Sim, trouxe. Mas eu posso ir com você e pegar um complemento pra minha comida e a gente come aqui na copa, daí a gente também já aproveita e traz uns guardanapos porque aqui tá sem.

Segunda-feira, 21 de junho de 2021, 12:10
De: Débora Santos
Para: Thiago Souza
Assunto: RE: Sobre o post de domingo no Instagram

Oie, Thiago, tudo bem?

Queria falar com você sobre os posts da Chánimal e o e-mail que a gente recebeu mais cedo. Essa já é a segunda vez que a cliente reclama 😣 Peço que mande outro e-mail pro Alex e diga pra ele falar com a Melissa oferecendo mais alguma coisa para apaziguar a situação. Infelizmente, a Chánimal não é o primeiro cliente que reclama do Alex aqui na agência, né? 😖 A Ortopet também reclamou daquela vez.

Vamos conversar com a Pietra e a Camila sobre o Alex? A gente vê se é o caso de fazermos uma advertência ou... tomarmos medidas mais drásticas. 😁

Beijinho, continue brilhante e inovador!!

Dé

**Coordenadora de projetos
Agência Brilho**

Segunda-feira, 21 de junho de 2021, 12:12
De: Thiago Souza
Para: Nicole Melo
Assunto: RE: O seu Tom Holland

Ai amiga, pois é. Eu fiquei tão DESNORTEADO depois que tudo isso aconteceu que nem consegui pensar em mais nada. Eu não quero que as coisas aconteçam rápido demais, sabe, mas ele foi tão fofo... todas as nossas conversas na festa, o cuidado que ele demonstrou trazendo quentão e depois mandando o correio elegante, a gente dançando quadrilha, o jeito como ele embebedou minha avó... Sei lá. Tão fofo.

Enfim, queria dizer também que melou feio: parece que a Débora vai simplesmente conversar com a Pietra e a Camila sobre "se é o caso de fazermos uma advertência ou... tomarmos medidas mais drásticas 😅" sobre o Alex.

Cara, PRA QUE o emoji nessa situação, eu me pergunto. Será que ela quer amenizar a possível demissão de um funcionário com uma carinha suando?

Thiago Souza

Diretor de arte
Agência Brilho

P.S.: Aliás, você tem ALGUMA ideia de quem são nossos novos chefes? Você leu mais alguma coisa sobre a Innovativ? Eu procurei esse fim de semana, mas não achei absolutamente nada novo que tenha saído na mídia.

Segunda-feira, 21 de junho de 2021, 12:15
De: Nicole Melo
Para: Thiago Souza
Assunto: RE: RE: O seu Tom Holland

HAHAHAH eu amo odiar a forma que ela dá de simplesmente coroar as PIORES coisas com emoji pra parecer menos dramático. Enfim.

Eu te avisei que ela viria pra cima de você feito leão. Agora aguenta. Eu não acredito que ela quer a cabeça do Alex 🤢 Eu gosto muito dele. Ele é meio chato às vezes, MAS QUEM NÃO É??

Tenta proteger o Alex dessa. E chama a atenção dele para ele crescer! Quer dizer, é claro que ele erra os briefings, mas às vezes ele é muito bom no que faz, né? Quando ele acerta, acerta mesmo.

Nicole Melo

**Diretora de arte
Agência Brilho**

P.S.: Eu vi que saiu uma matéria hoje no jornal, mas não tive tempo de ler, pois estava muito ocupada lendo o LIVRO que você escreveu sobre o seu final de semana em formato de e-mail. Ainda nem abri o link, mas tá aí ó: https://www.boletimdiario.net/economia/conheca-a-equipe-Innovativ

Segunda-feira, 21 de junho de 2021, 12:20

De: Thiago Souza
Para: Nicole Melo
Assunto: RE: RE: RE: O seu Tom Holland

POIS É!!!!!! E eu queria TANTO que o Alex entendesse o que está em jogo sem eu precisar dizer "AMIGO, VOCÊ VAI SER DEMITIDO!!!", sabe? Facilitaria muito a minha vida. Agora tenho que ficar pisando em ovos com as duas partes porque eu realmente não quero demitir o Alex.

É claro que a Chánimal reclama das flores dele, e teve o incidente com a Ortopet aquela vez, mas tem vários clientes que amam o trabalho dele e eu não preciso me preocupar. Ele é responsável e tal. Né? Enfim.

Vou tentar falar tudo isso pra Débora, espero que ela entenda. E depois vou ver se passo um feedback pro Alex. Talvez. Vou pensar nisso.

Thiago Souza

Diretor de arte
Agência Brilho

P.S.: Nem abri o link porque não tá dando nem tempo de respirar hehehe. A gente vai ter que descobrir na hora!

Segunda-feira, 21 de junho de 2021, 12:30
De: Thiago Souza
Para: Alex Gomes
Assunto: RE: Sobre o post de domingo no Instagram

Oie, Alex, tudo bem?

Vi que a Melissa reclamou mais uma vez das flores em outro post da Chánimal no Instagram. Será que você pode mandar um e-mail cuidadoso pra conversar com ela sobre isso? Ofereça uma nova peça em substituição à já publicada e se desculpe pelo ocorrido. Qualquer coisa, marque uma chamada de vídeo. Eu posso participar da reunião com vocês pra melhorar a comunicação.

Alex, eu odeio ter que dizer isso, mas preciso dar esse toque: a Dé está copiada nesses e-mails de reclamação dos clientes, então você pode se encrencar. Tenta se ater mais aos briefings, por favor. Eu sei que é um saco vender sua arte etc., mas, por favor, eu gosto de você e não quero ter que ficar chamando sua atenção.

Enfim, conversa com a Melissa. Qualquer coisa a gente resolve isso junto.

Thiago Souza
**Diretor de arte
Agência Brilho**

P.S.: Na dúvida, não coloque flores!!!!!!!!

São Paulo, segunda-feira, 21 de junho de 2021

Exclusivo: conheça a equipe da Innovativ, gigante alemã de comunicação que chega ao Brasil

Vladimir Varga será o gerente de operações no país e responsável pela implementação da multinacional com uma equipe de peso

Conforme noticiado pelo *Boletim Diário* na última sexta-feira, uma empresa alemã de comunicação, famosa pelos contratos bilionários com grandes marcas, está iniciando suas operações no Brasil. Buscando aquecer o mercado interno ao adquirir pequenas e médias agências de publicidade de sucesso, a Innovativ envia para o país Vladimir Varga para chefiar e gerenciar a implementação.

O eslovaco de 30 anos diz estar empolgado e feliz com o desafio que aceitou há meses, mas que só veio a público agora. "É sempre gratificante dar início à implementação da Innovativ em um novo mercado! Estou animado com a perspectiva. O país já se destaca pela arte e pela criatividade, então tenho certeza de que será um ganho para todas as partes. A Innovativ, mais uma vez, vai inovar!"

Ele foi o escolhido dentre um amplo quadro de funcionários por ter se destacado na implementação da empresa na Argentina, além de já falar português fluentemente por ter morado no Brasil durante parte da infância. "Sou gerente de operações no Brasil, então meu trabalho é cuidar da parte operacional de toda a Innovativ no país. O intuito é realmente mesclar várias pequenas e médias empresas, utilizando os grandes talentos que cada uma delas empregava. Não tenho medo de desafios e vou estar sempre atento aos funcionários da parte criativa, além de ter o desejo de conhecer os clientes e poder oferecer ao Brasil mais uma grande agência de excelência."

Junto a Vladimir, uma equipe de cinco funcionários de outras filiais europeias aterrissa no país. Leia mais sobre cada profissional abaixo.

Leia mais >>

ESPORTES

Nova promessa mundial do eSport, a equipe brasileira Cólera avança para a próxima fase do campeonato mundial de *Vigias*! Confira a tabela de pontos e os próximos jogos.

ESTILO DE VIDA

Calma, seu monstrinho tem solução! Tiramos as principais dúvidas sobre comportamento de pet com um veterinário especialista em adestramento.

SAÚDE

Chá para pets? Sim! Entrevistamos a criadora da Chánimal, uma empresa que garante que o benefício das ervas não é apenas para humanos.

ENTRETENIMENTO

Rumores apontam que Zendaya e Tom Holland devem protagonizar nova comédia romântica encomendada por um gigante dos streamings! Saiba mais.

REUNIÃO COM DEP. ARTÍSTICO

Data: 21/06/2021
Horário: 14h
Local: Sala de reunião principal

agência brilho

PARTICIPANTES:

– Pietra Lopes (Brilho)
– Camila Góes (Brilho)
– Departamento artístico (Brilho)
– Vladimir Varga (Innovativ)

TRANSCRIÇÃO:

Pietra: Oi, pessoal... é, ainda falta uma pessoa, mas vamos ter que começar, porque estamos quase atrasados. Vamos ser pontuais, certo? O chefe da Innovativ se apresenta quando chegar, então. Bom, primeiramente, hoje é o último dia em que a Fernanda vai fazer a transcrição de áudio pra gente, porque não sabemos como a Innovativ vai proceder e essa é a última reunião da Brilho. Enfim, todos nós agradecemos pelo seu serviço de ótima transcritora, Fernanda. Não é, guys?

(Sons de concordância, risinhos nervosos.)

Pietra: Tá. Acho que agora vou passar a palavra para a Camila.

Camila: Boa tarde, gente. Essa reunião é pra tratarmos da nova fase da empresa. Não somos mais a Agência Brilho e nos tornamos parte da Innovativ, como já dissemos na última reunião.

(Mais sons de concordância. Ruídos de pessoas colocando água em copos.)

Camila: Vamos fazer reuniões com o pessoal das outras áreas também, posteriormente, mas quisemos vir especialmente a essa reunião, porque, de todas as áreas, vocês, do departamento artístico, são os nossos queridinhos, então decidimos que seriam a primeira equipe a saber das mudanças. Para começar, eu e a Pietra não seremos mais líderes de vocês, e também não vamos mais trabalhar juntos. Decidimos não nos juntar à Innovativ. Mas eles nos prometeram que vão cuidar muito bem de vocês!

Pietra: Isso! O novo chefe de vocês deve estar chegando a qualquer minuto e aí vocês oficialmente farão parte da Innovativ.

Nicole: Desculpa fazer essa pergunta, mas considerando que vocês não são mais nossas chefes... a Innovativ vai rever e organizar nossos cargos? Porque na Brilho eles são uma bagunça... com todo o respeito.

(Risadas e sons de concordância.)

Nicole: Gente, desculpa, não tenho absolutamente nada contra a Brilho, mas é que realmente os cargos não fazem muito sentido e não tem uma boa divisão de funções, além de nunca terem nem apresentado um plano de carreira, então seria ótimo se agora a gente...

Camila: Obrigada pelo comentário, Nicole. Tenho certeza de que a Innovativ vai apresentar um plano de carreira, só precisamos aguardar as orientações deles. Agora, sobre salários, benefícios e contratos de trabalho, o departamento de RH da Innovativ vai conversar com cada um de vocês individualmente e acertar tudo. Mas gostaria de dizer que estamos muito felizes por podermos efetivar todo mundo e manter essa equipe que, modéstia à parte, é absolutamente brilhante. Nós fizemos um bom trabalho reunindo todos vocês.

(Risadas animadas e cochichos.)

Camila: Também é importante lembrar que, desde o começo, uma das nossas maiores preocupações foi o que aconteceria com os funcionários da Agência Brilho. Eu estava com muito medo do que a venda poderia significar, afinal, nossa agência emprega diversas pessoas...

Pietra: Mas acabou que foi bom para todos, e é isso o que importa, não é?

Camila: Sim, no fim é isso que importa! Agora somos brilhantes e inovadores, certo? Foi bom pra todo mundo.

(Silêncio longo.)

Camila: Até pra... pessoas que acabaram não sendo contratadas pela Innovativ, pois agora... bom, vão surgir novas oportunidades de emprego, certo? Talvez até consigam salários mais adequados...

(Silêncio longo. Cochichos.)

Pietra: Agora, precisamos apresentar a vocês o manager da Innovativ no Brasil!

Camila: Sim! Vamos apresentar o novo chefe de vocês. Ele se atrasou um pouquinho. Então, bom... ele já chegou? Ah, está aí fora? Então entre! Pode entrar, Vladimir...

(Barulho de porta se abrindo. Silêncio. Barulho de copo d'água caindo no chão e quebrando.)

Pietra: Thiago! Eu não acredito que...

Nicole: De novo, porra?

Camila: Nicole, por favor, estamos em reunião, não use esse tipo de...

Thiago: Desculpa, desculpa, ai meu Deus...

Nicole: É a SEGUNDA VEZ, que merda... molhou tudo aqui, acho melhor chamar...

Camila: Pessoal, vamos focar em...

(Conversas altas. Barulhos de cadeiras arrastando.)

Vladimir: Olá... a todos... acho que cheguei no meio de uma confusão...

Nicole: A confusão já está sendo contornada, peguei um pano na copa e já vamos varrer esses cacos...

Thiago: Sim, a confusão já está sendo contornada, me desculpe... Vladimir...

Vladimir: Não, tudo certo, imagine...

(Tosse. Sons de conversa se intensificam. Risadas. Vladimir pigarreia.)

Vladimir: Bom, olá a todos, me desculpem pelo atraso. O trânsito... bom. É... eu queria me apresentar, com a gentil licença da Camila e da Pietra... Meu nome é Vladimir Varga. Venho da Eslováquia, tenho trinta anos e sou o gerente de operações da Innovativ no Brasil. Isso significa que eu gerencio as equipes de trabalho, margens, custos, orçamentos e preciso reportar todas as métricas de produtividade para os meus superiores no exterior, bem como supervisiono nossos coordenadores para que não percam clientes. Acredito que vocês receberão em breve um material que apresenta a Innovativ e explica em detalhes a hierarquia da empresa, além de passar um breve panorama das nossas políticas. Como a Camila e a Pietra já devem ter explicado, os clientes da Agência Brilho continuarão sendo atendidos por vocês, ok? Algumas empresas talvez sejam acrescentadas às que vocês já atendiam e pode ser que algumas outras sejam remanejadas, mas veremos isso no futuro. A princípio, não há mudanças. É importante que a gente mantenha esses clientes com a excelência que a Brilho já proporcionava e, claro, evitando ao máximo baixas, então para isso conto com os coordenadores. O endereço do novo escritório será repassado no mesmo e-mail em que vocês receberão as informações que eu já mencionei.

(Silêncio.)

Vladimir: Nessa fase de adaptação, alguns dias vão ser um pouco difíceis, faz parte. Se quiserem conversar ou tiverem sugestões, minha porta vai estar sempre aberta a todos, ok? Minha ideia é que vocês enxerguem em mim uma pessoa que está aqui para ajudar na produtividade. Em breve, todos devem receber uma planilha com o nome de vocês, o cargo e a descrição de atribuição na Innovativ.

(Silêncio.)

Vladimir: Ah, quase ia me esquecendo. Existe um cliente novo, uma empresa internacional que passará a ser cliente da Innovativ também no Brasil. Achei por bem repassar esse cliente para uma equipe aqui da Brilho, que deve se apresentar a ela e iniciar os trabalhos. Peço que tenham o máximo de cuidado com essa empresa, porque ela é importante e não podemos perder esse contrato. Deixe-me ver aqui, eu escalei essa empresa para... a equipe da... Débora. Certo? Isso. A coordenadora Débora deve dar andamento ao atendimento dessa empresa. O cliente, no exterior, chama-se Homemade, mas aqui no Brasil vai operar com o nome Caseira.

(Burburinhos de empolgação, risadinhas.)

Débora: Com certeza será uma ótima oportunidade de crescimento! Estou empolgada.

Vladimir: Hã... aham. É. Isso mesmo. Que bom que está empolgada. Bom, vou acompanhar de perto o atendimento a essa empresa, pelo menos no início, para garantir que será de excelência, ok? Talvez eu participe de uma reunião ou outra pra ter certeza de que está dando tudo certo, mas confio em todos vocês.

(Pausa. Silêncio.)

Vladimir: Bom, se ninguém tiver mais nada para perguntar, acho que podemos encerrar a reunião. Mandem um e-mail de apresentação falando sobre as mudanças para os clientes e se comuniquem pelo e-mail da Innovativ. O departamento de TI já deve ter enviado os novos e-mails e senhas de vocês, e também temos uma assinatura de e-mail própria para cada um. Qualquer outra questão pode ser resolvida com o departamento de Recursos Humanos.

(Pausa. Silêncio.)

Vladimir: Vai dar tudo certo, Innovativ! Lembrando que a gente se vê no prédio novo amanhã.

(Silêncio.)

— Fim da transcrição —

Segunda-feira, 21 de junho de 2021, 18:00
De: Departamento de Recursos Humanos – Innovativ
Para: Thiago Souza
Assunto: 📎 Bem-vindo!

Olá, inovador!

É com muita felicidade que damos as boas-vindas a você, novo integrante da Innovativ. Desejamos que essa nova fase seja repleta de realizações!

Anexo está o Manual do Inovador, bem como um documento com seu novo e-mail, sua senha e seu novo cargo na Innovativ, com as devidas atribuições. Uma nova reunião com o departamento de Recursos Humanos pode ser solicitada para a explicação do plano de carreira, a ser agendada de acordo com a disponibilidade do departamento.

Parabéns, e mais uma vez, bem-vindo!

**Departamento de Recursos Humanos
Agência Innovativ**

[Este é um e-mail automático. Não é necessário respondê-lo.]

MANUAL DO INOVADOR

Olá, inovador! Seja bem-vindo à Innovativ, uma agência de publicidade reconhecida em todo o mundo (e que agora chega ao Brasil!).

Você, inovador, faz parte desse universo, e desfrutará de todos os benefícios. Aproveite!

Valores Innovativ

Na Innovativ, acreditamos que somos mais do que uma empresa: somos uma organização de excelência! Acreditamos que o crescimento pessoal leva ao crescimento coletivo. Por isso, quanto mais você estiver investido e envolvido no trabalho, mais investiremos em você, de acordo com o desenvolvimento de cada inovador.

Hoje em dia, é raro encontrar pessoas que "vestem a camisa". Entretanto, acreditamos que nosso ambiente profissional e descontraído promove uma sólida e ampla adesão dos inovadores. Aqui não há tempo ruim: está se sentindo triste por alguma situação profissional? Os canais de comunicação estão abertos! Temos certeza de que o diálogo sempre nos leva adiante.

Benefícios Innovativ

Você não precisa mais de um convênio médico complicado, nem se deslocar pela cidade para ir a especialistas diferentes: a Innovativ conta com atendimentos em um centro de especialidades médicas, o Doctor, que resolverá todos os seus problemas sem a necessidade de agendamentos demorados e uma busca desgastante pelo melhor profissional. Todos os médicos do Doctor estarão prontos para ajudar você no que precisar.

Além disso, pensando sempre na saúde e bem-estar dos nossos inovadores, a Innovativ conta com uma parceria com a Build your Body!, uma academia gratuita para todos os nossos colaboradores. Sua maior vantagem é que ela fica no térreo do nosso prédio! Você pode utilizá-la em momentos estratégicos do seu dia, como antes ou depois do trabalho. Uma grande comodidade!

E quer mais vantagens? Temos também um videogame disponível na nossa sala de descontração, que você pode utilizar a qualquer momento em que estiver no escritório. As bebidas disponíveis nas geladeiras espalhadas pela Innovativ e os snacks das máquinas são todos gratuitos. Usem com sabedoria. (E sim, a sala de descontração pode ser usada para um happy hour com as bebidas e aperitivos da Innovativ!) Além disso, temos outros benefícios, como:

– Licença-maternidade e licença-paternidade;
– Vale-alimentação;
– Vale-transporte;
– Ambiente descontraído.

Aviso: O Doctor não dispõe de reembolso de consultas particulares ou exames fora da rede de cobertura. Outras unidades da Build your Body! não estão inclusas no plano de gratuidade empresarial.

Diversidade

Na Innovativ, todos os inovadores são bem-vindos. Não importa quem você seja, a partir de agora, você é um inovador! Abraçamos e respeitamos a todos. No dia da diversidade, celebramos todos os inovadores por suas particularidades, sejam elas quais forem: ser canhoto, gostar de RPG, ser gay ou até mesmo amar refrigerante de uva!

Caso você se sinta desrespeitado de qualquer forma, não se cale. Procure nosso comitê de diversidade! Informe-se com o departamento de Recursos Humanos.

Regras de conduta geral

No dia a dia da Innovativ, zelamos pela produtividade inovadora! Evite conversas em voz alta no ambiente de trabalho. Dialogar é importante, mas talvez seu colega esteja concentrado em outra atividade. Por isso, utilize a sala de descontração e volte ao trabalho quando a conversa não for mais necessária.

Além disso, é sempre válido ressaltar que celulares não devem ficar nas mesas de trabalho, e você também não deve consultá-lo enquanto estiver trabalhando. Caso precise fazer uma ligação ou responder uma mensagem, vá até a sala de descontração e depois volte ao trabalho!

Lembre-se: nosso expediente se inicia às 10h, e todos temos dez minutos de tolerância. Mas fique atento: se você entrou mais cedo, saia mais cedo! Na Innovativ, não acreditamos em banco de horas!

É hora da pizza!

Se for absolutamente necessário finalizar uma tarefa ou um projeto depois do expediente, por favor, certifique-se de que seu gestor retribuirá com pizza! É um costume dos inovadores.

Higiene e cuidados básicos

Na Innovativ, precisamos estar sempre dispostos e apresentáveis para nossos clientes. Por isso, higiene básica é essencial. Não se esqueça de se manter asseado, com os dentes escovados e, caso queira, levemente perfumado. Evite desleixo e perfume em excesso.

Código de vestimenta

Para sermos inovadores, precisamos nos vestir como inovadores! É assim que a Innovativ encara o modo de se vestir no dia a dia. Dessa forma, evite roupas informais (como shorts, bermudas, camisetas largas, calças com muitos furos, chinelos, sandálias e sapatos abertos em geral). Também evite roupas curtas e que deixem o corpo excessivamente à mostra. Contamos com o bom senso de todos os inovadores! Sobre acessórios, evite o uso de pulseiras e colares que produzam ruído. É válido ressaltar que nenhuma roupa ou acessório de cunho político deve ser utilizado nas dependências da empresa.

Maquiagem

Mulheres inovadoras, nós também adoramos maquiagem! No entanto, lembre-se de que não pode haver excessos. Quanto mais próximo de um rosto naturalmente viçoso, melhor. Guarde o batom vermelho para o happy hour!

Hora do café!

Na Innovativ, temos tempo para tudo, até para um cafezinho com os colegas ou jogar videogame na sala de descontração no meio da tarde! Todos os dias, a pausa de quinze minutos no meio da tarde é obrigatória. Afinal, todo mundo precisa recarregar as energias, certo? Depois disso, ao trabalho!

Comunicações pessoais

Sabemos que ninguém é de ferro, mas evite comunicações pessoais nas trocas de e-mails do trabalho. O uso de emojis é terminantemente proibido. Evite, também, linguagem informal nas trocas de e-mails. Vamos deixar a descontração para a sala de descontração!

Relacionamentos profissionais

Na Innovativ, o profissionalismo vem em primeiro lugar! Assim, todos os nossos colaboradores devem manter o ambiente profissional e aprazível. Nenhum comentário sobre o corpo alheio é tolerado, bem como piadas ofensivas, com conteúdo sexual ou assuntos escatológicos e impróprios para o ambiente de trabalho.

Os relacionamentos entre inovadores devem ser pautados pelo profissionalismo, com a precaução de estabelecer limites de envolvimento pessoal dentro da empresa. Relacionamentos amorosos e vínculos familiares próximos entre funcionários que trabalham na mesma área ou que tenham uma relação hierárquica como de gestor e subordinado são terminantemente proibidos, sob pena de desligamento. Caso qualquer envolvimento que escape da esfera profissional esteja acontecendo entre você e outro inovador, comunique imediatamente ao departamento de Recursos Humanos, e estaremos prontos para conversar com as duas partes e tomar providências!

Tabagismo

Lembramos que é expressamente proibido fumar nas instalações da Innovativ, bem como produzir qualquer tipo de fumaça (seja oriunda de cigarros eletrônicos, cigarros comuns, vaporizadores, umidificadores de ar etc.). Pessoas adeptas ao tabagismo devem fumar em área externa, fora do prédio, e em seguida voltar ao trabalho! Nosso sistema de segurança conta com sprinklers que serão acionados ao detectar qualquer vestígio de fumaça ou foco de incêndio.

Por fim, esperamos que sua jornada na Innovativ seja produtiva e inovadora! Não se esqueça: na Innovativ, somos uma organização de excelência!

sandalinha.convicta

21 de junho

15:07 gaystristes está on-line

15:07 sandalinha.convicta está on-line

gaystristes:
CARALHO!!

sandalinha.convicta:
SOCORRO!!!

gaystristes:
O QUE TÁ ACONTECENDO COM A MINHA VIDA????????????????

sandalinha.convicta:
EU NÃO SEI!!!!!!!!!!!!!!!!!!!!!!!!!!!!!!!!!!!!!!

sandalinha.convicta:
CALMA. Calma. Respira. Vai dar tudo certo, não é como se fosse o fim do mundo.

sandalinha.convicta:
quer dizer... sei lá, você só... já tem CERTA INTIMIDADE com o gerente de operações da nossa nova empresa, mas qual o problema, né? Isso talvez até FACILITE as coisas.

sandalinha.convicta:
vai ser mais fácil agora quando... ele precisar... passar um feedback?

sandalinha.convicta:
ele pode falar "lembra quando eu falei 'continua desse jeito, vai, por favor, desse jeito, continua'? então, eu diria o mesmo agora sobre essas artes para o instagram" e tal...

gaystristes:
NICOLE VOCÊ NÃO TÁ AJUDANDO!!!!!!!!!!!!

gaystristes:
e até parece que ele vai dar feedback de ARTE DE INSTAGRAM dessas empresinhas que a gente toma conta KKKKKKK essa não é a função dele

sandalinha.convicta:
AMIGO, eu tô tentando levar as coisas COM HUMOR. O QUE VOCÊ QUER QUE EU FALE?

sandalinha.convicta:
"Ah, bom, foi legal enquanto durou, espero que o RH da Innovativ lide bem quando descobrir que você DORMIU COM O SEU CHEFE"?

gaystristes:
AAAAAAAAAAAAAAAAAAAAAAAAAAAAAAAAAAAA

sandalinha.convicta:
mas vai, não é lá tudo isso também. só porque vocês... bom, só porque vocês transaram numa festa, qual o problema?

sandalinha.convicta:
não é como se vocês tivessem um RELACIONAMENTO AMOROSO, sabe?

sandalinha.convicta:
isso que seria proibido, mas agora que ele é seu chefe, você vai tratar ele como chefe e pronto.

sandalinha.convicta:
assim... acho difícil ele ser seu Tom Holland agora rs a não ser que você não ligue tanto pro seu emprego... ou ligue, mas aí saiba que você CORRE O RISCO IMINENTE de ser demitido, caso essa história vá pra frente e esse cara TOPE essa loucura

sandalinha.convicta:
sei lá, você LEU o e-mail com as regras da empresa?????? eu tô com medo até de respirar errado

gaystristes:
NICOLE, NÃO TEM A MENOR CONDIÇÃO DE EU DESENVOLVER UM AFFAIR COM O MEU CHEFE!!!!!!!!!!!!!!! Eu mal consegui OLHAR PRA CARA DELE quando a gente tava em fila saindo da sala de reunião. Eu quis me esconder a todo custo e notei que ele tava olhando na minha direção, mas também não parecia querer falar nada

gaystristes:
caralho, sabe, por que as coisas na vida da gay precisam ser tão difíceis?

sandalinha.convicta

gaystristes:
eu só queria que ele fosse uma pessoa que não estivesse ENVOLVIDA DIRETAMENTE com o meu trabalho

gaystristes:
nesse ponto, eu preferia até que ele tivesse sumido da minha vida, que nunca tivesse mandado mensagem. Mas agora... bom, eu tenho que lidar com o fato de que ele é MEU SUPERIOR e que a gente NÃO PODE desenvolver um relacionamento sob risco de ser demitido

gaystristes:
E A GENTE TINHA MARCADO DE SAIR HOJE À NOITE!!!!!!

gaystristes:
E ELE TEM MEU NÚMERO

sandalinha.convicta:
ah pronto, agora o seu maior problema é que ele tem seu ZAP?

sandalinha.convicta:
e você tá falando pra uma menina sapatão e preta que a sua vida é dificílima... aham... vai lá GGG, estrelinha da sigla...

Enviar uma mensagem

sandalinha.convicta:

mas agora... pensando bem, você ainda vai sair com ele hoje à noite? Sabendo que... sabe, o contexto... sabendo o contexto agora

gaystristes:

eu tava pensando que... sim? pelo menos pra conversar e entender onde a gente tá nisso tudo? conversar por algumas horas no bar não é um RELACIONAMENTO AMOROSO. e eu nem quero que ele chegue MUITO PERTO de mim, porque não posso ser demitido

gaystristes:

pera, você acha que eu não deveria ir?

sandalinha.convicta:

hm. então. Eu não sei se iria, thi. E nem é porque eu quero assistir o fim da quarta temporada de Grey's Anatomy e tava contando que você fosse ficar em casa hahaha

sandalinha.convicta:

é porque, sabe... tá tudo bem e vocês já transaram e isso tá no passado mas... ele é nosso superior importantão agora. acho melhor cortar de uma vez e só ignorar que vocês transaram.

gaystristes:

aimeudeusdocéu você não tá me ajudando

sandalinha.convicta:
desculpa, amigo... talvez eu seja só precavida demais, mas eu teria medo. De novo, VOCÊ LEU AQUELE E-MAIL COM AS ORIENTAÇÕES GERAIS DA INNOVATIV?

sandalinha.convicta:
mas olha... pra apresentar um argumento contrário ao meu, por outro lado ele é um cara do mundo corporativo super foda e jovem, você acha mesmo que ele nunca precisou ser ético e profissional em toda a CARREIRA dele? talvez hoje seja MESMO só uma saída pro bar, se vocês decidirem que vai ser só pra conversar.

sandalinha.convicta:
aliás, que carreira maravilhosa a dele, né?

sandalinha.convicta:
certeza que ele não tem NENHUM problema pra pagar aluguel aqui em São Paulo

gaystristes:
eu não faço ideia de quanto ele ganha, mas pra ser gerente de operações no Brasil de uma multinacional... bom, ele deve ser bem rico, né... mas, sabe, ele mora no bairro dos meus pais

sandalinha.convicta:
que SÃO RICOS!!!!!!!!!

sandalinha.convicta

gaystristes:
se você considerar que RICOS MESMO são a porcentagem minúscula da elite que CONTROLA ESTE PAÍS, meu pais não são exatamente RICOS, sabe...

sandalinha.convicta:
Thiago, na MINHA atual situação, quem tem dinheiro pra TER UMA CASA em São Paulo já é RICO

gaystristes:
eu sei, eu sei... mas é que eles não são exatamente MILIONÁRIOS, assim como o Vlado também não deve ser, sabe, era isso que eu tava querendo dizer, enfim

gaystristes:
ai, que saco, agora eu tenho medo de levantar da minha cadeira porque existe a chance de trombar com ele em QUALQUER lugar

sandalinha.convicta:
ih, thiago, é bom ir perdendo esse medo aí, viu, porque a gente vai trabalhar com ele agora. quer dizer, ele vai estar no mesmo prédio que a gente... quase todo dia, eu acho

gaystristes:
sabe o que é pior?

Enviar uma mensagem

sandalinha.convicta

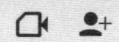

gaystristes:
eu não tô pronto pra fingir que nunca aconteceu

gaystristes:
porque o vlado parecia mesmo muito lindo e muito interessante e muito inteligente e falava com segurança e... ai, eu CRIEI EXPECTATIVAS, sabe

gaystristes:
e não vou mentir, durante toda a reunião eu só conseguia pensar "puta merda eu não acredito que transei com esse cara. Puta merda eu não acredito que transei com esse cara"

gaystristes:
AMIGA, ELE TAVA NUMA REUNIÃO IMPORTANTE USANDO UMA GRAVATA DO HOMEM-ARANHA. UMA GRAVATA DO HOMEM-ARANHA!!!

sandalinha.convicta:
o negócio da gravata do homem-aranha, né... golpe baixo. Ele tava muito fofinho.

gaystristes:
ai, que saco. E agora eu só consigo pensar: SERÁ QUE EU DEVO SAIR COM ELE HOJE? e, ao mesmo tempo, pensar em NÃO sair com ele só me deixa triste porque: eu quero sair com ele, mas com o ELE de antes dessa reunião, que pra mim era só um cara estrangeiro que mora no bairro dos meus pais

sandalinha.convicta

gaystristes:
Não quero que ele seja meu superior numa empresa podre de chique que acabou de me contratar. AI, QUE ÓDIO, o que eu FAÇO?

sandalinha.convicta:
eu não acredito que você se apaixonou pelo cara no primeiro dia. HAHAHA ai ai.

gaystristes:
EU NÃO TÔ APAIXONADO!!!!!!!

sandalinha.convicta:
aham.

sandalinha.convicta:
mas hm. difícil. Eu não sairia com ele hoje, se fosse você. mas acho que se você for, precisa garantir que o RH da Innovativ NUNCA descubra.

sandalinha.convicta:
porque até explicar que vocês transaram uma vez mas isso foi ANTES de trabalharem juntos e não significou nada (quer dizer kkkk mais ou menos né) e que vocês nunca tiveram um RELACIONAMENTO AMOROSO, vai levar um tempo... e tecnicamente transar É um grande envolvimento, né?

sandalinha.convicta:
se bem que... o alex e o frank conseguiram ficar juntos, apesar disso

sandalinha.convicta

gaystristes:
PORQUE A BRILHO ERA UMA VÁRZEA!!!!!
Ninguém dava a mínima. Quer dizer, até dava, mas só se você fosse MUITO óbvio

gaystristes:
e além do mais, eles só ficaram juntos depois que o frank pediu demissão, né...

sandalinha.convicta:
aliás, sabe de uma coisa? eu pensei aqui agora e você pode usar um gravador

gaystristes:
quê?

sandalinha.convicta:
um gravador. Sabe, o app de gravador do celular pra você gravar a conversa de hoje à noite. Assim, se o RH algum dia ficar sabendo que vocês se encontraram hoje, você apresenta o áudio e mostra que não teve nada de mais, que foi só... uma saída normal, como colegas de trabalho, pra falarem sobre o que aconteceu e terminarem o envolvimento romântico

sandalinha.convicta:
quer dizer. Se é isso que você está pensando em fazer mesmo, que, sinceramente, é o que eu acho que você deveria fazer

Enviar uma mensagem

sandalinha.convicta:
Mas vai que você quer tentar alguma coisa fora do trabalho e correr o risco de ser demitido, né, daí já não consigo te ajudar

gaystristes:
sim, era isso que eu tava pensando em fazer, ok? terminar o envolvimento romântico. e sabe que gravar não é má ideia?

sandalinha.convicta:
eu sei, eu sou ótima.

sandalinha.convicta, Débora.Santos

21 de junho

15:21 Débora.Santos está on-line

15:21 gaystristes está on-line

15:21 sandalinha.convicta está on-line

Débora.Santos:
Olá, queridos! Tudo bem por aqui? 😄 Gostaria de lembrá-los que o chat interno da empresa deve servir apenas para conversas sobre trabalho, ok? 😅 Passei perto da mesa do Thiago e percebi que ele estava muito absorto, digitando só na janela do chat há algum tempo, então queria apenas verificar se vocês realmente estão usando o chat com a finalidade correta. Caso contrário, por favor, voltem ao trabalho. Vamos evitar conversas paralelas para continuarmos cada vez mais brilhantes! ✨ 🖤

Débora.Santos:
*brilhantes e inovadores! 😄 ✨ 🖤

gaystristes:
estamos falando de trabalho sim!!! acabamos de conversar sobre o briefing da marca de chocolates que a Nicole está atendendo, sabe? ela estava me pedindo ajuda com umas ideias de artes pros designers da equipe dela executarem.

sandalinha.convicta:
trabalhar não é DIVERTIDO? Eu amo quando trabalho e diversão se confundem.

Enviar uma mensagem

sandalinha.convicta, Débora.Santos

Débora.Santos:
Ah, queridos, que bom que estão focados. Vou deixá-los trabalhar então. Obrigada.

Enviar uma mensagem

sandalinha.convicta

21 de junho

15:23 gaystristes está on-line

15:23 sandalinha.convicta está on-line

sandalinha.convicta:
ELA CORRIGIU OS EMOJIS PARA ACRESCENTAR O EMOJI DA INNOVATIV!!!!!!!!!! SOCORRO

gaystristes:
eu quase morri

Enviar uma mensagem

Mãe
on-line

Segunda-feira, 21 de junho de 2021

oi, filho! tá tudo bem? 15:37

seu pai disse que você ligou chorando aqui pra casa, mas eu estava terminando de mostrar pra sua avó o rodo mágico novo que a zilda me indicou e eu comprei no catálogo da avon, daí não consegui atender. sabe como é, quando a gente embrenha num assunto não acaba mais. 15:38

oi, mãe. não, tá tudo bem 15:38

quer dizer, eu acho que tá tudo bem, pelo menos. Não tenho certeza ainda, mas as coisas devem ficar bem. 15:38

ah, filho que bom então. 15:39

mas por que você estava chorando? 15:39

ah... sabe, aconteceram uns negócios no trabalho. Mas tá tudo bem, eu vou resolver. Já tô pensando em como dar um jeito. 15:40

ah, thiago, querido, você não perdeu o emprego, né? 15:40

Mãe
on-line

> eu sempre disse que as pessoas dessa sua área são todas metidas a besta e que isso ia acabar acontecendo. você já pensou em arrumar um emprego sério em uma área mais forte? 15:40

> tipo uma engenharia, um negócio assim. 15:41

> você não ganha muito e as coisas andam tão apertadas por aqui que eu não sei se eu e o seu pai conseguimos segurar a barra se você perder o emprego e voltar pra casa. 15:41

> não, mãe, eu não perdi o emprego. Fica tranquila. Tá tudo bem. não vou precisar da sua ajuda e do papai. fica tranquila. 15:42

> foi um problema mais pessoal mesmo... 15:42

> ah, entendi. que bobagem, thiago! tenho certeza de que não foi nada. 15:43

> aliás, falando em coisas pessoais, sua avó comentou mais cedo que viu você e aquele gringo bonitão bem pertinho na festa junina! 😍 eu amei. 15:43

Mãe
on-line

> tem alguma coisa que você queira me contar? outra pergunta, filho. você acha que é muito cedo para a gente chamar ele pra tomar café da tarde aqui em casa? uma coisa simples. é que sua avó queria muito que ele viesse comer bolo porque, sabe, ele trouxe a champanhe pra ela.
> 15:44

NÃO, MÃE
15:45

não, pelo amor de deus, esquece o gringo bonitão. esquece!!!!
15:45

por favor não chamem ele pra tomar café aí. finge que aquilo nunca aconteceu, fala pra vó que eu mando outra champanhe pra ela se ela prometer ESQUECER o gringo bonitão
15:45

> ai, filho, mas por quê? um homem tão bonito, tão prestativo, pareceu tão educado...
> 15:46

> ele não te tratou bem?
> 15:46

> o que ele fez com você?
> 15:46

Mãe
on-line

> ah não, ele te passou alguma doença? se ele te passou alguma doença me avise porque eu vou correndo contar para a zilda e a gente vai fazer um inferno da vida deste homem no bairro, todo mundo vai ficar sabendo
> 15:47

>> NÃO, MÃE, ELE NÃO ME PASSOU NENHUMA DOENÇA. NÃO PRECISA FALAR NADA PRA ZILDA.
>> 15:47

>> depois eu te explico direitinho o motivo, mas agora, quanto menos você falar com ele, melhor pra mim, ok? tô meio sem tempo de escrever tudo pra você
>> 15:47

>> só finge que aquilo nunca aconteceu e que eu e ele nunca nos conhecemos.
>> 15:47

> hm. que esquisito. mas tudo bem.
> 15:48

> thiago, mas pense bem nisso, ele pareceu um homem tão bom! e não te passou doença. às vezes, se você se dobrar um pouquinho, consegue se encaixar no molde dele. tenho certeza de que você foi muito exigente com o moço, você é exigente com tudo.
> 15:48

Mãe
on-line

e a gente sabe que você não está em muita posição de ser exigente, né, meu filho. 15:49

ai, mãe, não é nada disso. 15:50

não teve nada a ver comigo exatamente. Quer dizer, teve, mas não teve também... enfim, a história é muito longa, não dá tempo agora. preciso voltar a trabalhar. Vou parar de responder, ok? 15:50

tudo bem, você nunca tem tempo pra sua mãe mesmo, já tô acostumada... 15:50

[ATUALIZAÇÃO] Na verdade, eu [H 30] sou chefe do cara [H 25] com quem eu transei.

Ok, galera, acho que fudeu. No fim das contas, eu acabei de descobrir que eu trabalho na mesma empresa que o cara com o qual... bom, vocês sabem, de quem eu falei da última vez que apareci por aqui.

Eu não faço ideia do que fazer. Tive uma reunião mais cedo na qual ele estava presente e foi um caos... a energia foi toda errada. Ele pareceu muito envergonhado e confuso, e eu também fiquei muito confuso e constrangido.

Eu não sei como vai ser daqui pra frente. Isso complica tudo. Quer dizer, eu não posso botar a carreira que construí durante anos a perder por causa de uma paixão avassaladora de um dia... certo? Isso não faz o menor sentido. Minha carreira é muito importante pra mim, meu trabalho é uma das coisas mais sólidas que já tive na vida. Sempre coloquei ele acima da minha vida pessoal. Foi meu refúgio, onde eu me senti importante e valorizado... tanto que cresci muito rápido, e por isso estou gerenciando uma implementação internacional.

Mas, ao mesmo tempo, a ideia de não ver o cara me faz querer... eu não sei... chorar, eu acho. Uma coisa esquisita por dentro, que me deixa triste. Tínhamos combinado de sair hoje e agora estou pensando se é mesmo uma boa ideia. A gente pode ser demitido, no fim, segundo as regras da empresa.

O que eu faço? Estou completamente perdido.

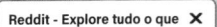

ArqueiroExplosivo · 3 min

Caralho hahahaha isso escalou muito rápido. Quem diria?

Acho que você precisa mandar mensagem pra ele perguntando se tá tudo bem e se a saída de vocês ainda tá de pé. Acho que vocês precisam conversar, mesmo que só amigavelmente, porque não podem evitar o assunto e fingir que nunca aconteceu. Imagina o clima na empresa? Enfim, conversa com ele! Não deduz nada. É importante. E, claro, não façam nada que vá contra as regras da empresa.

> **GayFairy** · 3 min
>
> eu não sei se devo mandar mensagem. eu estaria colocando o meu emprego em jogo, eu acho, mas sinto que a gente precisa mesmo conversar.
>
>> **ArqueiroExplosivo** · 2 min
>>
>> Bom, em algum momento vocês vão ter que se falar, seja agora ou... sei lá, quando ele precisar falar com você durante uma reunião e ficar aquele clima horroroso. Acho que precisam mesmo conversar e definir tudo. E não vão quebrar regra nenhuma se vocês dois ficarem de boa e não se pegarem. É só conversar como amigos.
>>
>>> **GayFairy** · 2 min
>>>
>>> Eu não sou muito bom nesse negócio de... falar. Sobre essas coisas. E tô morrendo de medo de perder o emprego.
>>>
>>>> **ArqueiroExplosivo** · 1 min
>>>>
>>>> Vocês precisam mesmo conversar!!!!! Manda mensagem!!!! Sério!!!!!

UnicornRainbow · 2 min

eu sairia do trabalho pra almoçar e nunca mais voltaria, sinceramente. E aí vocês podem SE CASAR E TER UM MONTÃO DE FILHOS!!!!!!!

> **GayFairy** · 2 min
>
> Hm. Fora de cogitação abandonar minha carreira, infelizmente. Mas obrigado pelo conselho.

CuriousJeff · 1 min

Acho que você devia criar um fake, como se fosse um amigo seu, e perguntar pra ele se ainda tá de pé porque você está sem jeito de perguntar pra ele diretamente. Você pode dizer que pediu pro seu amigo falar com ele porque achou que ele ficaria desconfortável em falar com você.

> **GayFairy** · 1 min
>
> Cara, acho que o fake não mudaria em nada... e daria o maior trabalhão. Mas obrigado mesmo assim pelo conselho
>
> > **CuriousJeff** · 1 min
> >
> > Disponha!!

VLADO
on-line

Segunda-feira, 21 de junho de 2021

oi, thiago 16:15

tô mandando mensagem usando a nossa conta pessoal no whatsapp porque... 16:15

bom... tanta coisa aconteceu, né? Que doideira. 16:15

mas só pra perguntar se você acha que a gente ainda deve se ver hoje à noite. 16:16

oi, vladimir 16:17

uau, quanta coisa aconteceu. 16:17

olha, eu... não sei direito? Não estou conseguindo tomar uma decisão. Eu sei que é muito errado e a gente não deveria continuar se vendo para evitar ser demitido. Quer dizer, não se ver com intuito romântico, já que é proibido 16:17

sim, com certeza 16:18

VLADO
on-line

> porque eu levo meu emprego a sério e... bom, imagino que você também, já que parece que você é muito importante.
> 16:18

é, eu levo meu emprego *muito* a sério.
16:18

mas ao mesmo tempo eu queria conversar pra gente... sei lá, botar um ponto-final?
16:18

> sim. a gente devia conversar pra botar um ponto-final, eu também acho.
> 16:19

> quer dizer, a gente não vai se pegar nem nada, é só mesmo pra se acertar.
> 16:19

com certeza nada de se pegar. 16:19

> sim, com certeza nada de se pegar.
> 16:19

eu nem cogitei isso, seria muito antiético.
16:20

> nem me fale.
> 16:20

então... a gente mantém? 16:20

VLADO
on-line

> bom. acho que sim?
> 16:20

então beleza. Mas a gente precisa manter isso em sigilo, ok? ninguém pode saber sobre isso, senão... bom, você sabe. demissão.   16:20

> total. Sigilo total.
> 16:21

> acredite, eu já saí com mais caras que exigiram sigilo do que você imagina... rs 😅
> 16:21

hahaha eu não acredito que você já saiu com cara no sigilo   16:21

> às vezes é tudo o que tá disponível no aplicativo às 3 da manhã, sabe
> 16:21

aliás, você... preciso perguntar. você chegou a contar pra alguém sobre quando a gente... sabe, no sábado?   16:21

> ah, só pra minha amiga, a Nicole...
> 16:22

a Nicole Melo? A outra diretora de arte da coordenação da Débora?   16:22

VLADO
on-line

> É rs 😣 foi mal
> 16:22

Putz, isso é ruim... 16:22

> Ah, mas eu não sabia... e a Nicole vai ficar de boca fechada. Você pode confiar nela.
> 16:22

ah, não, claro que não é sua culpa. desculpe se ficou parecendo que eu quis dizer que era. não é isso. 16:23

mas vai dar tudo certo. nos vemos mais tarde, então? 16:23

> Nos vemos mais tarde.
> 16:23

Até lá. 16:23

> Até.
> 16:23

Segunda-feira, 21 de junho de 2021, 17:40
De: Débora Santos – Agência Brilho
Para: Thiago Souza
Assunto: Notificação: celular

Oie, Thiago, meu brilhante preferido, tudo bem?

Thi, seguinte: hoje é um puxão de orelha. Passei pela sua mesa e vi que você não desgrudou o olho do seu celular por uns dez minutos seguidinhos enquanto eu pegava um café e tirava xerox naquela máquina que fica aí perto.

Já tive que notificar você e a Nicole mais cedo sobre o uso correto do chat interno, agora sobre o seu celular. Se estiver acontecendo algum problema de foco, podemos conversar sobre estratégias de foco e produtividade, não hesite em me dizer!

Se o problema for só desatenção mesmo, peço que por favor preste mais atenção nas regras da empresa, ok? Ainda mais porque estamos indo para o escritório novo, e você também recebeu as regras, certo? Não podemos usar celular por lá.

Beijo e continue brilhante e inovador (e focado!!!)
✨🔮🤓

Dé

**Coordenadora de projetos
Agência Brilho**

LISTINHA DE AFAZERES PARA ME MANTER SÃO:

- Comprar chocolate. Foda-se a dieta?
- Encontrar o Vladimir hoje à noite com naturalidade e profissionalismo
- Bolar um plano para fazer a Débora engolir um rastreador que faz o meu celular apitar quando ela chega perto da minha mesa
- Comprar ração úmida para o Hugo
- Repor o cadarço do tênis da Nicole que o Hugo brincou até estragar ontem à noite
- Me demitir para ter um caso de amor tórrido com o meu ex-chefe
- Casar com o Vladimir, adotar filhos, construir uma família. Conseguir o passaporte europeu, ir morar numa pequena vila da Eslováquia, pintar quadros com paisagens bucólicas e ficar muito famoso no círculo artístico local. Ganhar reconhecimento mundial e uma exposição no Louvre aos 80 anos, depois de uma vida dedicado à arte
- Responder os e-mails que estão parados na caixa de entrada

Thiago: Ah, você achou o bar!

Vladimir: Sim... na verdade foi bem fácil, tem um letreiro de neon gigantesco lá fora.

Thiago: É mesmo, tinha me esquecido disso. *(Riso desconfortável.)*

Vladimir: Pois é.

(Silêncio.)

Vladimir: Uau... aqui é sempre tão cheio assim?

Thiago: É que hoje é a final de um reality show de drag queens bem famoso... Esse barzinho é conhecido por transmitir a final, e muitos gays se reúnem pra torcer...

Vladimir: Ah, isso explica a gritaria...

Thiago: É... você assiste?

Vladimir: Não, mas acho que conheço... teve uma delas que se montou de Grace na última temporada, daquele jogo *Vigias*, não foi?

Thiago: Isso. A drag que se montou de Grace ganhou aquela temporada, inclusive. Eu assisto esse reality religiosamente, mas essa temporada de agora foi bem ruim... as drags não eram tão legais e eu acabei perdendo um episódio e ficando com preguiça de retomar, porque aí tem que baixar, e eu tô meio sem saco pra fazer download ilegal de reality show, pra ser sincero...

Vladimir: Você... conhece o jogo *Vigias*? Você joga?

Thiago: Eu jogo de vez em quando, mas não muito, porque me deixa acelerado... e minha cabeça já é bem acelerada. Não sei se deu pra perceber. Quer dizer, minha cabeça já foi pra todos os lugares possíveis nos últimos minutos porque eu tô meio nervoso com... bom... nossa situação. *(Risos.)*

Vladimir: Entendi.

Thiago: É.

(Silêncio.)

Vladimir: Será que eu posso adicionar você depois pra gente jogar uma partida junto?

Thiago: Quê?

Vladimir: É, jogar uma partida... sabe, de *Vigias*.

Thiago: Ah... hã. Pode, pode sim. Acho que isso é inofensivo. Então você também joga?

Vladimir: Sim. Jogo de Grace, inclusive. Eu gosto muito dela.

Thiago: Ah, sim.

(Silêncio.)

Vladimir: O seu celular tá em cima da mesa porque você tá... gravando?

Thiago: Sim. Ah, desculpa, eu esqueci de falar que ia gravar nossa conversa. Foi uma ideia que uma amiga minha teve. A Nicole, no caso, a mesma pra quem eu contei de... bom, tudo...

Vladimir: Mas... pra que serve a gravação?

Thiago: Sabe, eu tô bem preocupado com o fato de que podem descobrir que a gente teve... aquele negócio e que tá se vendo hoje de novo. Você sabe, isso pode chegar no RH da empresa de algum jeito, sei lá. Aí eu tô querendo deixar tudo registrado pro caso de a gente precisar de provas caso demitam a gente por isso ou por tudo que rolou.

Vladimir: Precisar de... provas? Tipo... em um processo criminal? Você acha que vão... denunciar a gente pra polícia por sair junto?

Thiago: Não, meu medo é mais o RH da empresa mesmo. Quer dizer, sei lá se o RH pode me denunciar pra polícia e ME PRENDER por sair com o meu chefe. Nem sei se isso é crime, eu não conheço tanto assim de legislação. Mas definitivamente NÓS DOIS vamos ser demitidos se alguém souber, porque isso tá nas regras da empresa. E eu total espero que nosso contato hoje não seja antiético porque eu quero ser o mais ético possível. Não quero ser demitido.

Vladimir: Nada aqui vai ser antiético hoje. Você tem um ponto. Eu também tô bem preocupado com isso e acho que a gente precisa tomar o máximo de cuidado possível pra que ninguém saiba de nada. Não acredito que... abririam, sabe, um processo criminal. Envolvendo a polícia e tal...

(Risos.)

Thiago: Bom, já estamos melhor do que algumas pessoas do passado.

Vladimir: Uau. Que sombrio. Mas sim, definitivamente é algo com que a gente tem que se preocupar. A empresa, no caso.

Thiago: Quer dizer, tecnicamente eu não sei se aquele moço, o Bruno, do RH da Brilho, que sempre bebe demais nas festas de fim de ano e chora porque quer ter uma esposa e filhos e uma vida comum e nunca consegue, pode te demitir agora que o departamento se fundiu ao RH da Innovativ, mas talvez eles possam abrir um processo INTERNACIONAL contra você, porque você tá pegando um funcionário da empresa...

Vladimir: Talvez o Bruno nem tenha sido absorvido pela Innovativ, no fim, o que dificultaria ainda mais ele me demitir...

(Risos nervosos.)

Thiago: Pera, ele foi demitido? Poxa. Eu gostava dele. Ele era engraçado quando ficava bêbado.

Vladimir: Olha, eu sinceramente não saberia dizer. Foi mais uma piada mesmo pra descontrair e espantar esse receio.

Thiago: Ah.

(Silêncio.)

Vladimir: Não vai voltar a acontecer, né?

Thiago: O quê?

Vladimir: A gente, digo.

Thiago: Não. Eu tô aqui só pra gente conversar e acabar com todo o nosso envolvimento romântico, porque você é meu chefe e eu tenho trauma desse negócio de RH de empresa e demissão. E aí a gente pode ser amigo, eu acho. Essa era minha ideia.

Vladimir: É, não é pra voltar a acontecer. Eu queria garantir que você entendia o quanto meu emprego importa pra mim e o quanto a gente não deveria continuar... o que a gente teve. Pra gente estar na mesma página. E sim, talvez seguir com uma amizade.

Thiago: É, nosso envolvimento romântico definitivamente está fora de cogitação em qualquer cenário.

Vladimir: É engraçado como você fala "envolvimento romântico". Acho que toda vez que você usa esse termo, uma fada morre.

(Risos.)

Thiago: Como você chamaria nosso... lance, então, já que o jeito que eu chamo faz você achar que é meio errado?

(Risos.)

Vladimir: Sei lá... a gente se beijou, certo?

Thiago: Teve isso, sim.

Vladimir: Logo depois que você me deu o bote enquanto eu trocava de roupa de forma inocente.

Thiago: O QUÊ? Eu me lembro um pouquinho diferente. Na minha cabeça era você que estava seminu dentro da minha casa enquanto eu inocentemente procurava os meus pais. E aí você deu o bote.

Vladimir: Bom, de qualquer forma, o que a gente fez depois não foi nada inocente.

(Risos.)

Vladimir: O negócio é que... bom, você é uma pessoa interessante, Thiago. Eu senti que a gente se conectou. Quer dizer, sei lá, eu pelo menos me conectei.

Thiago: É... eu... meio que senti a conexão.

Vladimir: Fisicamente?

Thiago: VLADIMIR!

Vladimir: Foi mal, passei do limite.

Thiago: Passou do limite, sim. A gente tá aqui como amigo, certo? Apenas vivendo uma amizade.

Vladimir: Sim. Desculpe, foi totalmente inapropriado.

(Silêncio.)

Atendente: Boa noite, já olharam o cardápio? Posso anotar o pedido de vocês?

Thiago: Boa noite, eu vou querer... uma caipirinha. E uma porção de amendoim para nós dois.

Atendente: Ok, anotado. E o senhor?

Vladimir: Eu quero... um bloody mary.

Atendente: Já trago.

Vladimir: Obrigado.

Thiago: Obrigado.

(Silêncio.)

Vladimir: Se a gente estivesse na Eslováquia eu ia pedir um Kofola.

Thiago: O que é isso?

Vladimir: Ah. *(Risada.)* É só um refrigerante famoso por lá... todo mundo bebe Kofola. Tem toda uma história por trás, mas, basicamente, é o melhor refrigerante que existe.

Thiago: O melhor refrigerante que existe... palavras fortes...

(Risadas.)

Vladimir: Mas é mesmo. O que eu posso fazer?

(Silêncio.)

Thiago: Você tem uma caneta?

Vladimir: Hm... tenho. Sempre carrego uma. Aqui.

Thiago: Obrigado.

(Barulhos da caneta esferográfica deslizando por algo na mesa de madeira.)

Vladimir: O que você... tá fazendo?

Thiago: Ah. Nada. Só... sabe, rabiscando. Me ajuda a controlar o turbilhão na minha cabeça.

Vladimir: Eu não chamaria isso aí de rabisco. Está muito bonito.

Thiago: Obrigado.

(Silêncio.)

Vladimir: Sabe, essa é uma coisa legal sobre você.

Thiago: O fato de que eu... bem, eu desenho polvos aleatórios em guardanapos quando a espiral na minha cabeça começa a ir pra lugares um pouco assustadores demais?

Vladimir: Também. O desenho está lindo. Mas eu estava falando da forma como pra você é muito natural... se expressar dessa forma, sabe? Eu não sei fazer isso. Queria saber.

Thiago: E o que o meu polvo está expressando pra você agora?

Vladimir: Olhando daqui, o seu polvo está com uma cara de que, se tivesse um chefe, certamente teria tido um envolvimento romântico com ele.

(Risadas.)

Thiago: Entendi.

Vladimir: Não, mas falando sério, você consegue desenhar. Sabe... ser artista. A gente se conhece há três dias e parece que eu conheço você pelos desenhos. Isso é muito legal.

Thiago: Vlado, isso aqui é literalmente só um polvo. Como você tá vendo tudo isso num polvinho com chapéu e carinha fofa?

Vladimir: Eu sei que é um polvo, mas é mais do que isso. Lá na festa, por exemplo. Cada pessoa que você desenhava tinha alguma coisa especial que só você via, pelos seus olhos, e isso é genial. Eu ficava esperando pra ver qual seria a coisa especial que você veria em cada nova pessoa que parava na sua frente, e isso era incrível. Sempre tinha algo.

Thiago: Você ficou reparando na minha cara desenhando as pessoas? Você é meio doido. Estou genuinamente assustado.

Vladimir: E vermelho. Mas você fica muito bonito assim vermelho. Eu gosto de te deixar sem jeito.

(Silêncio.)

Thiago: Eu acho que ninguém nunca me disse que gosta de como eu... vejo as coisas. Isso é muito específico e estranhamente sexy. Quer dizer, eu sou atraente pra você pela forma como eu... vejo o mundo? Eu preferia ter um corpo lindo pra te atrair, sabe. Seria mais normal. E mais legal pra mim, evitaria muitos traumas.

Vladimir: É difícil encontrar pessoas que sejam interessantes de verdade e me façam querer me abrir. Principalmente a ponto de querer conhecer melhor essa pessoa depois de a gente ter transado.

Thiago: Ah, pronto, agora você só parece um boy lixo.

(Risadas.)

Thiago: Não, mas eu entendi o que você quis dizer. Não é normal você se abrir, né? Você parece um cara bem fechado.

Vladimir: É. Acontece que eu não sou interessante. Eu só gosto de pessoas interessantes.

Thiago: Até parece que você não é interessante. O cara gato, europeu e misterioso. Até agora, com as informações que eu tenho sobre você, que são ser muito branco, do Leste Europeu e gostar de bloody mary, você poderia ser um vampiro. E acontece que eu tenho uma queda por vampiros desde *Crepúsculo*, Vladimir.

(Risadas.)

Vladimir: Acho que eu me apoio muito nisso, de ser fechado. Mas na verdade eu só tenho muito medo de me abrir porque... sei lá, traumas.

Thiago: Bom, a gente tá na mesa do bar, conhecidamente o melhor lugar pra contar traumas.

(Silêncio.)

Vladimir: Sabe, meus pais se divorciaram quando eu era criança, quase bebê ainda. Eu só descobri o motivo anos mais tarde. Minha mãe traiu o meu pai. Ninguém fala sobre isso. Eu tinha três anos. Daí meu pai foi embora e eu não ouvi mais falar dele por muito tempo.

Thiago: Entendi. Então você foi basicamente criado pela sua mãe.

Vladimir: Hm. Mais ou menos. A gente morava numa cidade pequena do interior, e aí minha mãe decidiu entrar na faculdade, na época, pra ganhar mais, e começou a trabalhar. Eu ficava muito tempo com o meu tio, que tinha uma oficina mecânica e era uns anos mais velho do que ela.

Thiago: Oficina mecânica?

Vladimir: Pois é... aí quando minha mãe terminou a faculdade, foi chamada pra trabalhar em uma empresa grande numa cidade grande. E aí ela não conseguiu recusar, mas eu não queria ir com ela. Eu tinha sete anos, sei lá por que não quis.

Thiago: Às vezes as nossas vontades são só meio podres mesmo quando a gente é criança.

Vladimir: Pensando no passado e em tudo que aconteceu, não sei se ter ido morar com a minha mãe teria sido melhor. Mas enfim, né? Acontece. E eventualmente eu comecei a perceber que gostava de meninos e escondia isso de todo mundo, cidade pequena... meu tio nunca lidou bem com isso. E aí comecei a trabalhar e tudo. Um tempo depois, meu tio conheceu uma brasileira que estava de férias na Eslováquia, eles se casaram e a gente se mudou pra cá por uns anos. Depois voltamos pra Eslováquia.

Thiago: Pois é. E você é megajovem pra ser gerente de operações de um país inteiro, né?

Vladimir: Sim. Eu sempre fui um cara meio sozinho. Acho que por aí dá pra perceber que o trabalho é muito importante pra mim e que eu trabalho demais.

(Risadas.)

Vladimir: E aí acho que fica bem óbvio por que eu acho tão legal essa sua coisa de só... saber se expressar. De um jeito tão... natural. Eu admiro isso demais.

Thiago: Isso é meio fofo.

(Silêncio.)

Atendente: As bebidas de vocês. E o amendoim.

Vladimir: Obrigado.

Thiago: Obrigado.

(Silêncio.)

Thiago: Tá, então. A gente definitivamente não pode mais se beijar. Porque, sabe, a questão do emprego.

Vladimir: Sim, com certeza.

Thiago: Mas tecnicamente a gente pode continuar se conhecendo. Você parece um cara muito legal.

Vladimir: Não sei se sou tão legal assim...

(Risadas.)

Vladimir: Mas eu ando meio solitário, como não conheço absolutamente ninguém aqui. Seria... bem legal se você pudesse ser meu... guia. E falar com você é bom... é fácil eu me abrir com você.

(Silêncio.)

Thiago: Não querendo ofender, mas parece mesmo que você precisa de amigos.

(Risadas.)

Thiago: E aí eu posso gravar sempre nossas conversar pra evitar qualquer inconveniência e deixar claro que somos apenas amigos. Se alguma coisa ruim acontecer, temos todos os registros.

Vladimir: Faz sentido. Mas se a gente vai se ver sempre com o seu celular gravando tudo o que a gente fala, então acho que ele merece ser humanizado. Eu proponho que a gente dê um nome legal para o nosso amiguinho.

Thiago: Você quer dar um nome pro meu celular?

Vladimir: Sim.

(Silêncio.)

Thiago: Eu não sei se consigo dar um nome pro meu celular.

Vladimir: Thiago, francamente, você trabalha no setor criativo de uma empresa de publicidade, como é que você não consegue dar um nome pra um objeto aleatório? É isso que você faz todo dia, né?

Thiago: Ei, ei, olha aqui o polvinho. Lembra dele? Eu sou da parte artística.

Vladimir: Tá. Vamos supor que eu sou um cliente. Esse aqui é o celular de uma marca nova e quero vender ele com um apelido divertido, humanizado, e o nome precisa fazer você gostar do objeto. De repente, por referência a uma pessoa que te deixe feliz. Pronto, agora dá um nome pra ele.

Thiago: Ah, sim, agora fez toda a diferença...

Vladimir: Vai, é só um nome.

(Risadas. Silêncio.)

Thiago: Acho que eu chamaria o celular de Tom.

Vladimir: Tom? Por que Tom?

(Silêncio.)

Vladimir: Você ficou vermelho de repente...

Thiago: Eu não sabia que precisaria explicar o nome. Hã... Tom pode ser qualquer cara, sabe, é um nome comum... no Reino Unido.

Vladimir: É por causa de um cara bonito?

Thiago: Ai, que saco. É por causa do Tom Holland.

Vladimir: Eu sabia!

(Risos.)

Vladimir: Tá. Então o celular se chama Tom por causa do Tom Holland, que você acha gato. Mas em troca eu quero ficar com o polvinho.

Thiago: Ué, tá bom, é seu. Não sabia que você queria o polvinho.

Vladimir: Vou dar pra ele o nome de uma pessoa que eu acho muito bonita.

Thiago: E qual vai ser o nome do polvinho?

Vladimir: Thiago.

(Silêncio.)

Thiago: Acho melhor... a gente... pedir a conta.

Vladimir: Desculpa. Eu passei muito do ponto.

Thiago: É difícil manter distância quando você... sabe, diz essas coisas. Enfim.

Vladimir: Desculpe. Foi inapropriado. Vamos pedir a conta, então.

Thiago: Acho que a gente precisa ir pagar lá no balcão. Não trazem a máquina na mesa.

Vladimir: Você precisa de... carona pra casa?

Thiago: Não. Vou chamar um Uber! Pode deixar. Obrigado, de qualquer forma.

– Interrupção de gravação –

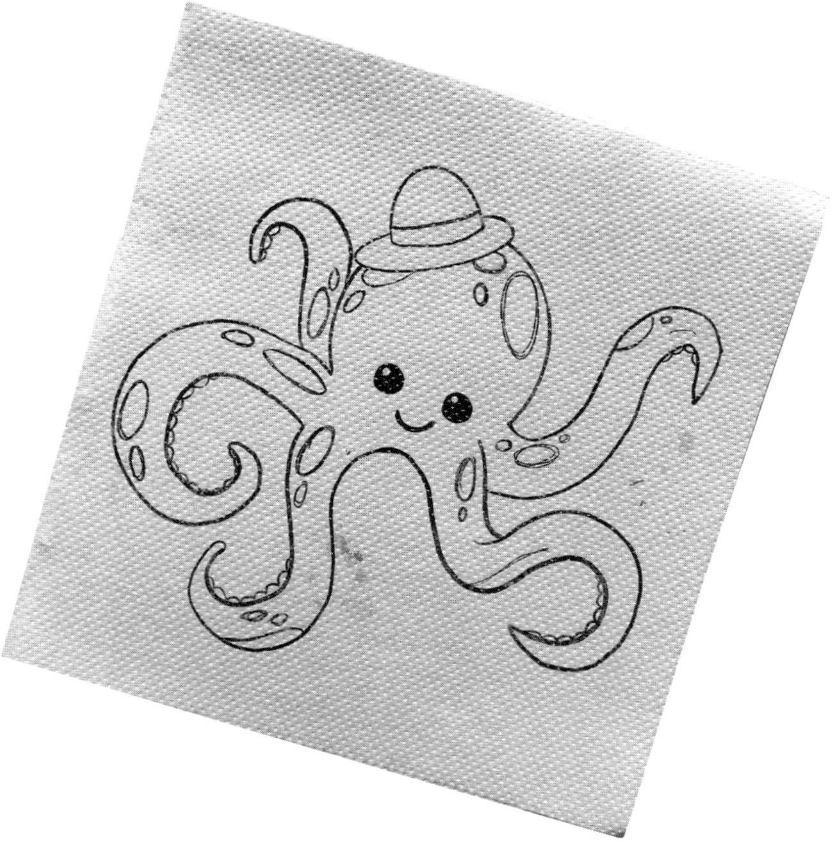

```
        - Torres do Itaim -

    REGISTRO DE ACESSO EM CATRACA

Data: 22/06/2021
Horário: 09:52
Nome: Thiago Souza
Empresa: Innovativ
Cargo: Diretor de arte

   ATENÇÃO: ESTE COMPROVANTE NÃO
  TEM FINS DE REGISTRO PARA PONTO
  ELETRÔNICO. CADA EMPRESA DEVE SE
   RESPONSABILIZAR PELO CONTROLE.

    Torres do Itaim: o melhor
   condomínio para a sua empresa!
```

Terça-feira, 22 de junho de 2021, 10:00
De: Débora Santos
Para: Thiago Souza; Alex Gomes
Cc: Vladimir Varga
Assunto: 📎 **Caseira**

Olá, Thiago! Olá, Alex!

Bom dia, tudo bem com vocês?

Escrevo (já no novo escritório chique!) para avisar que vocês dois foram designados por mim para integrar o projeto da Caseira. Como mencionado pelo Vladimir na reunião de ontem, é um cliente novo que devemos tratar com muita atenção e cautela. Mas tenho certeza de que vocês se sairão muito bem com esse novo desafio.

Estou contando com vocês! Anexo vai o briefing da empresa e tudo o que vocês precisam saber sobre ela e sobre o projeto. É uma linha fitness e parece uma proposta interessantíssima! Mais tarde podemos marcar uma reunião para acertarmos os detalhes e também para conversarmos sobre possíveis ideias de abordagem e caminhos a serem seguidos.

O Vladimir está em cópia e vai participar da primeira reunião para conversar com o pessoal da marca e passar segurança aos executivos. O restante segue sendo nossa responsabilidade, ok?

Débora Santos

**Coordenadora de projetos
Agência Innovativ**

Terça-feira, 22 de junho de 2021, 10:05
De: Thais Rosa
Para: Thiago Souza; Alex Gomes; Nicole Melo
Assunto: Dona Ida

Oi, gente! Tudo bem?

Escrevo este e-mail depois de passar por momentos caóticos e traumáticos na entrada desse prédio chique. É sério que eles precisavam de TANTOS protocolos e documentos pra gente conseguir entrar no trabalho? Eu fiquei me perguntando se vale mesmo tanto a pena dificultar a entrada do funcionário no próprio prédio em que trabalha, porque ele pode apenas desistir e ir embora. Foi quase o que eu fiz, com o tanto de burocracia envolvida. Enfim.

Queria falar com vocês sobre a dona Ida, a doceira que aparecia na frente lá da Brilho pra vender café, chá, chocolate quente, bolachinhas, bolo etc. Conversei com ela na semana passada e ela me disse que não queria abandonar a gente, porque somos clientes fiéis e, francamente, todo mundo já chorou com ela alguma vez reclamando de trabalho, então ela é quase da família. Mas ela não tem como vir até o Itaim porque não sabe se teria tanta adesão dos outros escritórios (afinal, lá onde era a Brilho tem um MONTE de empresas que compram café dela) e seria custoso pela passagem de ônibus e o transporte de tudo até aqui. Ela teria que vir pra atender… bom, só as pessoas que trabalhavam na Brilho, eu acho. Pelo menos no começo, até ela mostrar pra esse povo chique e chato do Itaim o VALOR REAL de um BOM chocolate quente num dia de estresse e lágrimas.

Enfim. Será que vocês poderiam entrar comigo nessa ideia de fazer uma vaquinha pra pagar o transporte da dona Ida até aqui pelo menos um dia na semana? Já falei com outras pessoas que trabalhavam com a gente e elas toparam. Eu não sei se aguento o tranco de a gente se mudar de prédio desse jeito sem a perspectiva de ter o brownie dela pelo menos UMA VEZ na semana.

Obrigada,

Thais Rosa

**Designer Sênior
Agência Innovativ**

Terça-feira, 22 de junho de 2021, 10:07

De: Alex Gomes
Para: Thais Rosa; Thiago Souza; Nicole Melo
Assunto: RE: Dona Ida

Amiga, você tá louca? Eu já tinha topado ANTES de você cogitar essa vaquinha.

Tô dentro.

Obrigado,

Alex Gomes

Designer Pleno
Agência Innovativ

Terça-feira, 22 de junho de 2021, 10:09
De: Thiago Souza
Para: Alex Gomes; Thais Rosa; Nicole Melo
Assunto: RE: RE: Dona Ida

POR FAVOR ME COLOQUE NA VAQUINHA!!!!!!!

Eu estava DOIDO aqui pensando sobre COMO ia sobreviver nesse lugar sem a dona Ida.

Obrigado,

Thiago Souza

**Diretor de arte
Agência Innovativ**

Terça-feira, 22 de junho de 2021, 10:11

De: Nicole Melo
Para: Thiago Souza; Alex Gomes; Thais Rosa
Assunto: RE: RE: RE: Dona Ida

Como diria um filme do qual sou muito fã, "vejo enfim a luz brilhar, já passou o nevoeiro". (Sim, é *Enrolados*, da Disney.)

Eu faço questão de ajudar na vaquinha de transporte pra dona Ida trazer comida pra gente aqui nesse local inóspito e frio. Quem sabe ela até não conquista uma clientela nova por aqui? Espero que ela diversifique e comece a vender cérebros pra esses ZUMBIS SEM ALMA.

Obrigada,

Nicole Melo

**Diretora de arte
Agência Innovativ**

Terça-feira, 22 de junho de 2021, 10:15
De: Thiago Souza
Para: Nicole Melo
Assunto: Eu odeio este lugar

Tá. Por onde começar?

Amiga, eu odeio este lugar. Eu oficialmente odeio este lugar. Aqui dentro é tudo tão cinza e esquisito. E a tentativa de arte na entrada, com aquelas cores berrantes e aquele PAINEL de DUAS PESSOAS NUAS? QUEM FOI QUE TEVE ESSA IDEIA?

Quer dizer, as pessoas do outro prédio de frente pra entrada ficam vendo UMA BUNDA ENORME??? Repito: quem foi que TEVE ESSA IDEIA?? Enfim.

E pra chegar aqui? Que horror? Foi muito horrível mesmo ou eu estou exagerando? Eu nunca pensei que ia ter uma JORNADA pra chegar no trabalho, mas é isto, agora a gente tem que, sei lá, se ocupar ouvindo um PODCAST no caminho pro trabalho, mas eu preferiria muito mais ficar dormindo. A localização da Brilho era perfeita. O prédio era uma espelunca? Sim, mas ele ficava DO LADO do metrô, sabe? O que custava a Innovativ ficar do lado do metrô?

Aparentemente custava BEM-ESTAR, que é uma coisa que nem devem conhecer por aqui. E caralho, QUANTA GENTE? Eu nem sei quem são essas pessoas, eu reconheço só algumas da Brilho. A demissão rolou solta REAL.

Aliás, falando em péssimas ideias, a Débora acabou de mandar um e-mail hoje cedo sobre aquele projeto novo da Caseira, sabe? Que o Vladimir falou em reunião ontem. Adivinha quem vai ser o diretor de arte que vai cuidar disso? Sim, euzinho. Junto com meu querido designer preferido, Alex. Eu tenho certeza que ela fez isso como um "teste", sabe? Ou a gente reprova feio e aí eu perco o meu emprego oficialmente (e o Alex também perde o dele hehe) ou vai dar tudo certo e ela vai ficar com a fama de ter "escolhido as pessoas certas" ou sei lá. E o produto que a gente vai ter que anunciar é de uma linha fitness, desses bem de blogueira doida de emagrecimento que fala de jejum de sei lá quantos dias, sabe?

Ai, que ódio. Eu tô odiando cada segundo desse dia e cada milímetro desse prédio. Fora que a gente ainda consegue se ver, mas tá mais longinho agora. Que ódio. Que ódio, que ódio, que ódio. Neste momento eu só queria poder me afundar numa barra de chocolate. Mas não posso. Porque senão furo minha dieta. Eu quero manter a dieta? Não sei.

Obrigado,

Thiago Souza

**Diretor de arte
Agência Innovativ**

Terça-feira, 22 de junho de 2021, 10:18
De: Nicole Melo
Para: Thiago Souza
Assunto: RE: Eu odeio este lugar

Ai, amigo. Sem comentários. Eu não digo que odiei porque assim: é realmente um lugar muito chique e bonito e eu tenho *certeza* que a gente não vai mais precisar passar aperto com papel higiênico e banheiro limpo aqui. E parece mesmo que vamos ter mais oportunidades.

Mas, por outro lado, sinto que é um caminho sem volta e a gente talvez nunca mais recupere a nossa alma depois de vender ela pro trabalho. Enfim. E você já tentou tomar o café da copa? Intragável. Ainda bem que a dona Ida vai vir pra cá pelo menos uma vez por semana. Aliás, se você precisar de uma barra de chocolate, eu tenho uma na minha gaveta. Esse é o meu jeitinho de dizer COME O QUE VOCÊ QUISER COMER!!!!!!!!!

E sobre a Débora: agora mais do que nunca, mostre a que você veio, amigo!!! Faz isso acontecer.

Obrigada,

Nicole Melo

**Diretora de arte
Agência Innovativ**

P.S.: Você achou que eu ia esquecer de perguntar pra você sobre o V?? Vai, desembucha. Você não quis falar no metrô por ser muito público, então agora me conta por escrito. O que rolou ontem à noite?

Terça-feira, 22 de junho de 2021, 10:20
De: Thiago Souza
Para: Nicole Melo
Assunto: RE: RE: Eu odeio este lugar

Eu vou aceitar a barra de chocolate. Passo aí daqui a pouquinho, deixa só a carrasca da Débora sair de perto do filtro de água que fica atrás da minha mesa pra ela não achar que eu tô "desfocado já no primeiro dia!". Ela tava comentando com um cara aleatório aqui que também tava bebendo água que esse lugar é "ótimo" para a concentração e que "aqui não dá pra ficar desfocado já no primeiro dia!!". Que ódio desse filtro de água. Será que não podiam mover uns centímetros pro lado pra não ficarem vendo minha tela?

Aliás: você reparou que todo mundo usa UM COPO PLÁSTICO toda vez que vai tomar água???????? Eu oficialmente odeio cada pessoa desse lugar. Que porra? A gente não pode usar as canequinhas de vidro que a gente usava na Brilho pra jogar MENOS PLÁSTICO no meio ambiente?

Tá. Tudo bem. Foco. Vai dar tudo certo. Eu vou pegar o chocolate com você.

Obrigado,

Thiago Souza

**Diretor de arte
Agência Innovativ**

P.S.: Você acha mesmo SEGURO mencionar qualquer coisa sobre isso no e-mail da empresa, sua doida?

Terça-feira, 22 de junho de 2021, 10:22

De: Nicole Melo
Para: Thiago Souza
Assunto: RE: RE: RE: Eu odeio este lugar

Amigo, para um pouquinho o que tá fazendo e olha pra quantidade de gente ao nosso redor.

Você acha mesmo que o RH dessa empresa lê CADA E-MAIL que a gente manda? Relaxa. A gente tá usando codinomes. É só não deixar tudo tão óbvio. Mas também não poupe detalhes, ok?

Você devia investir nessa carreira de escrever, aliás. Eu adoro quando você conta as coisas.

Obrigada,

Nicole Melo

**Diretora de arte
Agência Innovativ**

Terça-feira, 22 de junho de 2021, 10:25

De: Thiago Souza
Para: Nicole Melo
Assunto: RE: RE: RE: RE: Eu odeio este lugar

É, acho que talvez eles não leiam tudo. Mas vamos usar codinomes, ok? Pra ser cautelosos.

Bom, então. Ontem foi normal. Foi uma noite como qualquer outra entre duas pessoas que trabalham juntas. Sabe, só, tipo, um happy hour. Em que a gente tecnicamente falou de trabalho. Quer dizer, a gente falou sobre como o trabalho é importante pra gente. E como a era de se pegar acabou. Porque a gente tá focado no trabalho. Que a gente quer manter. Então vamos desenvolver apenas uma boa amizade.

Definimos isso ontem. E aí pode ter rolado uns papos profundos sobre traumas e ele me contou umas coisas e aí eu dei o nome de Tom pro meu celular (???) e aí ele disse que ia chamar um polvo de Thiago porque acha alguém com esse nome bonito, enfim. Mas é isso. A gente vai continuar sendo amigo. O que é ótimo. Quem não quer ter aquele cara como amigo, sabe? A gente pode até sair pra balada junto e ficar arranjando pessoas um pro outro, sabe? E tô super de boa com isso, bem ok mesmo. Totalmente resolvido, até aliviado que essa conversa aconteceu. Ufa. Muito aliviado, respirando fundo de alívio.

É isso. Foi só isso e pronto, e só. Uma conversa entre dois adultos. Resolvendo ser apenas amigos.

Obrigado,

Thiago Souza

Diretor de arte
Agência Innovativ

Terça-feira, 22 de junho de 2021, 10:30

De: Thiago Souza
Para: Débora Santos; Alex Gomes
Cc: Vladimir Varga
Assunto: RE: Caseira

Olá, Débora e todo mundo, bom dia!

Fico muito feliz e empolgado em estar envolvido numa campanha pra uma marca tão grande como a Caseira! Estou empolgado com a nossa equipe. A marca é ótima, muito grande, espero que eu consiga entregar o necessário.

Tenho certeza de que a gente vai fazer o que é necessário ser feito. Entregar tudo o que precisa ser entregue. E vai ficar bem-feito. Tenho certeza de que se alguma coisa precisa ficar bem-feita, a gente vai fazer ficar bem-feita.

Enfim. Feliz! Empolgado!!!!!!! Vem aí, mais do que nunca!!!!!!!!

Thiago Souza

Diretor de arte
Agência Innovativ

Terça-feira, 22 de junho de 2021, 10:34
De: Vladimir Varga
Para: Thiago Souza
Assunto: RE: RE: Caseira

Só como um toque mesmo, esse é possivelmente um dos e-mails que menos demonstram empolgação de todos os e-mails que tentaram demonstrar empolgação na história da humanidade.

Você precisou escrever a palavra "empolgado" seguida de 7 (sete) exclamações pra tentar parecer empolgado. Admirável.

Vladimir Varga

**Gerente de operações no Brasil
Agência Innovativ**

Terça-feira, 22 de junho de 2021, 10:34

De: Nicole Melo
Para: Thiago Souza
Assunto: RE: RE: RE: RE: RE: Eu odeio este lugar

Entendi. Aham, total. Nossa, faz muito sentido mesmo, acho super possível que vocês consigam desenvolver essa amizade sem nenhuma tensão sexual. Quer dizer, O QUE poderia dar errado, não é mesmo?

Totalmente possível, nada de preocupante nessa história.

Aliás, eu vi quando V chegou porque ele passou aqui atrás da minha mesa agorinha. E mandou um sorrisinho pra você, e aí você abriu o maior sorriso que eu já vi na minha vida. Sério, acho que nunca vi você assim.

Obrigada,

Nicole Melo

**Diretora de arte
Agência Innovativ**

P.S.: A gravata que ele tá usando hoje é estampada de She-Ra, você reparou? Ou tava ocupado demais olhando pro sorrisinho dele?

Terça-feira, 22 de junho de 2021, 10:36
De: Thiago Souza
Para: Nicole Melo
Assunto: RE: RE: RE: RE: RE: RE: Eu odeio este lugar

Eu entendi pelo TOM do seu e-mail que você tá insinuando que o que eu e V definimos ontem à noite é impossível. Você não precisou escrever, eu entendi. E queria dizer que você não está entendo direito, sabe... é perfeitamente aceitável desenvolver uma grande amizade com uma pessoa que pode ter começado com uma grande atração. E manter só na amizade.

Quantas pessoas no mundo já não fizeram isso? QUANTOS ATORES DE HOLLYWOOD A GENTE TEM CERTEZA DE QUE SE PEGARIAM, MAS NA VERDADE SÃO SÓ GRANDES AMIGOS? Quer dizer, o Tom Holland e a Zendaya, por exemplo. Eles TRABALHAM juntos. É perfeitamente aceitável que eles tenham se pegado uma vez em cena e exista uma enorme tensão sexual todas as vezes que se olham, mas que tudo não passe de uma grande amizade. Não é? Perfeitamente possível.

Obrigado,

Thiago Souza

**Diretor de arte
Agência Innovativ**

P.S.: Eu vi a gravata de She-Ra. Golpe baixíssimo. E eu vou prontamente IGNORAR tudo o que você falou sobre sorriso etc. porque nada disso é real. Foi um sorriso do tipo que a gente solta para *amigos*. Que é o que eu e o V somos. Amigos. Estamos felizes e contentes em sermos apenas amigos que se conheceram numa festinha.

Terça-feira, 22 de junho de 2021, 10:38
De: Thiago Souza
Para: Vladimir Varga
Assunto: RE: RE: RE: Caseira

Fico extremamente chocado que você não tenha conseguido entender toda a sutileza da minha empolgação. Eu estou empolgado, ok? Minha resposta foi tão efusiva justamente porque estou empolgado.

Mas vamos lá também, o que é empolgação? Ela é necessária? É um pré-requisito pra fazer um ótimo trabalho? Será que é necessário ser de fato tão empolgado?

Obrigado,

Thiago Souza

**Diretor de arte
Agência Innovativ**

P.S.: Aliás, uma informação nada a ver que eu queria confirmar: sua gravata hoje é mesmo de She-Ra? Foi isso que eu vi quando você entrou pela porta da frente e desapareceu em um corredor, mas achei que talvez eu estivesse ficando louco.

Terça-feira, 22 de junho de 2021, 10:42
De: Vladimir Varga
Para: Thiago Souza
Assunto: RE: RE: RE: RE: Caseira

Thiago,

Eu, enquanto seu chefe, analisando todo o contexto de adaptação a um novo prédio, uma nova empresa, praticamente uma nova vida, percebi que você tem toda razão. No fim, o que é empolgação, certo?

Até agora tudo o que pude ver, enquanto chefe, foi um exemplo de proatividade. Nunca na história da humanidade alguém foi tão proativo quanto Thiago Souza na manhã do dia 22 de junho, considerando tudo pelo que ele está passando. Meus parabéns.

Vladimir Varga

**Gerente de operações no Brasil
Agência Innovativ**

P.S.: Sim, minha gravata é estampada com elementos de She-Ra. Mas eu costumo usá-la na intenção de representar o desenho de 2018. Sou muito fã. Você também?

Terça-feira, 22 de junho de 2021, 10:57
De: Thiago Souza
Para: Vladimir Varga
Assunto: RE: RE: RE: RE: RE: Caseira

🤪VOCÊ ESTÁ PRONTO??????😜

😱SEGURE-SE NA SUA CADEIRA😱

😱😱💃🕺🦸‍♂️🤩😁🙀😆💥✨✨✨✨✨✨🌟🌟🌟🌟*😀🎸💃🐓🕺🙀🙀🙀

ESTE É UM E-MAIL PARA PROVAR QUE THIAGO ESTÁ INCRIVELMENTE **ANIMADO** PARA OS DIAS DE TRABALHO DAQUI PRA FRENTE!!!!!

😱😱💃🕺🦸‍♂️🤩😁🙀😆💥✨✨✨✨✨✨🌟🌟🌟🌟*😀🎸💃🐓🕺🙀🙀🙀

EM NENHUM MOMENTO NA ÚLTIMA MEIA HORA THIAGO SE QUESTIONOU SOBRE O PRÓPRIO DESTINO PROFISSIONAL. ELE SEGUE ANIMADO E PROATIVO, PAU PARA TODA OBRA, PRO QUE DER E VIER! THIAGO SE DEDICA MUITO À EMPRESA ATUAL, MESMO TENDO CHEGADO NELA APENAS HÁ ALGUMAS HORAS.

THIAGO ESTÁ MUITO ANIMADO! ELE NÃO VÊ A HORA DE COMEÇAR A TRABALHAR COM O SEU NOVO CLIENTE, A EMPRESA CASEIRA. PARA DEMONSTRAR TODA ESSA PROATIVIDADE, ELE GASTOU OS ÚLTIMOS QUINZE MINUTOS

FAZENDO UMA CURADORIA DE EMOJIS PARA ESTE E-MAIL. 👍👍😌😉

Obrigado,

Thiago Souza

Diretor de arte
Agência Innovativ

P.S.: Eu amo She-Ra, a de 2018.

Terça-feira, 22 de junho de 2021, 10:58

De: Vladimir Varga
Para: Thiago Souza
Assunto: RE: RE: RE: RE: RE: RE: Caseira

Eu talvez tenha que ter dado uma pausa em uma reunião com pessoas importantes fingindo uma crise de tosse para poder gargalhar à vontade fora da sala.

Obrigado por isso, funcionário proativo. (Pelo menos eu sei que criatividade te sobra.)

Vladimir Varga

**Gerente de operações no Brasil
Agência Innovativ**

LISTINHA DE AFAZERES PARA ME MANTER SÃO:

- Ignorar todas as vezes em que eu e Vlado começamos a conversar e do nada vira flerte porque ISSO NÃO PODE ACONTECER
- Comprar uma pantufa nova para a Nicole para repor a que o Hugo destruiu
- Me demitir?
- Conversar com o Alex sobre a reunião que tive com a Débora hoje sobre a Caseira
- Responder os e-mails parados na caixa de entrada
- Me demitir e logo em seguida beijar o Vlado?
- Me demitir e logo em seguida transar com o Vlado na sala dele?
- Me controlar porque eu NEM SEI se o Vlado estaria interessado em mim mesmo se eu me demitisse
- Botar requeijão na lista de compras porque acabou

VLADO
on-line

Terça-feira, 22 de junho de 2021

oi, thiago 19:07

mandando essa mensagem só pra perguntar se você gostaria de jogar umas partidas de Vigias 19:07

eu ainda tô na Innovativ, mas devo sair daqui a pouco e ir pra casa. o cara que costuma jogar comigo tá ocupado hoje. 19:08

oi, vlado 19:09

hmmm você ainda não saiu do trabalho? 19:09

pois é, precisei ficar um pouco mais pra terminar umas coisas aqui. mas se a gente marcar umas 20:30 acho que dá tempo. 19:10

mas só se você puder, claro. 19:11

foi um dia estressante pra caramba. posso sim. vamos dar uma relaxada e matar uns humanos infectados por aliens!!!! 19:11

VLADO
on-line

beleza então 😄 marcado   19:12 ✓✓

até daqui a pouco!
19:12 ✓✓

até!! 19:12 ✓✓

Terça-feira, 22 de junho de 2021, 19:18

De: Michael Pott
Para: Vladimir Varga
Assunto: Reunião rápida

Traduzido do inglês ˅

Olá, Vladimir, boa noite!

Estou na filial de Washington da Innovativ com o gerente de operações aqui dos Estados Unidos. Será que poderíamos fazer uma reunião rápida para você transmitir a ele como está sendo a adaptação no Brasil e também contribuir com a sua experiência na implementação da empresa na Argentina?

No fuso daqui ainda são 6:18pm, você poderia às 7pm daqui? Daqui uns 40 minutos, mais ou menos.

Obrigado,

Michael Pott

COO
Agência Innovativ

Terça-feira, 22 de junho de 2021, 19:20
De: Vladimir Varga
Para: Michael Pott
Assunto: RE: Reunião rápida

Traduzido do inglês ⌄

Boa noite, Michael!

Infelizmente, pelo horário, já estava encerrando o expediente por aqui e tenho um compromisso marcado às 8:30pm daqui (pelo meu fuso, já são 7:20pm). Peço desculpas pelo inconveniente, mas não poderei participar da reunião.

Obrigado,

Vladimir Varga

**Gerente de operações no Brasil
Agência Innovativ**

Terça-feira, 22 de junho de 2021, 19:25

De: Michael Pott
Para: Vladimir Varga
Assunto: RE: RE: Reunião rápida

Traduzido do inglês ˅

Entendido, Vladimir! Mas lembre-se de que o seu papel de liderança é importantíssimo. Peço que, para as próximas reuniões, tente alongar um pouco a jornada de trabalho e converse com o RH para compensar chegando mais tarde no dia seguinte, por exemplo. Preciso de você totalmente focado na empresa, ok?

Dessa vez, não tem problema.

Obrigado,

Michael Pott

**COO
Agência Innovativ**

Terça-feira, 22 de junho de 2021, 19:40

De: GPO – Software de gestão de ponto
Para: Vladimir Varga
Assunto: Notificação automática da gestão de ponto

Caro colaborador Vladimir Varga,

Este é um e-mail automático para notificá-lo de que no dia 22 de junho de 2021 seu ponto digital registrou 00:40 horas trabalhadas depois do horário de seu expediente. Por favor, evite trabalhar fora do horário.

Caso esta exceção esteja pré-acordada com o departamento de Recursos Humanos, favor desconsiderar este e-mail.

Atenciosamente,

GPO
Software de gestão de ponto
A melhor solução para a sua empresa!

GayFairy: caralho, thiago, você é muito bom jogando com o Dragão Espadachim.

Gaymer_triste: ah… eu tento hahaha

GayFairy: não, nada disso. você mata todo mundo num raio de 3 metros, é impressionante. Eu nunca tinha visto ninguém fazer nada parecido. Nem o cara que costuma jogar comigo, o ArqueiroExplosivo

Gaymer_triste: eu não sou tão bom assim haha é que eu jogo há bastante tempo, acho.

GayFairy: quando você começou a jogar?

Gaymer_triste: ah, deve fazer uns… seis meses

GayFairy: eu jogo isso aqui há dois anos, Thiago… praticamente desde que lançou. E perco quase todas as partidas. Qual o seu ranking?

Gaymer_triste: eu sou… platina?

GayFairy: CARALHO THIAGO, eu sou latão… eu nem consigo sair do latão…

Gaymer_triste: ah, acho que você só precisa… se posicionar um pouco melhor quando for jogar de Grace.

Gaymer_triste: você não joga sempre de Grace, né? você ainda tá pegando o jeito.

OVERVIEW   STATISTICS   ACHIEVEMENTS   +   ⭐   VIGIAS

GayFairy: eu jogo de Grace desde que comprei esse jogo 😄

Gaymer_triste: ah, bom... é que, sabe... acho que é isso, se você acertar onde se posicionar, as coisas vão melhorar

Gaymer_triste: porque pensa comigo: como você joga com uma personagem de suporte, o ideal é que você esteja sempre atrás dos personagens que jogam como tanque, né?

Gaymer_triste: porque aí eles protegem você... que vai ficar curando a equipe toda

GayFairy: sim, mas às vezes eu quero IR PRA AÇÃO e curar os personagens que ficam machucados mais pra frente

Gaymer_triste: entendi... entendi... bom, é uma visão de jogo

GayFairy: eu não acredito que você é melhor do que eu em Vigias. Você nem gosta de Vigias direito.

Gaymer_triste: ah... eu não sou tãããão melhor. Eu só... sabe, eu nem jogo tanto assim. eu gosto mais de outros jogos.

GayFairy: O QUE É PIOR

Gaymer_triste: Vlado, você tá exagerando, eu nem sou tão melhor assim

GayFairy: você vai me ensinar a jogar que nem você?

Gaymer_triste: mas eu não jogo de suporte… eu jogo no ataque, lembra? Dragão Espadachim…

GayFairy: mas você me deu dicas de suporte agora mesmo. falou pra eu ficar mais atrás dos tanques pra me proteger.

Gaymer_triste: sim, mas isso é meio óbvio, faz parte da dinâmica do jogo.

GayFairy: não é óbvio pra mim 😒

GayFairy: surreal. Tem alguma coisa em que você não é bom, Thiago?

Gaymer_triste: sei lá… um monte

GayFairy: aham. Quero uma lista na minha mesa amanhã.

Gaymer_triste: pode deixar, chefe. 😄

Gaymer_triste: mas agora acho que vou dormir

GayFairy: beleza! boa noite 🤍

Gaymer_triste: boa noite 😳

Quarta-feira, 23 de junho de 2021, 10:00
De: Departamento de Recursos Humanos – Innovativ
Para: Empresa
Assunto: 📎 Notificação: Retiro de atenção plena

Olá, inovadores!

Pensando no bem-estar e na produtividade de nossa equipe e como um presente de boas-vindas a todos, o Departamento de Recursos Humanos da Innovativ decidiu propor um final de semana relaxante e instrutivo.

Haverá um retiro de Foco, Meditação e Mindfulness nos dias 25, 26 e 27 de junho, e contamos com a participação de todos. O folder do evento segue anexo. Será um final de semana imersivo com tudo pago para que ocorra uma melhor adaptação, integração e convívio de toda a Innovativ.

Acreditamos que investir em nossos funcionários é uma experiência enriquecedora! Todos os inovadores já têm reserva garantida. Caso você não possa comparecer, favor enviar um e-mail o quanto antes explicando-nos sua situação.

Esperamos que seja um fim de semana incrível e muito inovador!

Departamento de Recursos Humanos
Agência Innovativ

Vivemos em uma sociedade que preza pelo imediatismo e pela velocidade. Com a rapidez dos nossos tempos, acabamos fazendo tudo no modo automático, muitas vezes sem pararmos para refletir sobre o impacto de nossas ações nos outros e até em nós mesmos. 💭

Como consequência disso, perdemos o foco, ficamos improdutivos e desenvolvemos cada vez mais problemas, como a ansiedade. 😰

Entretanto, nós apresentamos outra ideia: e se você tomasse um tempo para você? E se tirasse alguns dias para pensar sobre quem você realmente é? ✳️

> Se quiser saber como se afastar dos gatilhos do mundo moderno, recomendamos nosso retiro de Foco, Meditação e Mindfulness.
> É uma oportunidade única de autoconhecimento e bem-estar.
> Desfrute dessa jornada! ✨

INNOVATIV.

Quarta-feira, 23 de junho de 2021, 10:05
De: Nicole Melo
Para: Thiago Souza
Assunto: Eu também odeio este lugar

Caralho, que ódio.

Quem pensou que um RETIRO DE MINDFULNESS em pleno FINAL DE SEMANA fosse uma coisa que *todos* iriam aproveitar? Por acaso isso vai contar como hora extra?

De todo jeito, eu não vou poder ir nisso aí. Minha mãe me mandou mensagem avisando que minha avó tem uma consulta com o oncologista no sábado. Aparentemente, é bem importante. Quero estar por lá pra segurar a barra com ela.

Que péssimo, que péssimo. O pior é que vai ficar parecendo que eu não sou *comprometida* com a empresa, ou sei lá o quê, porque eu não vou sair contando pra todo mundo que não posso participar de um retiro porque minha avó tem câncer.

Obrigada,

Nicole Melo

**Diretora de arte
Agência Innovativ**

Quarta-feira, 23 de junho de 2021, 10:07

De: Nicole Melo
Para: Thiago Souza
Assunto: RE: Eu também odeio este lugar

É, gata, achou que a gente não ia ter mais uma humilhaçãozinha logo às 10 da manhã da quarta-feira? Mas não acho que vão pensar que você não está motivada ou comprometida ou sei lá o quê. Você tem um motivo consistente. E a única opinião que importa é a dos nossos chefes, então tranquilo.

Ai, olha... no fim, é ruim, mas poderia ser pior. Pelo menos eles vão pagar um retiro pra gente que, estou supondo, vai ter comida. Se estão me pagando uma cama e comida, eu tô dentro. Quer dizer, é uma empresa chique, eles não iam botar os executivos deles pra passar perrengue, né???

Mas eita, amiga. Aconteceu alguma coisa com a vovó Vera? Ela piorou? Apreensivo aqui pela consulta importante com o oncologista. Por favor, me mantenha informado, ok? E se precisar de QUALQUER coisa, eu sei que já falei isso antes, mas por favor me avisa. Eu ajudo. A saúde da vovó Vera é mais importante do que tudo.

Obrigado,

Thiago Souza

**Diretor de arte
Agência Innovativ**

Quarta-feira, 23 de junho de 2021, 10:10
De: Nicole Melo
Para: Thiago Souza
Assunto: RE: RE: Eu também odeio este lugar

Ai amigo, eu realmente não sei o que tá rolando. Minha avó parecia bem e animada, sabe? Quer dizer, ela tá fraca, mas faz parte do tratamento. Eu só sei que o oncologista quis marcar essa consulta meio de urgência depois que minha mãe entregou uns exames pra ele na semana passada, depois da quimio da minha avó.

Enfim, vamos ver o que vai rolar. Mas obrigada por se oferecer para ajudar, se eu precisar de alguma coisa eu aviso. Por agora dá pra gente continuar levando. Vovó Vera tá sendo forte e mais fofa do que nunca. Aliás, eu mandei uma foto da costela-de-adão que fica na nossa sala pra ela e aí ela me passou vários artigos sobre cuidados com plantas, preciso dar uma lida depois.

Mas aproveita esse retiro por mim e, se tiver qualquer informação importante, me repassa. O que, sinceramente, eu duvido kkkk

Obrigada,

Nicole Melo

**Diretora de arte
Agência Innovativ**

Quarta-feira, 23 de junho de 2021, 11:40
De: Débora Santos
Para: Vladimir Varga; Thiago Souza; Alex Gomes
Assunto: RE: RE: Caseira

Olá, Thiago, Alex, bom dia!

Retomando este contato para informar que, depois da reunião que eu e Thiago tivemos ontem, já contatei a Caseira. Eles estão empolgados para ver no que estamos trabalhando. Pensei em marcarmos uma reunião ainda hoje com eles, mesmo que não tenhamos tudo pronto, só pra nos conhecermos e trocarmos figurinhas. Eles deram a entender que gostariam disso. E, claro, se tiver alguma coisa pronta por aí, já apresentamos para eles como exemplo. O que acham?

Vladimir, se puder se juntar a nós na reunião, será muito bem-vindo.

Obrigadinha,

Débora Santos

**Coordenadora de projetos
Agência Innovativ**

Quarta-feira, 23 de junho de 2021, 11:45
De: Alex Gomes
Para: Thiago Souza
Assunto: RE: RE: RE: Caseira

Amigo, fudeu.

Eu cheguei um pouquinho atrasado e ontem não consegui começar a trabalhar no que você conversou comigo das ideias pra marca fitness aí. Então a gente não tem... praticamente nada pronto. Talvez só... as cores? O conceito que eu pensei? A ideia que eu tive de referência pra usar na arte?

Mas de resto, não temos basicamente nada. Só um apanhadão de ideias que eu talvez tenha tido, talvez esteja dando uma busca agora mesmo em mais referências. Eu não sei como avisar isso pra Débora.

Obrigado,

Alex Gomes

**Designer Pleno
Agência Innovativ**

Quarta-feira, 23 de junho de 2021, 11:47
De: Thiago Souza
Para: Alex Gomes
Assunto: RE: RE: RE: RE: Caseira

Oi, Alex,

Poxa, amigo, nem um esboçozinho para montar uma apresentação de slides rápida? Eu te passei um milhão de referências ontem, acho que você não precisa de mais, pode só se ater às que já tínhamos pensado. E precisa começar a esboçar, pelo menos.

Mas tudo bem, eu vou responder o e-mail da Débora e tentar contornar essa situação, ok? Vou fazer uma apresentação de slides com as referências que reuni ontem e as ideias que tive pro projeto e conversei com você. Só por favor, por favor, comece a trabalhar nessas artes. E leia o briefing com muita atenção. (Por favor não coloque flores!)

Obrigado,

Thiago Souza

Diretor de arte
Agência Innovativ

Quarta-feira, 23 de junho de 2021, 11:52
De: Thiago Souza
Para: Vladimir Varga; Débora Santos; Alex Gomes
Assunto: RE: RE: RE: Caseira

Olá, bom dia, Débora, Alex, Vladimir,

Débora, conversei com o Alex e não temos muitas coisas prontas. Ontem reunimos várias referências e fizemos um brainstorm para chegarmos às melhores soluções para a Caseira. Como queremos executar o projeto com perfeição, vai demorar um pouquinho mais do que o esperado para termos esboços, ok?

Mas eu acho que isso não impede a reunião de hoje! Podemos apresentar as referências e ouvi--los falar um pouco sobre a marca. O que acha?

Obrigado,

Thiago Souza

Diretor de arte
Agência Innovativ

Quarta-feira, 23 de junho de 2021, 12:37
De: Débora Santos
Para: Vladimir Varga; Thiago Souza; Alex Gomes
Assunto: RE: RE: RE: RE: Caseira

Oi, Thiago, Alex,

Por favor, considerem este trabalho como prioridade na lista de projetos de vocês, ok? Não se esqueçam de que é uma marca importante para a Innovativ e não podemos perdê-la.

Achei muito boa a sugestão de mantermos a reunião, Thiago. Falei com a Caseira e marcamos para às 15h de hoje, ok? Por favor, levem uma pequena apresentação.

Obrigada,

Débora Santos

**Coordenadora de projetos
Agência Innovativ**

Quarta-feira, 23 de junho de 2021, 12:38
De: Vladimir Varga
Para: Débora Santos; Thiago Souza; Alex Gomes
Assunto: RE: RE: RE: RE: RE: Caseira

Olá, pessoal, boa tarde!

Minha rotina está um pouco corrida por aqui, mas vou participar dessa reunião. Quero me apresentar para a Caseira.

Obrigado,

Vladimir Varga

**Gerente de operações no Brasil
Agência Innovativ**

| sobre | blog plantas&afins | loja |

PLANTAS &afins

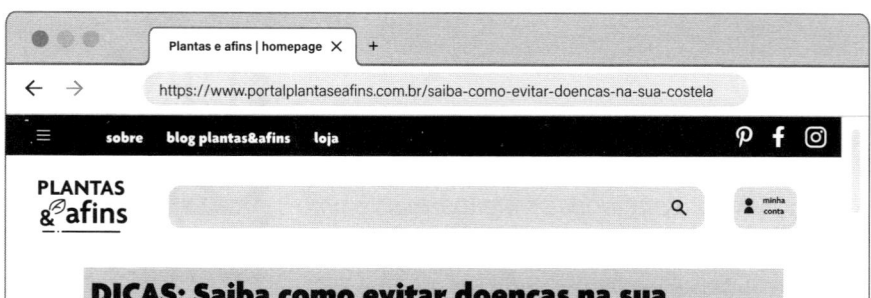

DICAS: Saiba como evitar doenças na sua costela-de-adão!

Tem uma costela-de-adão em casa com folhas amareladas e quebradiças? Entenda as doenças mais comuns e como tratá-las.

São Paulo, quarta-feira, 23 de junho

comentários

Vera Melo:

Olá, bom dia! Minha neta está morando no apartamento de um colega e, pelo que estou observando por fotos, a costela-de-adão deles está um pouco amarelada. Esse amigo é um moço muito bacana e gentil, mas me parece que sem muita atenção para a plantinha da sala, que está sofrendo, coitada! Pensei em ajudá-los a recuperá-la. Pode ser falta de água? Será que devo pedir pra ele comprar adubo? Talvez reenvasar? Ah, ele tem um gato meio doido, mas que não tem acesso à planta porque é tóxica, então não está prejudicando ela. O que mais pode ser?

> PORTAL PLANTAS & AFINS: Sra. Vera, é muito difícil definir o tratamento só por esses sintomas! Mas tem diversos artigos aqui no portal que podem ajudar a senhora a identificar por conta própria. Obrigado pelo comentário!

REUNIÃO COM CASEIRA

Aviso: para todos os efeitos, essa é uma transcrição automática. Erros de ortografia e equívocos podem acontecer.

Data: 23/06/2021
Horário: 15h
Local: Sala de reunião amarela – Innovativ

PARTICIPANTES:

– Paulo Lima (Caseira)
– Vladimir Varga (Innovativ)
– Débora Santos (Innovativ)
– Thiago Souza (Innovativ)
– Alex Gomes (Innovativ)

TRANSCRIÇÃO:

Vladimir: Paulo? Oi, boa tarde.

Paulo: Vladimir, certo? Um prazer. Boa tarde.

Vladimir: Certo... Espero que tenha sido bem recebido no escritório da Innovativ.

Paulo: Ah, com toda a certeza, fui muito bem-recebido!

Vladimir: Bom, agora que já estamos todos aqui, eu gostaria de apresentar a equipe que está cuidando da sua conta. Temos aqui o Alex, que é designer pleno e responsável por fazer as artes e as propagandas...

Alex: Muito prazer, Paulo.

Paulo: É um prazer, Alex.

Vladimir: Temos também o Thiago, que é diretor de arte e cuida de toda a parte de direção artística das peças que a gente produz e também do trabalho do Alex e de outros designers aqui da Innovativ...

Thiago: Muito prazer.

Paulo: Boa tarde, Thiago.

Vladimir: E temos, finalmente, a Débora, que é a coordenadora de projetos aqui da Innovativ e que entra mais em contato com você diretamente. Ela cuida de todas as equipes de arte e fica responsável pelas cobranças, pelos prazos dos colaboradores e pelo relacionamento com os clientes.

Débora: Olá, Paulo! É um prazer trabalhar com você!

Paulo: Débora, um prazer finalmente conhecê-la fora do e-mail.

Vladimir: Bom... acho que eu não me apresentei, certo? Sou Vladimir, sou o gerente de operações da Innovativ no Brasil. Quis comparecer a essa reunião para conhecer você, me apresentar formalmente e dizer que estou muito contente com uma marca tão grande quanto a Caseira fazendo parte dos nossos clientes. Quero que saiba que estou sempre, disponível para conversar, caso precise.

Paulo: Muito bem! Obrigado pelas apresentações e pela disponibilidade, Vladimir.

(Silêncio.)

Vladimir: Bom, acredito que agora eles têm alguma coisa para apresentar...?

Thiago: Sim. Isso, a gente tem... uma pequena apresentação de slides... desculpe, alguém sabe como eu conecto o meu computador ao projetor? É tudo meio chique aqui e eu ainda estou me acostumando...

Vladimir: Acho que você tem que conectar o cabo que está dentro daquela gaveta ali...

Thiago: Ah, sim. Entendi. Ok.

(Silêncio.)

Débora: Ok, enquanto o Thiago arruma o projetor para a apresentação, gostaria de primeiro propor que você, Paulo, conte um pouco pra gente sobre a Caseira e quais as pretensões da nova linha de produtos fitness.

Paulo: Acredito que passamos isso no briefing, não?

Débora: Correto, mas gostaria que você falasse um pouco mais e expandisse um pouco o briefing.

Paulo: Entendi. Bom, a nossa nova linha fitness vai envolver uma série de produtos low carb, como barrinhas de tapioca, snacks de frutas desidratadas, queijos embalados em tamanho portáteis, snacks de carne. Também teremos um investimento maciço em saladas prontas com pontos de entrega em toda a cidade e no que estamos chamando de "injeções do bem", um tratamento de emagrecimento injetável.

Débora: Nossa, é tudo muito interessante! Eu mesma fiquei muito a fim de experimentar os produtos da Caseira só de ler sobre a nova linha fitness. Quer dizer, barrinhas de tapioca? Genial!

Paulo: Fico feliz que tenha agradado, Débora.

Débora: Ontem, quando repassei o briefing para o Thiago, tive algumas ideias que repassei para ele, mas não cuido muito da parte artística. Sou mais organizacional mesmo. Enfim, mas acredito que ele vá apresentar...

Thiago: Isso, eu vou apresentar as referências que pensamos para a marca e as ideias que tivemos para o visual. Preparei uma pequena apresentação com todas as ideias principais e com o que iremos trabalhar para apresentar uma gama de opções para você.

Paulo: Desculpe, é só uma curiosidade genuína mesmo... é você quem vai cuidar da nossa marca?

(Silêncio.)

Débora: Eu sou a coordenadora do projeto, então quem fica em contato com você sou eu. O Thiago é o diretor de arte, e ele e o Alex são quem vão efetivamente pensar nas artes e executá-las.

Paulo: Mas ele está diretamente envolvido, certo?

(Silêncio.)

Débora: Sim, de fato o Thiago estará diretamente envolvido. Há algum problema nisso?

Paulo: Não, absolutamente. É que eu achei que, por ser uma linha fitness, pessoas que tivessem mais... sabe, a cara da marca, ficariam responsáveis pela execução. Pessoas que têm vivência com os produtos. Me desculpe a franqueza, mas o... é Thiago, certo?

Thiago: Sim.

Paulo: O Thiago não me parece um usuário assíduo de produtos fitness, não me leve a mal...

(Débora e Paulo riem.)

Vladimir: Desculpe a intromissão, mas o Thiago é um profissional como qualquer outro da Innovativ, competente para exercer o próprio trabalho. Você queria ser atendido por algum funcionário específico da nossa empresa?

Paulo: Não, longe de mim questionar, é só que me chamou a atenção enquanto conversávamos a ironia de ser... bom, uma linha fitness. Mas não duvido da capacidade do Thiago.

(Silêncio.)

Thiago: Eu não... eu vou passar a palavra para o Alex para que ele apresente as referências que reunimos ontem.

Alex: É... bom... hm. Então... hm. Essas aqui, como vocês podem ver, são as referências. Pensamos nesse... hm, nesses tons aqui de... é, nessa logo aqui dessa marca. Pensamos também em... nessa paleta de... verde. Desculpe, estou tentando lembrar... ah, acho que essa imagem aqui é por causa do lettering, que se aproxima muito do que a gente pensou pra marca. É. E aí também teve essa paleta de tons aqui que... a gente pensou pra... acho que para a... ah, acho que é para a identidade visual de postagens em redes sociais.

Paulo: Não gosto muito da paleta verde, acho extremamente óbvia, mas acredito no potencial de vocês.

Alex: É, me desculpe, é que eu não estou conseguindo colocar tudo o que pensamos em ordem, mas aqui está só um apanhado geral.

Débora: Sim, acho que era mais uma ideia do que tivemos, certo? Aquele lettering adorável ali, que o Alex mostrou, foi particularmente uma ideia que eu tive e precisei sugerir. Acho a cara da marca! Muito fofa e com essa pegada mais ativa, mais... fitness.

Paulo: É, eu gostei do lettering. Enfim, estou gostando do caminho e tenho certeza de que você, Débora, vai colocar as coisas nos eixos por aqui. Conto com você.

(Paulo e Débora riem.)

Vladimir: Bom, sigo disponível para qualquer coisa que você precise, então, Paulo. Por favor, fique à vontade para conversar comigo sobre qualquer problema. No mais, a Débora continuará em contato. Vejo que se deram bem.

Paulo: Sim, acho que o santo bateu!

Débora: Com certeza.

Vladimir: Ok, então, podemos dar essa reunião por encerrada?

Paulo: Por mim, sim!

Débora: Então deixa eu desligar o...

– Interrupção de gravação –

sandalinha.convicta

23 de junho

16:04 gaystristes está on-line

16:04 sandalinha.convicta está on-line

gaystristes:
amiga do céu, eu acabei de ter a reunião mais horrorosa da minha vida

sandalinha.convicta:
percebi sua cara de morte... o que aconteceu?

gaystristes:
basicamente o representante da Caseira foi extremamente gordofóbico comigo

gaystristes:
ele ficou falando sobre eu não ser a *cara* da marca porque é uma linha FITNESS?

gaystristes:
caralho, ele ainda tratou como se fosse uma piada. sabe? tipo "ah, estou aqui rindo com meus amigos sobre O FORMATO DO CORPO do profissional que está apenas FAZENDO SEU TRABALHO"

sandalinha.convicta:
O QUÊ? isso é horroroso

gaystristes:
EU SEI.

Enviar uma mensagem

sandalinha.convicta

gaystristes:
eu juro pra você que saindo de lá eu fui direto pro banheiro chorar um pouquinho e olha, a Innovativ realmente inova, pois tem lencinhos de papel em cima do balcão que são de uma marca ótima, muito macios

sandalinha.convicta:
amigo, isso é horrível... isso foi... tecnicamente assédio? a gente pode considerar que foi bullying? violência? será que não vale a pena, sei lá, falar com o RH?

gaystristes:
amiga ATÉ PARECE que eu vou fazer isso. o Vladimir participou dessa reunião porque é uma marca tão importante que o próprio gerente de operações da agência no BRASIL quis dar as caras

gaystristes:
e fala sério, eu vou falar com quem, o comitê de diversidade da Innovativ? vou entrar na fila e aguardar com canhotos e pessoas que gostam de refrigerante de uva?

sandalinha.convicta:
ai, Thiago, isso é horroroso. isso é horroroso.

gaystristes:
nem preciso dizer que a nossa amiga D deu gostosas gargalhadas das piadas, né?

Enviar uma mensagem

sandalinha.convicta

gaystristes:
mas aí o Alex ficou APAVORADO olhando pro meu rosto absolutamente chocado e sem muita reação porque além de tudo eu passei a bola de apresentar tudo pra ele. e aí, coitado, ele se embananou inteiro, mas se eu falasse qualquer coisa eu ia chorar ali mesmo

sandalinha.convicta:
a gente tem que fazer ALGUMA coisa

gaystristes:
amiga, deixa quieto, não há nada a ser feito. eu vou seguir aqui lidando com isso quietinho e cuidando dessa marca

gaystristes:
porque pela reação da Débora na reunião, eu sigo com a sensação de que se QUALQUER coisa der errado eu rodo bonito

sandalinha.convicta:
e o vladimir? o que ele fez?

gaystristes:
eu não sei... ele não teve qualquer mudança na expressão, mas tentou me defender. ficou falando que eu era um profissional como qualquer outro, mas eu tava ali quase chorando, eu não fiquei REPARANDO muito, eu não consigo lembrar de quase nada do que aconteceu

Enviar uma mensagem

sandalinha.convicta

gaystristes:
mas é isso aí. vou respirar fundo e seguir fazendo meu trabalho. é pra isso que eu tô aqui

sandalinha.convicta:
eu tô em choque. eu ainda não consigo aceitar que isso aconteceu

sandalinha.convicta:
olha, se você precisar de QUALQUER coisa agora, nem que seja um abraço, um chocolate, sei lá, me avisa. eu vou aí na sua mesa e a gente se abraça

gaystristes:
não, vai ficar tudo bem

gaystristes:
eu odeio dizer isso, mas no fim, eu fiquei chocado mas é meio que normal

sandalinha.convicta:
eu oficialmente ODEIO o planeta terra. e a innovativ

gaystristes:
eu também. eu também

Enviar uma mensagem

VLADO
on-line

Quarta-feira, 23 de junho de 2021

thiago 16:10

você sumiu depois da reunião 16:10

fui levar o Paulo até a entrada para me despedir e perdi você. 16:11

será que podemos conversar? 16:11

oi, vladimir! 16:11

conversar sobre a reunião, você diz? você tem algum comentário a fazer sobre o meu trabalho? posso te mandar um e-mail pra marcar reunião, então? acha melhor a Débora estar junto? 16:12

não, eu quero conversar com você. e só você. e nada de opinião profissional. 16:12

quero conversar com você enquanto seu amigo sobre o que aconteceu na reunião. 16:13

sobre... o moço da caseira? 16:13

VLADO
on-line

espera, deixa eu verificar uma coisa... 16:13

me encontra na... sala de reunião azul? 16:13

ela deve estar vazia agora. por favor. 16:14

hm. ok
16:14

tô indo pra lá então.
16:14

beleza. eu também. 16:14

04:31

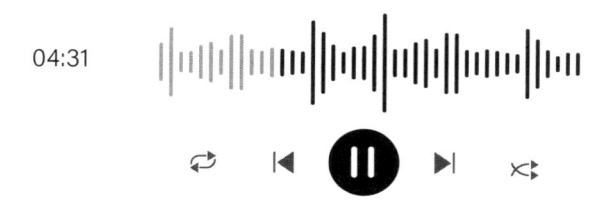

Vladimir: Ah, oi. Está gravando nossa conversa?

Thiago: Sim. Vamos nos precaver, certo? Por isso eu trouxe o Tom, olha só... por favor, não me denuncia por estar usando o celular na sala de reunião.

Vladimir: Não, eu não vou denunciar.

(Silêncio.)

Vladimir: Como você... está se sentindo? Aquilo foi horrível.

Thiago: O negócio de... eu não ser a cara da marca fitness da Caseira, você diz?

Vladimir: Sim. E ele insinuar que você não vai ser *bom* o suficiente para a marca por causa do seu... peso?

Thiago: É... na hora eu só quis... sei lá, chorar.

(Soluço.)

Thiago: Caralho, que negócio péssimo. Fiquei muito constrangido. Acho que eu vou começar a chorar de novo se falar disso. Mas sei lá... só mais um dia normal, né?

Vladimir: Não, não... isso foi... outro nível de... isso não poderia acontecer. Eu posso te...?

(Sons de passos.)

Vladimir: Droga, a gente se abraçou. Mas tecnicamente a gente pode se abraçar porque somos amigos, certo?

Thiago: Eu sinceramente não faço ideia, mas só quero ficar aqui mais uns segundos.

(Silêncio.)

Vladimir: Ninguém... ninguém deveria passar por isso. É muito errado. Ainda mais você. Você não deveria passar por isso, Thiago. Eu fiquei... revoltado.

Thiago: Você pareceu normal. Sua cara não mudou.

Vladimir: Eu não cheguei até onde cheguei na minha carreira sem saber fingir expressões faciais. É uma habilidade.

(Risadas.)

Vladimir: Mas eu sinceramente estava pronto pra... sei lá. Agredir ele. Ele não podia... ele não tinha o direito de... Thiago. Escuta, olha bem aqui nos meus olhos.

(Silêncio.)

Vladimir: Ninguém tem o direito de falar essas coisas de você.

(Silêncio.)

Thiago: Sabe... eu já tive muitos problemas por ser gordo e gay no ambiente corporativo. As pessoas costumam achar que podem fazer comentários sobre o meu corpo. Uma vez, numa palestra motivacional de merda dessas que pagam para estagiários, numa empresa em que estagiei antes da Brilho, um cara falou que chefes não costumam ser gordos porque pra ser chefe precisa de disciplina...

Vladimir: O... quê?

Thiago: Sim... no meio de um monte de gente.

(Silêncio.)

Thiago: E uma vez me demitiram porque eu era... como disseram mesmo? Eu "não me encaixava na empresa" e "me faltava profissionalismo"... Mas acho que eles só queriam dizer que o problema era que eu era muito afeminado e usava roupas "diferentes" com uma frequência meio grande. E eu não sou exatamente a menor pessoa do mundo, então qualquer cor extravagante fica *muito* extravagante em mim.

(Silêncio.)

Thiago: Então... bom... eu tenho traumas com trabalho, sabe? Por isso eu nem pensei em reclamar. Eu sei que não vai dar em nada.

Vladimir: Thiago... eu... só fico muito triste que as pessoas tenham sido tão horríveis com você. Queria que você soubesse o quanto eu não concordo em nada com essas pessoas babacas nojentas. O quanto eu acho você lindo.

(Silêncio.)

Thiago: Obrigado. Eu acho que... eu nunca... sabe, me senti bonito. Mas é curioso que perto de você eu me sinto feliz e até... até que meio bonitinho.

(Silêncio. Som de beijo.)

Vladimir: Putz, a gente não podia ter feito isso. Você... ainda tá gravando?

Thiago: Sim. A gente realmente não podia ter feito isso.

(Silêncio.)

Thiago: Ai, Vladimir, o que a gente vai fazer?

Vladimir: Nesse momento, tudo o que eu penso em fazer é continuar te beijando.

Thiago: Calma, você trancou a porta?

Vladimir: Sim.

(Silêncio. Som de beijo.)

Thiago: Você acha seguro se... sabe, tecnicamente nem era pra gente estar se beijando. Só... só mais essa vez e aí... aí a gente finge que nunca aconteceu de novo.

Vladimir: Sim. Só mais essa vez, e depois disso a gente só... sabe, nunca mais. E eu queria fazer isso faz dias...

Thiago: Então faz mais.

(Sons de beijo.)

Thiago: Você tem certeza de que essa máquina de xerox não vai quebrar com você em cima?

Vladimir: Acho que não... vem aqui...

(Sons de beijo.)

– Interrupção de gravação –

Nic Melo
on-line

Quarta-feira, 23 de junho de 2021

> amiga, fudeu
> 17:49

thiago, que porra? 17:49

você tá me mandando mensagem no zap sendo que a gente não pode usar celular no trabalho e eu tô na minha mesa e você sabe. 17:50

me chama no chat interno!! 17:50

> não posso. eu não posso nem chegar perto de escrever essas palavras no chat INTERNO da empresa. fudeu, amiga.
> 17:50

fudeu o quê, Thiago? 17:50

> eu... transei com o Vlado de novo... na sala de reunião
> 17:51

porra, Thiago... 17:51

> eu tava emocionalmente abalado, poxaaa!!!!!!!!!!
> 17:51

Nic Melo
on-line

ah, e isso não IMPEDIU a sua libido, isso TE BOTOU FOGO? Sério??? 17:51

a natureza às vezes é inexplicável. 17:51

vocês pelo menos tomaram cuidado pra ninguém ver? 17:51

sim!!!!! acho que ninguém nem sabe que a gente tava naquela sala de reunião. e a gente obviamente combinou que isso NUNCA mais vai acontecer. 17:52

porque a gente não quer que ninguém fique sabendo nem nada e isso é extremamente antiético. além do mais, foi só uma recaída. 17:52

uhum. claro, isso vai funcionar mesmo. 17:52

você parece pai conservador falando "não vou ensinar meu filho a usar camisinha porque ele *não vai precisar* disso, ele não vai fazer sexo" e é assim que humanos povoam a terra 17:52

ai, Nicole, o que eu vou fazer????? 17:52

Nic Melo
on-line

amigo, eu não sei. isso é com você. 17:52

a única coisa que eu posso garantir pra você é que eu tô aqui pra encobrir, se precisar. e também pra bater nele se ele for cuzão. conta comigo 17:52

eu amo você. 17:53

eu também te amo. 17:53

hoje à noite, em casa, a gente pode fazer um brainstorm do que inventar pra Débora se ela suspeitar que você... bom... você sabe... 17:53

que eu paguei um boquete pro meu chefe, que estava sentado em cima de um híbrido de impressora e xerox? 17:53

não 😳 não o xerox... pobrezinho. Vocês não tiveram PENA do xerox? 17:53

eu juro pra você que eu nem percebi que tinha um xerox ali embaixo, eu tava bem preocupado com outras coisas. 17:54

Nic Melo
on-line

tá, beleza, agora vocês por favor PAREM de transar no trabalho e para de me mandar mensagem porque eu já vi a Débora rondando as mesas aqui. a gente conversa em casa.　17:54

beleza.
17:54

Mãe
on-line

Quarta-feira, 23 de junho de 2021

> mãe, eu preciso te contar um negócio. Lembra daquele cara que foi na festa junina, o Vladimir? o vizinho novo que veio da Eslováquia e levou champanhe.
> 19:25

claro que eu lembro. o que ficou arrastando asa pra você na festa e que depois você rejeitou.
19:25

> não foi bem isso, eu não REJEITEI... Ai, mãe. É bem complicado.
> 19:25

o que foi, filho? 19:25

fala logo, eu quero saber da fofoca completa.
19:26

> mãe, É MINHA VIDA, não é fofoca
> 19:26

> então. A questão é que ele trabalha no mesmo lugar que eu. na verdade ele é meio que meu chefe, indiretamente.
> 19:26

> ele tá num cargo mais alto.
> 19:26

Mãe
on-line

> thiago do céu. olha o homem que você foi rejeitar!!!! 19:27

> EU NÃO REJEITEI, MÃE!!!!!!!!!! 19:27

> QUER DIZER, MAIS OU MENOS, MAS SÓ PORQUE ELE É MEU CHEFE, LEMBRA? 19:27

> a gente continua amigos. 19:27

> isso aí deve ser algum problema de autossabotagem, filho, você já pensou em ver isso na terapia? 19:28

> espera só até a zilda saber que o bonitão da rua de baixo que tava a fim do meu filho na verdade é chefe dele... ai ai, você vai ficar famoso entre as vizinhas. o pessoal vai adorar 19:28

> fiquei sabendo que tinha gente aqui no bairro que tava até pensando em ir levar um doce na casa dele... vai que ele decide mudar de time. 19:29

> MÃE, PARA COM ISSO!!!!!!!!!! não fala essas coisas, você sabe que não é assim. 19:29

Mãe
on-line

> e não conta pra Zilda coisa nenhuma, eu imploro!!! por favor!!!!!
> 19:29

> a gente não tem nada. Ele é meu chefe, então eu não posso sair com ele.
> 19:29

mas sabe filho, você tá certo. cuida do emprego. é o mais importante. 19:30

só que isso não quer dizer que você não possa dar uns beijos de vez em quando, sabe, quando ninguém estiver olhando!!!! thiago, cuida do emprego e mantém o homem. 19:30

> mãe, imagina a merda que daria se qualquer pessoa pegasse a gente junto.
> 19:30

ai filho, é só um pouquinho de emoção, sabe? sua vida é muito parada. 19:31

enfim. bom você ter me chamado porque eu ia te mandar mensagem porque queria pedir uma coisa. 19:31

será que você não poderia ajudar a zilda com umas fotos dos produtos novos da avon? Ela quer mandar via whatsapp pra aumentar as vendas. 19:32

Mãe
on-line

> ela disse que seria ótimo se você pudesse no fim de semana. eu já confirmei com ela que você pode, só precisava falar com você. 19:32

ai, mãe, precisa falar comigo antes de confirmar as coisas! não é assim. 19:32

esse fim de semana não posso =(vou ter um evento do trabalho que não dá pra faltar 19:32

> esse seu trabalho de gente metida a besta agora também exige que você trabalhe no fim de semana? o que mais eles querem de você? 19:32

> espero que você esteja ganhando a mais por isso 19:33

não, na verdade é um retiro de meditação, mãe... eles estão pagando. 19:33

vai ser numa fazenda. 19:33

> e como você vai chegar nessa fazenda? 19:33

> já estou até adivinhando 19:33

Mãe
on-line

> nem vem pedir pro seu pai levar porque o carro dele quebrou, tá no conserto e só chega na semana que vem. 19:34

>> ah, putz, que droga. eu tava contando que talvez o pai pudesse me levar. 19:34

> pois é, não pode. 19:34

>> ah, pode ficar tranquila que eu dou um jeito. 19:34

> filho, aliás, lembrei de mais uma coisa que precisava conversar com você 19:35

> nossa geladeira está fazendo um barulho muito estranho, parece que tem alguém serrando alguma coisa lá dentro 19:35

> a zilda estava aqui em casa ontem e me disse que a dela ficou assim e depois de uma semana quebrou de vez, não teve nem conserto. perda total 19:35

> enfim, será que você poderia ir comprar uma geladeira nova com a gente? eu não sei qual marca é boa e qual tipo escolher. seu pai também não ajuda em nada. 19:36

Mãe
on-line

ele disse que prefere que você veja isso porque ele não sabe. 19:36

eu fico sem saber também. 19:36

eu posso, posso sim, mãe. mas essa semana está meio puxada no trabalho e amanhã tenho que fazer mala porque tem o compromisso do fim de semana... 19:37

é, eu sei, você nunca tem tempo pra gente mesmo 19:37

típico 19:37

não, mãe, eu vou dar um jeito, eu juro 19:37

na semana que vem a gente vai lá e compra a geladeira, pode ser? 19:37

você não tem nem uma hora pra gente já resolver isso? 19:38

é a sua mãe que está pedindo, thiago. 19:38

eu dou um jeito sim. vamos hoje? daqui a uma meia hora. estou cansado, mas amanhã é impossível porque eu preciso mesmo fazer a mala. não tem jeito 19:38

Mãe
on-line

beleza então, marcado. 19:39

vou me arrumar 19:39

e a gente precisa voltar antes das 21h porque hoje tem roda de fofoca com as vizinhas aqui do bairro na zilda. 19:40

> não conta nada do que eu te falei sobre o Vladimir pra Zilda, hein mãe? POR FAVOR. 19:40

que bobagem, thiago, você acha que eu fico contando da sua vida pras pessoas? fica tranquilo. sei guardar segredo 19:40

e sobre as fotos da zilda que você vai fazer pra ela, vou dizer que você tá ocupado e perguntar pra ela se não pode ser na semana que vem, ok? 19:41

não esquece disso por favor. 19:41

> pode deixar, mãe. 19:42

> e só repetindo: não sai contando tudo pra todo mundo, ok? eu não tenho nada com o Vladimir, a gente é só amigo. 19:42

Mãe
on-line

> e eu não quero que ninguém no trabalho entenda isso errado. posso me ferrar
> 19:42

> ai, filho, do jeito que você fala, parece que eu sou o pior ser humano que já pisou na terra.
> 19:43

> beijo, mãe. até daqui a pouco
> 19:43

> um beijo, filho. 19:43

Vera Melo
on-line

Quarta-feira, 23 de junho de 2021

Boa noite, Thiago. Tudo bem com você, querido? 21:20

Como você está? 21:20

> oi, Vera!!!! que bom falar com a senhora!! 21:20

> tô bem. e a senhora, como tá se sentindo? 21:20

Eu estou bem! hoje estou um pouco mais animadinha. Consegui até pegar o celular, pra você ver. 21:23

> que bom saber disso!!!! 21:23

Viu, fiquei sabendo do moço que é seu chefe porque a Nicole me contou aquele dia que ela estava aqui. Me desculpe se você não queria que eu soubesse. 21:25

> imagine, Vera! eu não ligo que a senhora saiba. só por favor mantenha isso em segredo hahaha a situação é complicada 21:25

Vera Melo
on-line

> Seu segredo está bem guardado comigo, querido. 21:27

> Mas eu queria te dizer que eu apoio totalmente que você largue esse emprego logo e fique com esse homem, viu? 21:28

> Tem coisas na vida que são mais importantes que emprego e dinheiro. Eu sei bem disso, porque agora que já vivi bastante, posso te dizer isso com tranquilidade. 21:29

>> obrigado, Vera hahaha agradeço demais pelo conselho. é muito importante pra mim 21:29

> Eu queria era que a Nicole arranjasse uma moça bacana que nem esse Vladimir parece bacana e também fosse feliz, sabe, Thiago? Mas eu sei que você também quer isso. 21:32

>> sim, dona Vera! a Nicole merece demais ser feliz, né? ela merece o mundo 21:32

> Você nem imagina quanto, querido. Uma menina de ouro. 21:35

Vera Melo
on-line

> Merece achar uma menina pra ela também. Enfim, era só isso. Queria dizer pra você que você deveria investir nesse moço. Não sei, pelo que Nicole conta, alguma coisa me diz que ele é um bom rapaz.
> 21:36

obrigado, Vera... tô pensando em muitas coisas agora e tem muitas outras coisas em jogo hahaha mas agradeço demais as palavras. vou refletir com carinho
21:36

> Um beijo querido. Saiba que tem todo o meu apoio.
> 21:37

um beijo, Vera 😍 amo você
21:37

> Também te amo, querido. 21:37

Quarta-feira, 23 de junho de 2021, 21:40
De: Michael Pott
Para: Vladimir Varga
Assunto: Primeiro relatório

Traduzido do inglês ˅

Olá, Vladimir, boa noite.

Agradeço por ter me enviado o primeiro relatório que pedi com as informações gerais dos clientes da Innovativ no Brasil. Você realmente está sendo um exemplo de eficiência nessa implementação. Por favor, continue demonstrando essa eficiência em todos os momentos.

No entanto, meu parecer não é muito animador. Infelizmente, conversando com o CFO, estamos percebendo cada vez mais que, para que a implementação no Brasil funcione a longo prazo, neste momento não podemos perder *nenhum* cliente. Todos eles, principalmente os maiores, são fundamentais para a saúde financeira dessa empreitada.

Caso contrário, precisaremos rever todas as contas e estudar outras possibilidades. Mas confio em você! Faça de tudo para manter o fluxo de trabalho funcionando com precisão e agilidade e a equipe motivada para que os clientes atuais continuem satisfeitos e consigamos conquistar cada vez mais clientes novos no Brasil. Tenho certeza de que você consegue se esforçar um pouco mais.

Obrigado,

Michael Pott

**COO
Agência Innovativ**

Quarta-feira, 23 de junho de 2021, 21:40

De: GPO – Software de gestão de ponto
Para: Vladimir Varga
Assunto: Notificação automática da gestão de ponto

Caro colaborador Vladimir Varga,

Este é um e-mail automático para notificá-lo de que no dia 23 de junho de 2021 seu ponto digital registrou 02:40 horas trabalhadas depois do horário de seu expediente. Por favor, evite trabalhar fora do horário.

Caso esta exceção esteja pré-acordada com o departamento de Recursos Humanos, favor desconsiderar este e-mail.

Atenciosamente,

GPO
Software de gestão de ponto
A melhor solução para a sua empresa!

Rifa dos amigos: Gela...
Janaina, Neuza, Zil...

Quinta-feira, 24 de junho de 2021

Janaina Souza alterou o nome do grupo FESTINHA JUNINA para Rifa dos amigos: Geladeira

Janaina Souza
oi, amigos, bom dia, tudo bem? olhem só, já encontrei outra utilidade para o grupo da nossa festinha. como deve ser de conhecimento de todos aqui do bairro pela quantidade de entregadores de comida que tem frequentado minha casa, minha geladeira quebrou. comprei uma nova ontem, mas estamos passando por tempos difíceis, então estou precisando daquela forcinha pra terminar de pagar. 06:35

Janaina Souza
o prêmio da rifa vai ser uma cesta de produtos (próximos ao vencimento) da avon que a zilda gentilmente cedeu. sabe como é, a situação econômica do país não anda das melhores e eu realmente preciso trocar a geladeira. além disso, falei com o thiago ontem e parece que tem uma situação no trabalho dele e ele está por um fio e pode ficar desempregado a qualquer minuto. 06:37

Rifa dos amigos: Gela...
Janaina, Neuza, Zil...

Janaina Souza
caso alguém precise de algum trabalhinho de desenho ou pintura, pode falar com ele. 06:37

Janaina Souza
cada número da rifa é r$20, ok? tem cem números, quem puder ajudar a vender agradeço. quem quiser pode trazer o dinheiro aqui em casa ou me mandar um pix. 06:38

Janaina Souza
por favor, façam a compra pelo privado. 06:38

Zenaide
Janaina, querida, que pena a sua geladeira. Reserve pra mim 2 números, quero Rosana e Lucila. 06:39

Zenaide
são os nomes das minhas avós. 06:39

Janaina Souza
zenaide, obrigada! me manda mensagem no privado? 06:40

Zenaide
mando sim. preciso levar uma receita pra d. Neuza, aproveito levo o dinheiro 06:40

Rifa dos amigos: Gela...
Janaina, Neuza, Zil...

Janaina Souza
obrigada, querida   06:42

Lindomar Fernando
favor confirmar a compra de 1 número ok, o dinheiro levo na residência   06:44

Janaina Souza
obrigada seu lindomar, qual nome que o senhor vai querer?   06:44

Lindomar Fernando
pode ser Zenaide   06:45

Janaina Souza
obrigada, seu lindomar   06:45

Janaina Souza
pessoal, pra organizar, por favor me mandem pedidos de compra no privado, ok?   06:45

Letícia ♥
Oie Janaina, caso queira fazer um segundo prêmio, posso oferecer produtos da Natura pra integrar o segundo lugar da rifa!   07:02

Janaina Souza
ah, que ótima ideia, letícia! obrigada.   07:02

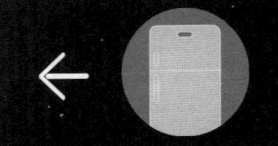

Rifa dos amigos: Gela...
Janaina, Neuza, Zil...

Zilda Gomes
Janaina, querida, eu posso fornecer os prêmios de segundo lugar, acho que não tem necessidade. Também revendo Natura.
07:10

Jaime Gomes
queria o nome Rosana, é o da minha mãe, mas vi que já foi comprado então quero o Fernanda, da minha neta, esse ainda tem?
07:16

Janaina Souza
jaime, chamei você no privado, ok? por favor pessoal, vamos manter a ordem. letícia, zenaide, converso com vocês no privado também, ok?
07:19

Sônia Souza
bom dia apenas para confirmar, o thiago faz pintura de paredes? preciso de um cômodo pintado com urgência e seria muito bom se ele pintasse logo já comprei as tintas ok obrigada
07:22

Janaina Souza
oi, sônia! não, o thiago faz pinturas a óleo. quadro mesmo. e ilustração, caso precise.
07:25

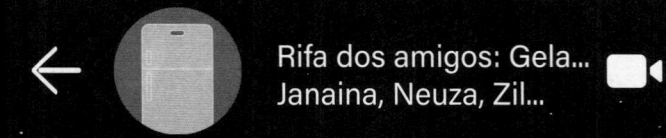

Rifa dos amigos: Gela... Janaina, Neuza, Zil...

Sônia Souza
ah entendi pensei que fosse pintura de parede que estava precisando mas pintura a óleo não preciso ok obrigada 07:27

Neuza Souza
deus abençoe pessoa comprar rifa sem geladeira ok bom dia 07:35

VLADO
on-line

Quinta-feira, 24 de junho de 2021

oie 08:32

você saberia me explicar por que agora de manhã, quando eu estava saindo pra academia, minha vizinha me trouxe um bolo com uma bandeirinha de arco-íris? 08:32

ela fez questão de dizer que apoia todo tipo de amor e que está muito feliz em me ter como vizinho. Ela disse, com essas palavras: 08:32

"que nem o moço da novela, né? estou torcendo para o filho da Janaina te dar uma chance. Ai ai, eu adoro jovens." 08:32

e foi embora. 08:32

não sei por que, mas alguma coisa me diz que você pode saber o que tá acontecendo 🤭 08:32

aliás, quando você ia me contar que está com chances iminentes de demissão? 08:33

acho que você devia aceitar a proposta da sua tia. Parece uma ótima oportunidade. hahaha 08:33

VLADO
on-line

> puta merda.
> 08:33

> vlado. Tem uma coisa que você precisa saber logo sobre a minha mãe e sobre a minha família em geral.
> 08:33

> minha mãe é administradora dos grupos de fofoca do bairro.
> 08:33

> me desculpa por isso. de verdade.
> 08:33

> minha família é um pouco... complicada.
> 08:33

> eu só contei pra minha mãe que você era meu chefe e ela lembrou da festa junina e... bom. desculpa mesmo. espero que não dê problema pra você por aí.
> 08:34

por que você tá se desculpando por uma coisa que não é culpa sua?
08:34

tá tudo bem. na verdade eu gostei bastante do gesto da vizinha. Achei fofo
08:34

o bolo tem recheio de morango
08:34

> putz, eu adoro bolo de morango
> 08:35

VLADO
on-line

bom, se você quiser eu posso levar um pedaço pra você no trabalho. 08:35

não precisa... aproveita seu bolo, você merece. parabéns por sair do armário 👏👏👏 08:35

hahah eu não tô no armário, poxa 08:36

faz bastante tempo 08:36

mas talvez eu leve o bolo pra empresa porque lá tem espátula e também pratos e garfos descartáveis. daí aproveito e te dou um pedaço. 08:36

POR QUE VOCÊ NÃO USA PRATO E GARFO NÃO DESCARTÁVEL NA SUA PRÓPRIA CASA??? Eu odeio que na Innovativ TUDO é de plástico descartável, a empresa DEVERIA ter um compromisso com a sustentabilidade 08:36

porque eu não tenho prato e garfo de sobremesa 😳 08:36

pera VOCÊ NÃO TEM PRATO E GARFO DE SOBREMESA NA SUA CASA????? 08:36

VLADO
on-line

> não. nem espátula pra cortar o bolo hahahaha 08:37

> você ficaria assustado com outras coisas que eu não tenho hahaha 🙈 08:37

O QUE MAIS VOCÊ NÃO TEM EM CASA? 08:37

Vlado, você mora ou sobrevive? Hahaha isso é dívida de jogo??? não pode ser 08:37

> não, nada disso hahaha 08:37

> é só que eu não gosto de ter que ficar comprando essas miudezas. Dá trabalho pra me livrar de tudo quando eu me mudo de novo e tudo na minha vida é temporário 08:37

> então eu tento sempre ter o menor número de coisas possível para depois ser mais fácil quando eu precisar seguir em frente hahaha 08:38

hm entendi... parece saudável. 08:36

> 😂😂 08:38

VLADO
on-line

> não, mas sério, agora tô curioso, o que mais você não tem em casa?
> 08:38

eu não tenho sofá, por exemplo. 08:38

> você não tem SOFÁ???
> 08:38

não. nem TV. 08:38

> VOCÊ NÃO TEM TV????????
> 08:39

HAHAHA não. 08:39

> você tem UMA GELADEIRA???
> 08:39

claro que sim, seu doido, senão não teria como eu viver hahaha 08:39

> isso é muito relativo, pois eu, por exemplo, não vivo sem TV. 😐
> 08:39

hahaha aham. claro que não. 08:39

> mas Vlado, você não... sei lá, pelo menos PENSA em ter mais coisas? Você não sente falta disso, sei lá?
> 08:39

VLADO
on-line

não. quer dizer, sentir falta eu sinto. às vezes eu sinto falta de morar num lugar que tenha cara de lar, sabe? porque é sempre tudo meio temporário
08:40

outro dia senti falta de ter onde colocar tempero, sabe, saleiro, pimenteiro? mas não quis comprar isso pra depois ter que dar ou vender. é desgastante... e me deixa meio triste.
08:40

hmmmm. 🫂 entendi. você já levou isso pra terapia?
08:40

para de me psicoanalisar
08:41

um pouco impossível com você falando essas coisas. mas vou tentar
08:41

mas olha, voltando pro assunto da vizinha que te deu o bolo de saída do armário, eu queria dizer que você dançou comigo na festa junina na frente de todo mundo. o que essas pessoas pensaram, que a gente tava dançando porque não tinha par? que nós éramos só bons amigos? acho que não
08:41

VLADO
on-line

colegas de quarto??? 🫣 08:41

> ai, olha, desculpa mesmo por toda essa situação. que horror. eu tô com tanta vergonha pela minha mãe fofoqueira que você não tem ideia.
> 08:41

> e com ódio também. na verdade, acho que o mesmo tanto de vergonha e ódio. por que minha mãe fez isso?
> 08:42

> eu falo com ela UMA vez sobre coisas emocionais e ela de repente conta pro bairro inteiro que eu vou ser demitido e que você é gay e que eu aparentemente não te dei uma chance, E EU NÃO FALEI NADA DISSO, eu juro. sério mesmo
> 08:42

Thiago, tá tudo bem, eu confio em você 08:42

> obviamente ela exagera tudo um milhão de vezes. meu deus do céu
> 08:42

> e sabe, ela não precisa desse dinheiro da rifa. É só um jeito de ela manter a influência sobre as pessoas da vizinhança.
> 08:42

VLADO
on-line

sua mãe é uma microinfluenciadora digital, e o público dela é o bairro 08:43

sim. enfim. eu amo meus pais, sabe, mas às vezes sinto que eu preciso estar lá pra resolver os problemas. sempre. e não de uma forma saudável, infelizmente. 08:43

como assim? seus pais parecem ótimos. queria eu ter um relacionamento bom como o seu com os meus pais. 08:43

ah, minha mãe é mesmo ótima, não é bem isso... quer dizer, meu pai é meio quieto e eu acho... que nunca conversei com ele, mas... como eu vou explicar pra você? 08:43

tá. acho que eu vou exemplificar. 08:43

uma vez, num Natal, quando eu era pequeno, eu tinha uns oito anos, sei lá, ganhei um kitzinho de pintura. meus pais perceberam que eu gostava muito de desenhar e resolveram me dar um kit que vinha com pincéis e umas folhas cortadas em diversos tamanhos e tintas guache boas de muitas cores 08:44

VLADO
on-line

> enfim... era um bom kit de uma marca cara.
> 08:44

por que eu sinto que um trauma acabou de ser desbloqueado? 08:44

> HAHA ah, pois você não faz ideia. aguenta firme que vem aí.
> 08:44

> eu amei meu kitzinho, e você sabe, criança nessa idade se empolga com tudo. Comecei a desenhar assim que eu ganhei ele. A gente estava passando as férias no litoral e eu queria levar o kit comigo pra tudo que é lugar.
> 08:45

> às vezes eu gostaria de voltar no tempo, com o meu conhecimento de adulto, pra dizer "NÃO FAZ ISSO", mas não tinha ninguém pra me dizer isso na época.
> 08:45

tantas coisas que eu faria se eu pudesse voltar no tempo e gritar NÃO FAZ ISSO pra mim mesmo, você não tem ideia... 08:45

> NÃO É?
> 08:45

VLADO
on-line

> enfim, eu quis levar o kit para a praia, e ninguém fez objeções. Eu queria desenhar o mar, então minha mãe colocou o kit na bolsa dela, e quando a gente chegou lá, eu quis entrar no mar, então combinei um lugar com os meus pais para nos encontrarmos e eles prometeram que não iam sair dali
> 08:45

> me senti seguro e saí correndo para o mar. quando voltei para a areia, meus pais não estavam no lugar combinado. tinham ido comprar qualquer coisa em uma barraca e largado nossas sacolas de praia todas muito perto da água.
> 08:46

ah, não. 08:46

> ah, sim. estava tudo ensopado, e o que consegui salvar do meu pobre kitzinho nem prestava mais.
> 08:46

> quer dizer, é só uma historinha boba e na real nem foi um problemão, sabe? eu só lembro disso meio com dor hahaha
> 08:46

> e no fim exemplifica um pouco a nossa dinâmica.
> 08:46

VLADO
on-line

> Eu preciso ter responsabilidade por eles. Desde criança.
> 08:47

> quer dizer, minha mãe disse que eu deveria ter tido mais atenção. que não era problema dos outros cuidar das minhas coisas. mas eu era só uma criança
> 08:47

putz... que tristeza 08:47

eles nem... pediram desculpas? 08:47

> não. a culpa, no fim, foi minha mesmo, né? eu que não deveria ter deixado o kit com eles.
> 08:47

hm eu não tenho tanta certeza disso 08:47

e sabe, isso não é "só uma historinha boba". você gosta de pintar, né? isso é importante pra você. 08:47

> é, é sim...
> 08:48

> eu tenho uns sonhos bem doidos de futuro com pintura hahaha
> 08:48

doidos? eu duvido 08:48

VLADO
on-line

> é, sabe esses sonhos GRANDES que a gente tem, que nunca vão acontecer? Hahaha mas que fazem a gente continuar tentando e não desistir
> 08:48

tipo o quê? 08:48

> ah, sei lá... imagina um dia ter uma EXPOSIÇÃO com as minhas artes? isso ia ser muito doido. hahahaha
> 08:48

socorro esse sonho é muito fofo 🥺 08:48

> hahaha é só um sonho megalomaníaco que nunca vai se realizar, eu sei
> 08:48

nada é impossível. é super possível, na verdade. 08:48

> mas enfim, com todo esse trauma desbloqueado e depois de saber a história do PIOR NATAL DA MINHA VIDA, eu te digo: bem-vindo à minha família.
> 08:48

> quer dizer, NÃO
> 08:49

> NÃO NESSE SENTIDO
> 08:49

VLADO
on-line

🫠🫠🫠 08:49

> é só porque agora você conhece todos eles e mora perto, e aqui no Brasil a gente tem esse costume de falar tipo "VOCÊ É COMO SE FOSSE DA FAMÍLIA" pra pessoas que estão ficando próximas, não tem nada a ver com eu de fato querer que você integre a minha família de nenhuma maneira, juro
> 08:49

eu entendi. tá tudo bem, só foi engraçado. 08:49

e eu queria muito que fosse possível… sabe, eu entrar na sua família no sentido mais literal. Hahaha 🖤 08:49

> eu também 🥺🥺🥺
> 08:50

mas ei, vamos jogar umas partidas de Vigias hoje à noite? 08:50

> topo. talvez eu esteja meio ruim porque meu gato, o Hugo, comeu o fio do meu teclado e agora tá dando mau contato às vezes
> 08:50

VLADO
on-line

você tem... UM GATO? 08:50

olha, pra ser sincero essa nomenclatura é questionável. o Hugo é um gato? ou um pequeno monstrinho destruidor que por acaso é da raça felina? 08:50

mas sim, eu tenho um gato. ele tem 5 anos, é gordo e muito bagunceiro. e gosta de estragar e comer exatamente as coisas que não deveria estragar e comer, é quase um dom. ele sente o seu medo. impressionante 08:50

hm. parece... uma relação saudável. Hahaha 08:50

olha só uma foto do encrenqueirinho 08:50

MAS EU AMO ELE, viu? 08:51

VLADO
on-line

> bom, até agora tudo o que eu entendi é que ele destruiu basicamente sua casa inteira. Hahaha 08:51

> não parece que você gosta tanto assim dele. 08:51

não, eu gosto sim. é só uma brincadeira. 08:51

acontece que a Nicole, que mora comigo, às vezes mima ele demais. e aí ele fica absolutamente insuportável porque faz sempre o que quer. 08:51

> eu amo tanto gatos. 08:51

você ama gatos? 🥺🥺 08:51

preciso dizer que eu sinto que posso confiar totalmente em você agora. 08:51

por que você não ADOTA um gatinho? vivem anunciando gatinhos precisando ser adotados naquele grupo do bairro da minha mãe 08:51

seria incrível!!! 08:51

VLADO
on-line

ah, a minha rotina não permite que eu tenha um gato. eu não teria tempo pra cuidar dele. 08:52

e eu vivo me mudando... quer dizer, ficar aqui no Brasil, por exemplo... é temporário. Se decidirem me enviar pra outro país no qual a Innovativ esteja se estabelecendo, bom... eu não tenho muita opção. tenho que ir 08:52

imagina? ia ser muito estressante pro bichinho 08:52

mas, por outro lado, ia ser tão bom... porque gatos são ótimas companhias 08:52

o Hugo me ajudou tanto quando vim morar sozinho... ele me ajudou a aguentar várias barras pesadas 08:52

às vezes você só precisa brincar um pouco com o seu gato e contar pra ele sobre o seu dia e pronto, sua saúde mental está restabelecida 08:52

é, eu sei... meu tio tinha um gato quando eu morava com ele 08:53

VLADO
on-line

eu amava!!!! era muito divertido. 08:53

mas realmente, agora é impraticável 08:53

> você pode conhecer o Hugo um dia desses!!!! Tá convidado!!!
> 08:53

> você vem aqui e a gente... eu e a Nicole... sei lá, cozinha alguma coisa ou... a gente pode pedir pizza também. e aí você pode suprir suas necessidades felinas com o Hugo. eu empresto ele
> 08:53

é sério? eu ia amar demais conhecer o Hugo. mesmo. 08:54

> ele é um pouco antissocial, mas só no começo. depois que ele pega confiança, você pode passar a mão em quase qualquer lugar sem risco de morte
> 08:54

quase qualquer lugar? 08:54

> sim. a barriga é um local proibido pra qualquer humano. não arriscaria
> 08:54

uuh, entendi. 08:54

VLADO
on-line

eu sinto muita falta de gatos!!!! 08:55

é só a gente marcar
08:55

ah, olha só
08:55

tive uma ideia. aliás, era uma coisa que eu precisava mesmo te perguntar
08:55

como você vai fazer pra ir ao retiro de mindfulness ou sei lá como é o nome daquilo? Já sabe?
08:55

bom, de carro... com o meu carro, no caso.
08:55

você acha que poderia... me dar uma carona pra lá? Ou ficaria muito ruim?
08:56

não, imagine, não fica nada ruim. Eu posso te dar uma carona pra lá sim. 08:56

eu acho que tenho uma ideia de como chegar no retiro porque ia com meu tio pra um restaurante meio fazenda perto dali
08:56

VLADO
on-line

> perfeito então. daí no domingo, quando você for me trazer aqui em casa, você pode aproveitar e conhecer o Hugo!!!!
> 08:56

> a Nicole vai estar aqui também, eu acho. ela não vai pro retiro porque precisa ir pra casa da mãe dela no fim de semana.
> 08:57

me parece uma ótima ideia. marcado, então. 08:57

> eba!!!!!! eu vou FAZER o Hugo te amar pra suprir suas necessidades felinas.
> 08:57

ansioso pra conhecer a lenda!!!! 08:57

> agora preciso ir senão me atraso. a gente combina melhor no trabalho?
> 08:57

beleza, até daqui a pouco. 08:58

Mãe
on-line

Quinta-feira, 24 de junho de 2021

> mãe, eu não acredito que você espalhou pra vizinhança inteira sobre o Vladimir
> 09:02

> por que você fez isso? eu e ele não estamos juntos. Imagina se alguém da empresa fica sabendo? Demissão na certa
> 09:02

ai, filho, que bobagem!!!! 09:02

eu comentei bem por cima na reuniãozinha do bairro que tivemos ontem. nada de mais 09:02

não surta 09:02

> nem foi só isso! eu não tô com risco de ser demitido, viu? por que você falou aquilo no grupo da rifa da geladeira?
> 09:03

filho, ontem, enquanto a gente comprava a geladeira e você me contou desse moço e daquele outro da reunião, ficou me parecendo que seu emprego estava por um fio 09:03

foi o que pensei quando você falou 09:03

Mãe
on-line

> mas isso não é verdade!!
> 09:03

ai filho, por que você está tão implicante, hein? 09:04

aliás, bom que você esteja falando comigo, preciso falar de duas coisas 09:04

falei com a zilda ontem, prometi pra ela que você vai na segunda-feira fotografar os produtos da avon, ok? filho, ela precisa disso pra ontem, ela achou mesmo que já ia ter as fotos no fim de semana agora 09:04

ah, e a geladeira também deve chegar na segunda-feira, então você ia precisar estar aqui pra instalar, de qualquer forma 09:04

daí você já faz essas fotos e também instala a geladeira pra gente, tá bom? 09:04

> mãe, eu não vou fazer nada disso.
> 09:05

> você arranjou o problema das fotos, você resolve o problema das fotos.
> 09:05

Mãe
on-line

> a geladeira é só botar na tomada e ler o manual
> 09:05

> eu não preciso estar aí pra nada disso. e estou cansado de você me arranjar mais problemas fazendo esse tipo de coisa
> 09:05

> me constrangendo na frente dos outros, falando da minha vida pros outros como se fosse pública, constrangendo meus amigos, me colocando em situações complicadas com o meu próprio chefe
> 09:06

> além de ficar me enfiando nessas suas enrascadas tipo tirar foto, fazer pintura de amigos, oferecendo meus serviços pra qualquer pessoa em troca de coisas que você precisa, sem pensar em mim
> 09:06

> chega, mãe. sério. você vai ter que se virar um pouquinho na semana que vem, tá bom?
> 09:06

filho, é com a sua mãe que você está falando, e você vai me responder direito agora e com respeito.
09:06

Mãe
on-line

> eu não estou vendo respeito aqui, e é com o seu filho que você está falando.
> 09:07

thiago, relaxe, acalme-se, esfrie a cabeça e depois a gente conversa. 09:08

> nada disso, mãe. eu não vou instalar a geladeira, eu não vou tirar fotos, eu não vou fazer nada disso
> 09:08

> chega.
> 09:08

> eu também exijo que você me respeite
> 09:08

> se for assim, eu não quero falar com você.
> 09:09

Chamada de voz perdida às 09:09

Chamada de voz perdida às 09:10

Chamada de voz perdida às 09:11

thiago, atenda esse celular! 09:12

Quinta-feira, 24 de junho de 2021, 10:30
De: Departamento de Recursos Humanos – Innovativ
Para: Empresa
Assunto: Importante: Comunicado interno

– COMUNICADO INTERNO –

Sobre a imagem constrangedora na impressora/xerox

Atenção colaboradores da Innovativ,

O departamento de Recursos Humanos comunica a todos que houve mau uso da impressora/xerox localizada dentro da sala de reuniões azul. Lamentavelmente, uma funcionária encontrou hoje, às 10:15, uma imagem de nádegas desnudas entre os papéis impressos pela máquina.

Informamos a todos que em hipótese nenhuma é aceitável se sentar sobre a máquina de xerox. O vidro pode se quebrar e tanto machucar o colaborador, como danificar a máquina, que precisará ser substituída pela empresa. Além disso, o código de vestimenta dentro das instalações da Innovativ é estrito e deve ser seguido, podendo ser consultado no Manual do Inovador, encaminhado no ato da contratação.

Pedimos a colaboração de todos para que situações como esta sejam evitadas no futuro. O departamento de Recursos Humanos segue tentando identificar o responsável para aplicar as sanções necessárias.

Sem mais,

**Departamento de Recursos Humanos
Agência Innovativ**

Quinta-feira, 24 de junho de 2021, 10:32
De: Débora Santos
Para: Thiago Souza
Assunto: Sobre a Caseira

Bom dia, Thiago,

Será que você poderia confirmar pra mim como estão as artes da Caseira?

Escrevo porque estou em contato com o Paulo e ele quer saber se já conseguimos entregar uma primeira versão dos rótulos e da identidade visual das postagens nas redes sociais na segunda-feira. Queria marcar uma reunião com ele para que você apresente as artes, o que acha?

Obrigada,

Débora Santos

Coordenadora de projetos
Agência Innovativ

Quinta-feira, 24 de junho de 2021, 10:35

De: Thiago Souza
Para: Alex Gomes
Assunto: ENC: Sobre a Caseira

Oi, Alex, bom dia!

Encaminho aqui o e-mail da Débora. Como está o andamento das artes, você tem alguma pronta? Conseguiu executar aquelas ideias que a gente teve com as referências que eu te passei?

Obrigado,

Thiago Souza

**Diretor de arte
Agência Innovativ**

Nic Melo
on-line

Quinta-feira, 24 de junho de 2021

> Puta que pariu. Você viu esse comunicado que chegou por e-mail? É A BUNDA DO VLADO!!!!
> 10:39

> AAAAAAAAAA
> 10:39

> Eu sabia que isso não ia dar certo. Eu tô com tanto medo. O que é que vai acontecer com a gente?? Acho que já era, é agora que eu vou rodar.
> 10:40

EU VI 10:40

amei que ficou subentendido que eles vão pegar a imagem da bunda e sair comparando com a bunda de todas as pessoas da empresa. 10:40

Imagina? Eu ia morrer de rir. 10:40

bom, amigo... eu não sei nem o que te falar. Fudeu? 10:40

você já falou com o vlado sobre isso? 10:40

pode ser uma boa 10:40

Nic Melo
on-line

> acho que se tem uma pessoa que pode tentar dar uma carteirada e abafar isso tudo é ele.
> 10:41

ainda não... eu sinceramente tô morrendo de vergonha
10:41

sei lá, tem isso e minha mãe saiu espalhando para o BAIRRO INTEIRO que eu não dei uma chance pra ele
10:41

e também que eu estava em perigo iminente de perder o emprego e sei lá
10:41

cara, eu tô tão puto com ela e com isso aqui e com tudo... esse é o pior dia pra isso tudo acontecer. de verdade
10:41

> eita... ai, Thiago, sua mãe às vezes é péssima... desculpa ser tão honesta
> 10:42

não amiga, tá tudo bem
10:42

> mas acho que o jeito é... sabe, respirar fundo e falar com o vladimir. botar a vergonha pra dentro e tentar unir forças pra evitar o pior.
> 10:42

Nic Melo
on-line

e lembra que hoje é dia de dona Ida, então ela tá lá embaixo e é totalmente possível COMER um brownie grandão e afogar seus problemas em açúcar 10:42

é, eu acho que você tá certa
10:42

vai time
10:43

se tiver qualquer coisa que eu puder fazer pra ajudar vocês a se safarem dessa, me avisa. 10:43

obrigado por isso
10:43

você é a melhor 🖤
10:43

eu sei 😎 10:43

Quinta-feira, 24 de junho de 2021, 10:43

De: Alex Gomes
Para: Thiago Souza
Assunto: RE: ENC: 📎 Sobre a Caseira

Oi, Thiago

Como essa CORNA acha que eu teria terminado QUALQUER arte nesse tempo? A gente pegou essa tarefa não faz nem dois dias, ela acha que eu sou quem?

Enfim, respondendo aqui só pra dizer que não, as artes não estão prontas. Aliás, tive um pequeno probleminha de bloqueio criativo ontem e não consegui fazer muitas coisas, então eu lamento dizer que o que eu tenho é isso aqui que está em anexo. É só uma ideia inicial que comecei a esboçar hoje para os rótulos. Aí pensei em deixar as cores meio parecidas para as artes de rede social. Acho que é isso.

Obrigado,

Alex Gomes

**Designer Pleno
Agência Innovativ**

Quinta-feira, 24 de junho de 2021, 10:45
De: Alex Gomes
Para: Thiago Souza
Assunto: RE: RE: ENC: Sobre a Caseira

Oi, Alex,

Amigo, ela pediu pra gente priorizar essas artes. Era pra ter ido pro topo de prioridades, era pra você ter se dedicado a elas o máximo possível. Eu sei que a Débora tá exigindo bastante rapidez e tal, mas lembra que é um cliente importante, ok? E que você deveria estar fazendo só isso.

E os esboços não estão do jeito que a gente conversou. Lembra que o cliente disse que não queria verde porque era muito óbvio? Seria bom testar outras paletas. Por favor, faz isso com mais atenção.

Vou tentar quebrar essa pra gente, mas na segunda-feira antes da reunião eu preciso dessas artes no meu e-mail, ok? Vou falar pra Débora marcar.

Obrigado,

Thiago Souza

Diretor de arte
Agência Innovativ

Quinta-feira, 24 de junho de 2021, 10:47

De: Thiago Souza
Para: Débora Santos
Assunto: RE: Sobre a Caseira

Oi, Débora! Bom dia, tudo bem?

Falei com o Alex e não temos nada muito concreto ainda, mas teremos na segunda-feira, ok? Tivemos um pequeno probleminha com o conceito e o briefing, mas acredito que vai estar resolvido em breve.

Fique à vontade para marcar a reunião com o Paulo.

Obrigado,

Thiago Souza

**Diretor de arte
Agência Innovativ**

VLADO
on-line

> oi, vladimir
> 10:48

> você viu o comunicado interno sobre a "imagem constrangedora"?
> 10:48

> caralho, vlado, o que a gente vai fazer???? tô sem chão
> 10:48

eu vi 😳 10:48

calma, você percebeu que a gente acionou o botão de xerox quando... sabe? 10:48

> NÃO!!!! senão eu teria te avisado!!!!
> 10:48

> caralho, a gente foi muito burro
> 10:48

> eu tô muito preocupado com isso. eu nem tô funcionando direito de tanto nervoso. vou ter um troço
> 10:49

> meu estômago parece que virou uma grande bola de ácido e tá apertadinho bem no fundo do meu corpo
> 10:49

VLADO
on-line

então. 10:49

não existe registro de que a gente usou aquela sala, e eu conversei com o chefe do departamento de recursos humanos. 10:49

na hora que entrei em pânico, só consegui agir por impulso hahaha 10:49

falei pra ele que era uma situação muito peculiar e que podíamos constranger um funcionário, então seria melhor deixarmos a pessoa assustada dessa vez e que provavelmente não voltaria a acontecer 10:49

e aí ele acabou concordando e ficou por isso mesmo. 10:50

e você tem certeza de que não vai dar merda pro nosso lado? 10:50

bom... eu tentei, né? certeza eu não tenho. 10:50

mas acho que vai ficar tudo bem. 10:50

escapamos de mais uma hehehe 10:50

VLADO
on-line

> isso não é divertido 😣
> 10:50

> às vezes eu... tenho vontade de só... me demitir e correr pra sua sala e lascar um beijão na sua boca. pronto, falei
> 10:50

> quer dizer, se é que você tem VONTADE de que isso aconteça também
> 10:50

eu nunca quis tanto que isso acontecesse quanto eu quero agora. haha
10:51

mas nós dois precisamos dos nossos empregos e por isso a gente vai seguir firme dando um jeito
10:51

mas eu queria dizer que mesmo assim... valeu a pena. Hahaha
10:51

eu faria de novo e passaria por todo esse nervoso de novo.
10:52

> também. por você vale a pena passar nervoso.
> 10:52

🤍 10:53

> 😊
> 10:53

Quinta-feira, 24 de junho de 2021, 10:56
De: Débora Santos
Para: Thiago Souza
Assunto: RE: RE: Sobre a Caseira

Oi, Thiago,

Mais uma vez venho ressaltar: relembre ao Alex, e tome ciência também, de que os trabalhos com a Caseira são muito importantes para a Innovativ e devem estar no topo da lista de prioridades, ok?

Espero, de verdade, que vocês tenham o que apresentar para o Paulo, e para mim também, na segunda-feira. Infelizmente estou precisando ser um pouquinho mais incisiva porque não estou notando tanto comprometimento assim da sua parte. Não vou tolerar mais problemas na sua supervisão com este cliente, e nem com nenhum outro, ok?

Não é a primeira vez que estamos tendo problemas com o Alex na sua supervisão. Se for o caso, podemos sentar para conversar sobre esse funcionário em específico. Mas, por favor, vamos evitar problemas.

Obrigada,

Débora Santos

Coordenadora de projetos
Agência Innovativ

Quinta-feira, 24 de junho de 2021, 14:30
De: Michael Pott
Para: Vladimir Varga
Assunto: Reunião

Traduzido do inglês ∨

Olá, Vladimir,

Gostaria de informá-lo de que haverá uma reunião com o CFO no domingo, às 3pm, para falarmos sobre as finanças gerais da Innovativ e também abordarmos a implementação brasileira da agência. Seria muito importante que você estivesse presente. Pode confirmar sua participação?

Obrigado,

Michael Pott

COO
Agência Innovativ

Quinta-feira, 24 de junho de 2021, 14:47
De: Michael Pott
Para: Vladimir Varga
Assunto: RE: Reunião

Traduzido do inglês ˅

Olá, Michael,

Infelizmente, não poderei participar da reunião no domingo. Tinha marcado um compromisso pessoal para esse horário. Será que podemos remarcar?

Obrigado,

Vladimir Varga

**Gerente de operações no Brasil
Agência Innovativ**

Quinta-feira, 24 de junho de 2021, 15:03
De: Michael Pott
Para: Vladimir Varga
Assunto: RE: RE: Reunião

Traduzido do inglês ˅

Caro Vladimir,

Por favor, preciso que volte a priorizar o trabalho. Ultimamente tenho percebido que você está sendo relapso e tem desmarcado muitas reuniões importantes. Isso me deixa preocupado com a implementação da Innovativ no Brasil. Será que posso continuar confiando em você?

Tentarei remarcar essa reunião com o CFO, mas meu trabalho não é ficar remarcando reuniões para atender a compromissos pessoais de subordinados. Nossas agendas em C-Level são lotadas. Peço que isso não volte a se repetir. Todos temos vida pessoal, mas precisamos tomar cuidado para ela não interferir nos compromissos profissionais.

Mando uma nova data, inflexível, em breve.

Obrigado,

Michael Pott

COO
Agência Innovativ

Thread

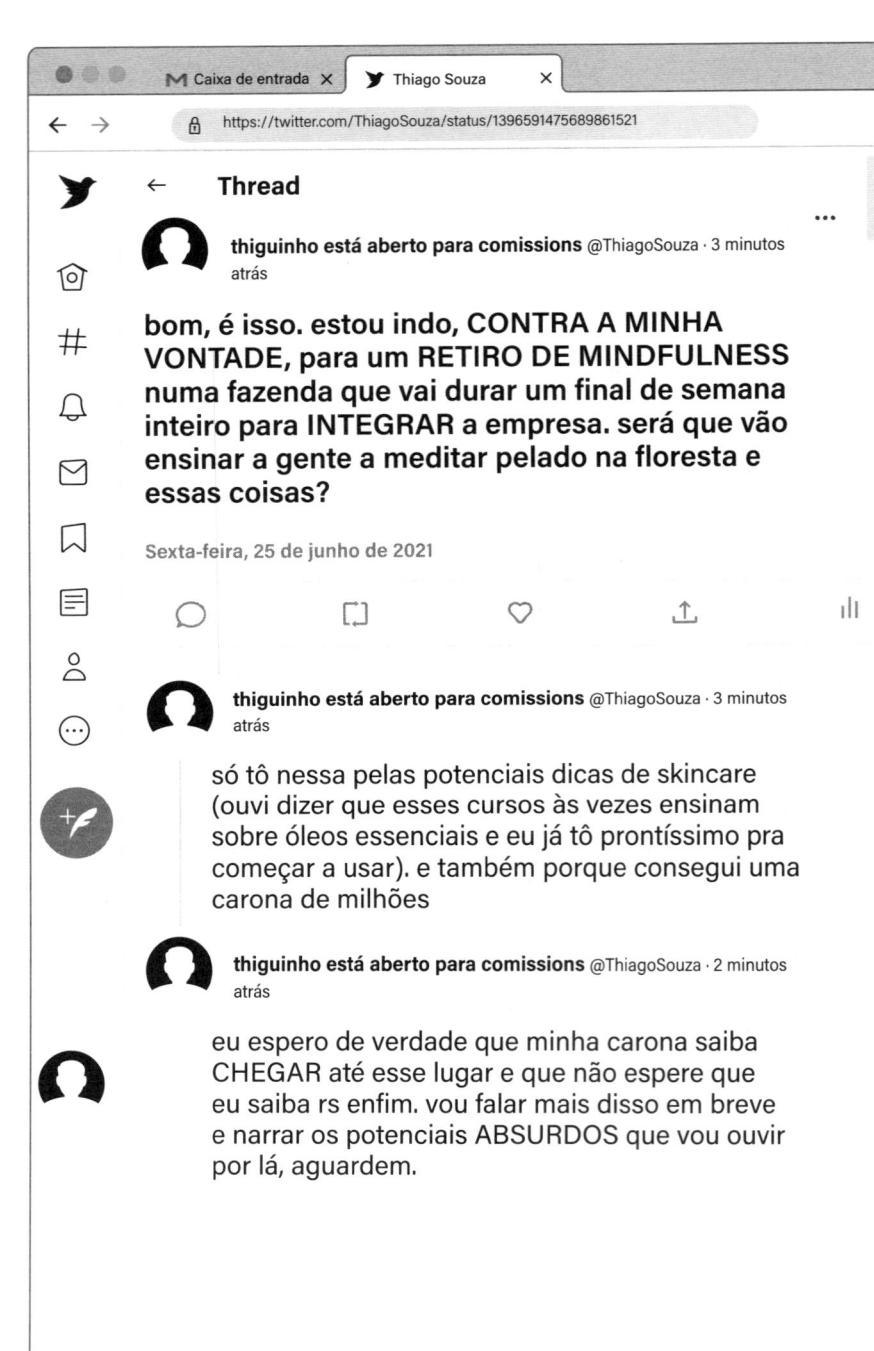

thiguinho está aberto para comissions @ThiagoSouza · 3 minutos atrás

bom, é isso. estou indo, CONTRA A MINHA VONTADE, para um RETIRO DE MINDFULNESS numa fazenda que vai durar um final de semana inteiro para INTEGRAR a empresa. será que vão ensinar a gente a meditar pelado na floresta e essas coisas?

Sexta-feira, 25 de junho de 2021

thiguinho está aberto para comissions @ThiagoSouza · 3 minutos atrás

só tô nessa pelas potenciais dicas de skincare (ouvi dizer que esses cursos às vezes ensinam sobre óleos essenciais e eu já tô prontíssimo pra começar a usar). e também porque consegui uma carona de milhões

thiguinho está aberto para comissions @ThiagoSouza · 2 minutos atrás

eu espero de verdade que minha carona saiba CHEGAR até esse lugar e que não espere que eu saiba rs enfim. vou falar mais disso em breve e narrar os potenciais ABSURDOS que vou ouvir por lá, aguardem.

14:03 ||ıı||ı|||ıııı||||ıı|||ıı|ı|||ıııı||ıııı

🔁 ⏮ ⏸ ⏭ 🔇

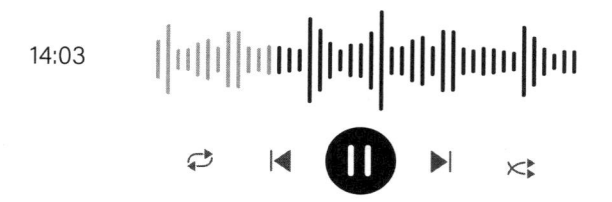

Thiago: Ok, estou deixando registrado aqui, para os investigadores da polícia que vão encontrar essa gravação no futuro ao lado de dois corpos dentro de um carro no fundo de uma ribanceira, que hoje, 25 de junho, às... que horas são, Vladimir?

Vladimir: São 16:45. E me chama de Vlado...

Thiago: Não, não, não, eu tô muito irritado, neste momento você é Vladimir. Tá, então são exatamente 16:45 e eu estou aqui, deixando registrado nesta gravação, que avisei para o Vladimir seguir o GPS porque ele não sabe pra onde tá indo e não quer me...

Vladimir: Thiago, eu já expliquei pra você que sei chegar no retiro, eu ia num restaurante ali perto com o meu tio. Se eu pegar essa rua lateral, que tem menos semáforos, eu vou conseguir cortar caminho...

Thiago: VLADIMIR, você não acha que se o aplicativo soubesse que demoraria menos tempo pela rua sem semáforo, ele READEQUARIA A ROTA? POR QUE você está usando um GPS se não vai seguir o GPS? Por ali NÃO DÁ pra chegar no mesmo...

Voz mecânica: Recalculando rota...

Vladimir: Mas às vezes é porque essa rua mudou de sentido recentemente ou então o aplicativo não consegue entender que...

Thiago: Claro, aposto que você sabe mais do que o aplicativo...

Vladimir: Você quer pegar o volante e dirigir, Thiago?

Thiago: Não, eu não sei dirigir.

Vladimir: Bom, então acho que você está preso aqui neste carro comigo e tem que aceitar todas as decisões que eu tomar porque sou eu quem está conduzindo.

Thiago: Infelizmente.

(Silêncio.)

Voz mecânica: A duzentos metros, vire à direita.

Vladimir: Você quer escolher a próxima música da playlist?

(Silêncio.)

Vladimir: Ok, eu vou desligar o rádio.

Thiago: Não, que saco, eu escolho a próxima música da playlist.

(Som de mãos colidindo.)

Vladimir: Desculpa, eu só ia desligar...

Thiago: Não, tudo bem, eu ligo de novo, espera...

(Silêncio. Música começa a tocar.)

Voz mecânica: Em um quilômetro, mantenha-se à esquerda para a saída.

Thiago: Você já fez esse caminho antes?

Vladimir: Não, eu nunca fiz. Mas eu sei, por dirigir bastante, que se duas ruas levam para o mesmo lado e uma delas tem menos semáforos, o tempo vai ser menor.

(Sons de raiva emitidos por Thiago. Silêncio.)

Thiago: Quer saber? Eu também nunca fiz esse caminho. Tá bom. Tudo bem. Vamos testar do seu jeito.

Eu vou respirar fundo e fingir que não tô ouvindo o GPS falar pra você ir pro lado OPOSTO.

Vladimir: Uau, obrigado por confiar em mim.

(Silêncio.)

Voz mecânica: Vire à direita... recalculando rota.

Thiago: Tá. Vamos evitar o climão? Vou fazer uma pergunta besta. Se um dia você ganhasse uma passagem só de ida para uma ilha deserta e tivesse que viver lá pro resto da vida, o que você levaria? Só podem ser três itens, valendo.

Vladimir: Eu... acho que não entraria no avião.

Thiago: Não é assim que se brinca... tá, finge que é obrigatório, você precisa entrar no avião. O que você levaria?

Vladimir: Mas aí teria alguém me coagindo a entrar no avião? Eu não posso recorrer à justiça ou, sei lá, chamar a polícia pra...?

Voz mecânica: Recalculando rota.

Thiago: Caralho, Vladimir, é tão difícil assim só... sabe, responder uma pergunta?

Vladimir: Tá, já decidi. Eu levaria um isqueiro, um canivete e meu videogame portátil.

Thiago: Um videogame portátil? Você não levaria, sei lá, uma garrafa pra botar água ou qualquer outra coisa mais essencial? E quando a bateria acabar?

Vladimir: Eu não sabia que seria julgado pelas três coisas que decidisse levar...

Thiago: Não, eu não tô julgando, é só que quando se leva em conta prioridades de sobrevivência e se compara com o que você disse...

Vladimir: Isso é um critério para julgar.

Thiago: Sim...

Vladimir: Mas você tá certo. Eu decidi outras três coisas que eu levaria.

Thiago: O quê?

Vladimir: Um isqueiro, um canivete e você.

(Silêncio.)

Thiago: Fofo. Mas aí você ia me ouvir se eu dissesse pra você não entrar numa gruta escura com morcegos assassinos ou você ia dizer que já entrou em grutas antes?

Vladimir: Que saco, Thiago. Eu não quero mais brigar, tô tentando levantar uma bandeira de paz aqui.

Thiago: Mas é que você continua fazendo péssimas escolhas sem seguir o GPS. Chega, cansei de brincar.

Voz mecânica: Vire na próxima direita e depois mantenha-se à esquerda para o retorno.

(Silêncio.)

Thiago: O semáforo abriu.

Vladimir: É, eu vi, não precisava avisar.

(Silêncio.)

Voz mecânica: Vire à direita e depois pegue a primeira saída à esquerda em direção ao retorno.

(Silêncio.)

Vladimir: Por que você não coloca umas músicas mais animadas? Acho que ainda vai demorar um pouco.

Thiago: O que você quer ouvir?

Vladimir: Ah, nada específico, só... músicas mais animadas.

Thiago: Tipo... música eletrônica?

Vladimir: Não necessariamente, mas é que você colocou umas músicas melódicas...

Thiago: Você não gosta de músicas lentas?

Vladimir: Eu gosto do que a gente tá ouvindo. Só... queria mais animação.

Thiago: Mas o que você quer escutar? Me fala que eu coloco na lista.

Vladimir: Sei lá... qualquer música animada.

Thiago: Pode deixar, vou fazer o carro ficar igual uma rave. Será que a entrada USB do seu carro comporta uma luz estroboscópica?

Voz mecânica: Recalculando rota.

Vladimir: Deixa essa música mesmo então.

(Silêncio.)

Thiago: Pronto. Essa aqui. Você gosta?

Vladimir: Eu gosto de qualquer música.

Thiago: Mas você falou agora mesmo que queria que eu mudasse pra uma música mais animada...

Vladimir: Thiago, eu só queria que você colocasse uma música que não fosse "Shallow", da Lady Gaga, porque ela é lenta. Você podia fazer qualquer escolha, mas decidiu escolher a violência.

Thiago: Você não gosta de "Shallow", da Lady Gaga?

Vladimir: Não é que eu não goste de "Shallow", mas... veja bem, é tipo se alguém chegasse na empresa e falasse: "Thiago, a partir de agora você não vai mais trabalhar com arte, você vai pintar paredes." Você ia ser bom? Quer dizer, você ia saber pintar paredes, claro, mas a gente sabe que você é melhor fazendo outra coisa...

Thiago: Fico feliz que você pense que eu tenho capacidade de pintar parede. Mas a Lady Gaga é melhor do que isso aí que você tá dizendo. Ela é uma cantora muito competente em quase qualquer gênero e ritmo porque ela é perfeita.

(Silêncio.)

Vladimir: Você não sabe pintar parede? É só pegar um rolo e passar tinta.

Thiago: Claro que eu sei pintar paredes, mas...

Vladimir: Então você provou meu ponto.

Thiago: Que ponto? Por acaso você acha que a Lady Gaga NÃO sabe pintar paredes? Ela nem precisa saber pintar paredes, pode contratar uma pessoa pra fazer isso porque ela é rica...

Voz mecânica: Vire na próxima direita e depois siga em direção ao retorno.

Vladimir: Eu não sei como a gente chegou na Lady Gaga pintando paredes.

Thiago: Eu também não, mas tô irritado porque você odeia a Gaga e agora eu não sei mais se quero ser seu amigo.

Vladimir: De onde você tirou isso? Eu gosto da Gaga, eu sempre escutei muito, ela é ótima.

(Silêncio.)

Voz mecânica: Recalculando rota.

Thiago: Vladimir, pela última vez, você sabe pra onde tá indo?

Vladimir: Eu sei chegar lá e já perguntei se você quer assumir o volante e você não quis, então não pode...

Thiago: Caralho, Vladimir, é assim tão difícil você só seguir a porra do GPS? E admitir que você NÃO SABE chegar lá porque você talvez tenha ido pra esse lugar há anos e não lembra mais o caminho?

Vladimir: Eu já falei, me chama de Vlado, eu não gosto quando você me chama de Vladimir. E eu estou fazendo escolhas melhores do que as que o GPS está propondo.

Thiago: O GPS não tá propondo nada. É só a porra de uma máquina... um robô...

Vladimir: Eu sei. Mas eu não quero seguir a rota dele, eu quero seguir as minhas escolhas.

Thiago: Vladimir, VOCÊ NÃO SABE CHEGAR LÁ. Não tem como SABER se esse restaurante que você lembra é lá mesmo, nem se era no mesmo bairro. Você morou aqui faz muito tempo, e nunca ficou nessa região por tempo suficiente pra decorar as ruas e os bairros. Você não sabe chegar lá. Você não nasceu aqui, você não mora aqui há anos, você não faz ideia de como chegar no retiro. Aliás, eu duvido que você saiba como chegar em ALGUM lugar, considerando que você não é de lugar nenhum. Então ou você segue o GPS ou a gente vai ficar rodando em círculos.

Voz mecânica: A cem metros, pegue a saída à esquerda em direção ao retorno.

(Suspiro alto.)

Thiago: Beleza. Eu não vou falar mais nada. Se você acha que sabe mais do que o GPS por ser um executivo importante com mania de grandeza, TUDO BEM. Mas a gente vai acabar se atrasando e a culpa não vai ser minha.

Vladimir: Talvez a gente não se atrasasse se você não tivesse demorado pra descer...

Thiago: Ah, pronto, agora a culpa é minha por eu ter demorado pra descer com uma mala?

Vladimir: Se você tivesse sido mais rápido...

Thiago: Se você tivesse me escutado desde o começo e admitisse que não faz ideia de como se dirige aqui... Ai, olha, quer saber? Foda-se. Esse fim de semana já vai ser uma merda mesmo, você tá só estragando mais um pouco. Não é como se eu estivesse ansioso pra chegar nessa droga de retiro, de qualquer forma. Enfim, segue aí o seu caminho. Droga, eu esqueci que isso aqui ainda estava liga...

— Interrupção de gravação —

Nic Melo
on-line

Sexta-feira, 25 de junho de 2021

1:33   20:33

"Amiga, você não sabe... eu cheguei aqui no saguão do hotel-fazenda em que vai ser o retiro de mindfulness depois de muito mais tempo de viagem do que deveria ter tomado, porque o Vladimir decidiu que simplesmente não ia seguir o GPS... enfim, me perdi. Ah, sim, eu tava falando do hotel. Então, cheguei aqui e o Alex já subiu pro quarto dele porque o FRANK, QUE TROUXE ELE, SEGUIU O GPS, ele TINHA ESSA CAPACIDADE, mas o Vladimir... enfim, pera me perdi, calma..."

0:52   20:35

"Ah, tá, então, eu cheguei aqui e aparentemente deu um problema com a acomodação. A organização do evento acabou reservando mais quartos do que existem nesse hotel e agora sobrou só um quarto com cama de casal para eu e o Vladimir dividirmos. Tá tudo lotado."

Nic Melo
on-line

🎤 1:48 ▬▬▬▬▬▬▬●▬▬▬ 1x   20:38 ✓✓

"E aí agora ele tá tentando falar com alguém da empresa, mas parece que não tem o que fazer mesmo. Até ofereceram de um de nós ir embora e fazer o retiro em outra data, mas teria que remarcar e, sinceramente, eu prefiro não passar por esse estresse. Eu durmo no chão se ele quiser, tá tudo bem... enfim, o que são duas noites, né? Obrigado, moço. Sim, aquelas são as malas dele. Pode levar sim... o carregador? Ele quer o carregador... o celular dele deve ter descarregado depois de recalcular a rota tantas vezes... FOI SUA CULPA, SIM... pera, Nicole, já mando outr..."

Reservaram UM QUARTO SÓ? E como vocês vão fazer? 21:02 ✓✓

Nossa, que péssimo 21:02 ✓✓

Mas se bem que... bom, se vocês tiverem que dividir, nem vai ser tão ruim, né... 21:02 ✓✓

Nic Melo
on-line

> acabei de chegar no quarto. o Vladimir tá aqui também. depois de todo o estresse que foi pra chegar aqui, porque ele se perdeu umas mil vezes, eu achei que ia poder só comer e dormir, mas infelizmente teve mais essa ainda.
> 21:02

> enfim. agora tem uma cama de casal entre nós e ele meio que colocou as coisas dele no chão de um lado e eu meio que coloquei as minhas no chão do outro lado... a gente não tá se falando direito porque brigou vindo pra cá
> 21:03

> e agora nós dois estamos mexendo no celular para não ter que pensar no próximo passo
> 21:03

> que é obviamente DEFINIR quem vai dormir na cama, quem dorme no chão
> 21:03

> ou sei lá. olha eu vou dizer uma coisa... agora que eu tô pensando
> 21:03

> eu mudei de ideia, eu EXIJO dormir na cama na primeira noite porque eu tô muito cansado, muito mesmo
> 21:03

Nic Melo
on-line

uai Thiago, e por que vocês não podem dividir a cama, cada um de um lado, sei lá? 21:03

acho que tá tudo bem se vocês só... dormirem juntos, sabe? 21:04

numa cama. de casal. vocês já... sabe. dormiram em uma cama de casal antes. 21:04

não. primeiro porque eu sei lá como tá essa coisa de se pegar porque tecnicamente a gente deveria evitar. mas hoje é mais porque eu não quero dividir uma cama com esse teimoso idiota que ficou errando o caminho e não tem a capacidade de seguir UMA PORRA de uma instrução de um GPS 21:04

a última coisa que eu queria hoje era ter que dormir do lado dele. sério 21:04

ai ai, que fofos, juntos há tão pouco tempo e já parecendo um casal de idosos hahaha 21:04

A GENTE NÃO TÁ JUNTO!!! que ÓDIO. eu achei que a viagem pra cá seria só feliz e fofinha e a gente viveria bons momentos 21:05

> e até... lá no fundo, por mais errado que seja, eu criei esperanças, sabe?
> 21:05

> só que foi infernal. horrível. eu odiei cada segundo.
> 21:05

> mas hein, deu tudo certo pra pegar o ônibus?
> 21:05

deu, deu tudo certo. já tô em Ribeirão. agora é esperar a consulta amanhã e ver o que vai rolar. sinceramente, amigo, continua me contando seus dramas que é muito melhor do que pensar no que pode acontecer aqui
21:05

> beleza. mas me mantém atualizado, ok?
> 21:05

pode deixar. 21:06

> e agora eu vou ter que olhar na cara do Vladimir e conversar com ele sobre quem vai dormir na cama.
> 21:06

DORME DO LADO DELE!!!!!!!!!! 21:06

> hoje eu não vou dar meu braço a torcer 😤
> 21:06

r/PeçaUmConselho · Enviado por u/GayFairy há 5 minutos

[ATUALIZAÇÃO] Como resolver uma briga com o cara que eu gosto?

E mais uma vez venho aqui pedir conselhos sobre a situação com o cara do meu trabalho. Quer dizer, eu não tenho muitos amigos com quem dividir o que está acontecendo e... bom, às vezes jogar as coisas na internet me faz sentir que tenho com quem compartilhar minha vida. Enfim, pra quem não acompanhou a história desde o começo, leia as atualizações no meu perfil.

Tá, a situação é a seguinte: eu e ele não estamos juntos. Não podemos ficar juntos, porque nos importamos muito com nossos empregos... mas tem coisas que acontecem... sabe, é inevitável, quando estamos sozinhos, só... acontece. É magnético e muito bom, mas totalmente antiético e ninguém pode ficar sabendo. Então a gente se pega ocasionalmente. E eu gosto muito dele. Às vezes tenho vontade de me demitir só para poder ficar com esse cara porque ele é incrível. Outro dia fiquei pensando que queria muito ver a reação dele a uma coisa aleatória que aconteceu enquanto eu jogava *Vigias* (ele me deu uma dica ótima de posicionamento que eu usei e DEU CERTO!) e escutar o que ele teria pra dizer, agradecer pela dica... e aí percebi que na verdade eu queria ver a reação dele sobre absolutamente qualquer coisa da minha vida, porque queria estar com ele enquanto as coisas acontecessem. Eu quero ficar perto dele o tempo todo. Acho que isso é o mais próximo que eu consigo chegar de descrever o que eu sinto.

Enfim, hoje a gente brigou vindo pra um compromisso de trabalho em comum. Na minha opinião, ele ficou meio neurótico com o GPS e dizendo que eu deveria seguir a rota sugerida e deixou bem claro que estava irritado porque supostamente eu não gostava da Lady Gaga (embora eu não tenha absolutamente nada contra a Lady Gaga, inclusive *Born This Way* segue sendo um absoluto marco na história do pop, por mais que eu prefira a sonoridade de *The Fame Monster*, mas a questão é que, sim, eu gosto da Lady Gaga). Enfim, tudo se resume a: nós brigamos.

Para piorar, quando chegamos no hotel, avisaram que vamos ter que dividir um quarto por causa de overbooking. E agora estou sentado numa poltrona, encarando o celular para fingir que nada disso está acontecendo. Porque estou com vergonha de falar com ele depois de tudo o que rolou à tarde. E também porque tenho medo de sugerir que a gente divida a cama e... bom a gente perca o controle e a coisa magnética volte a acontecer. Mas ao mesmo tempo eu *quero muito* que isso aconteça, porque durante toda a viagem de carro eu só conseguia pensar "como é que mesmo quando ele está irritado e me xingando eu só consigo pensar que ele é um absoluto idiota fofo?".

Estou com vergonha de olhar pra ele por causa da briga e não quero pedir desculpas (no fim das contas, a gente *chegou* no hotel. Um pouco atrasados, sim, mas chegamos) e acho que se a gente dormir na mesma cama... bom, eu não vou me esforçar pra me controlar, por mais que meu emprego importe muito pra mim. O que eu faço?????

ArqueiroExplosivo · 4 min

hm. difícil. complicado. eu só queria dizer que o jeito como você fala desse garoto é EXTREMAMENTE FOFO e que eu GRITEI de fofura na parte que você falou de querer ver a reação dele. eu tô muito feliz que meu amigo u/GayFairy está completamente caidinho por um cara.

enfim. pro bem de vocês dois, não tem como você... sei lá, ir embora daí?

GayFairy · 4 min

> eu agradeço pelos gritos. hehehe e confesso que tô um pouco assustado porque a última coisa que eu precisava na minha vida neste momento era ficar caidinho por um cara.
>
> e não, sem chance de ir embora. foi bem difícil chegar aqui, ir embora vai ser mais difícil ainda. talvez eu só conseguisse chegar na minha casa semana que vem.
>
> **ALailaTanka** · 3 min
>
> > tá, eu li tudo isso aqui com um SORRISÃO, mas no fim eu fechei um pouco o sorriso porque... hm, então, se vocês demoraram tanto pra chegar significa que você tava meio errado na história mesmo, né? se foi assim tão difícil encontrar o hotel?
> >
> > **ArqueiroExplosivo** · 3 min
> >
> > > Porra Laila, ninguém te chamou aqui... foi mal, gayfairy, eu mostrei esse post MUITO FOFO pra minha namorada e ela quis VIR AQUI METER O BEDELHO. sai, u/ALailaTanka
> > >
> > > **GayFairy** · 3 min
> > >
> > > > oi, Laila!!!!! <3 eu só conhecia você pelas mensagens com o ArqueiroExplosivo. e tá tudo bem, u/ArqueiroExplosivo, quanto mais opiniões, melhor.

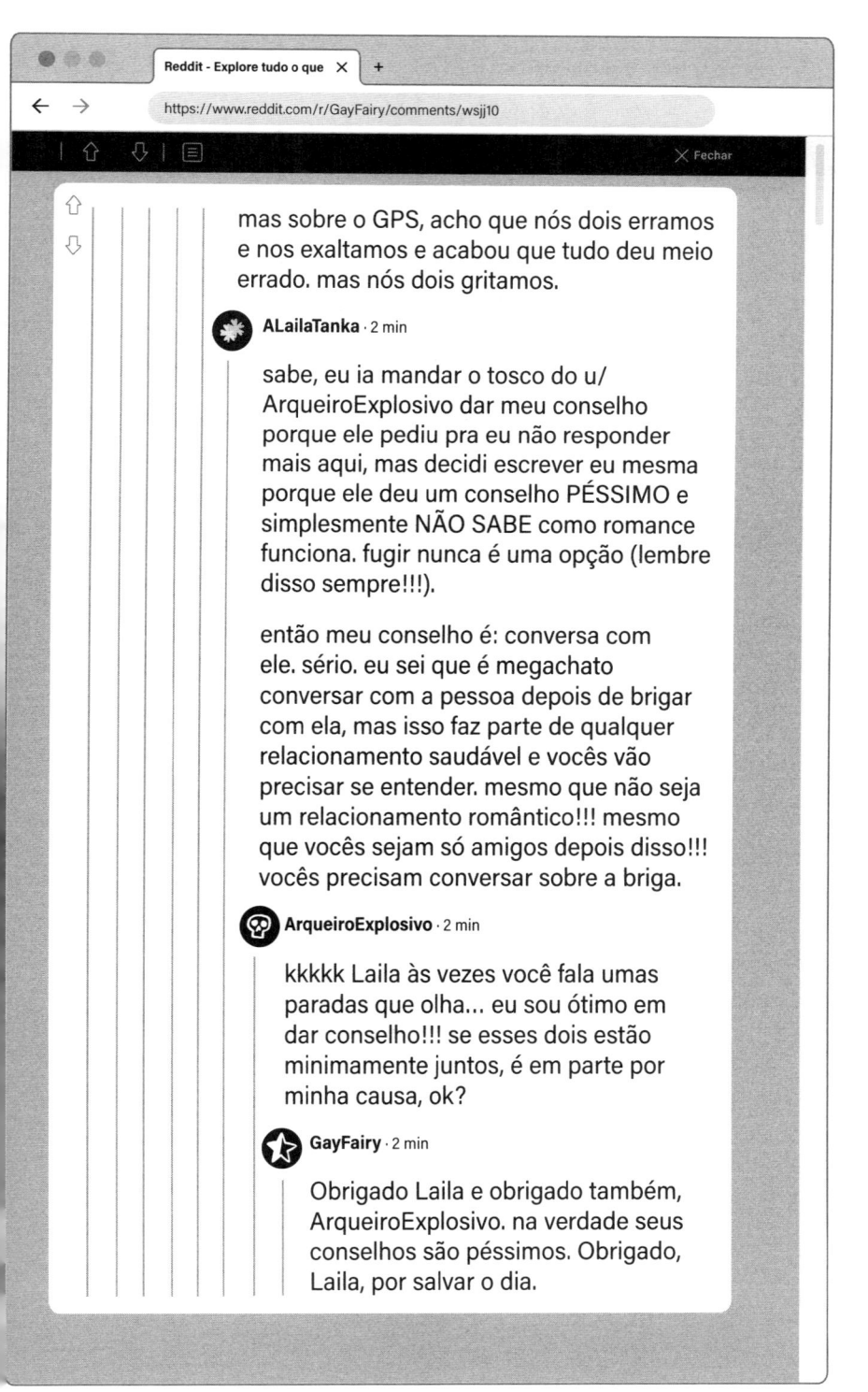

mas sobre o GPS, acho que nós dois erramos e nos exaltamos e acabou que tudo deu meio errado. mas nós dois gritamos.

ALailaTanka · 2 min

sabe, eu ia mandar o tosco do u/ArqueiroExplosivo dar meu conselho porque ele pediu pra eu não responder mais aqui, mas decidi escrever eu mesma porque ele deu um conselho PÉSSIMO e simplesmente NÃO SABE como romance funciona. fugir nunca é uma opção (lembre disso sempre!!!).

então meu conselho é: conversa com ele. sério. eu sei que é megachato conversar com a pessoa depois de brigar com ela, mas isso faz parte de qualquer relacionamento saudável e vocês vão precisar se entender. mesmo que não seja um relacionamento romântico!!! mesmo que vocês sejam só amigos depois disso!!! vocês precisam conversar sobre a briga.

ArqueiroExplosivo · 2 min

kkkkk Laila às vezes você fala umas paradas que olha... eu sou ótimo em dar conselho!!! se esses dois estão minimamente juntos, é em parte por minha causa, ok?

GayFairy · 2 min

Obrigado Laila e obrigado também, ArqueiroExplosivo. na verdade seus conselhos são péssimos. Obrigado, Laila, por salvar o dia.

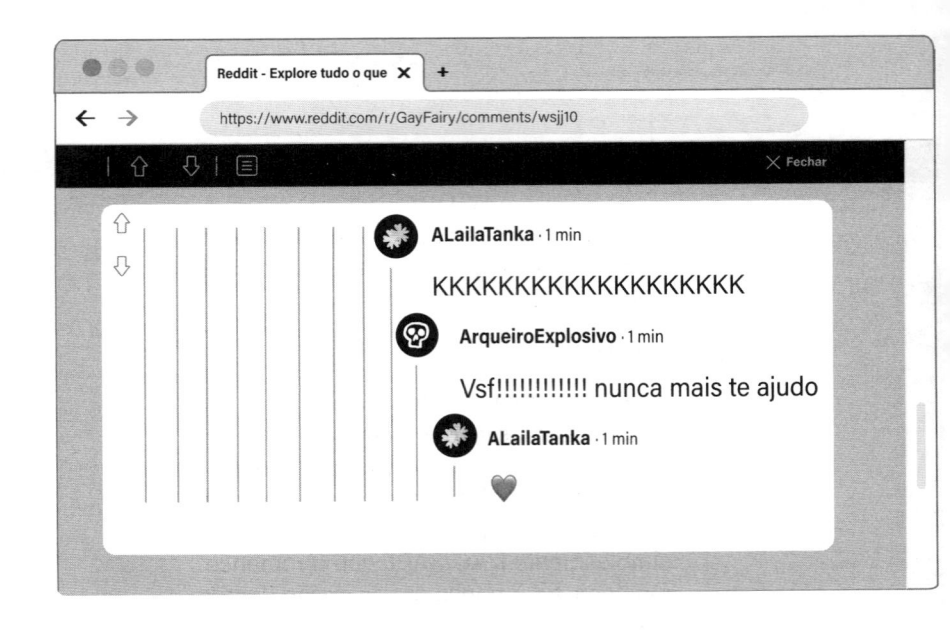

ALailaTanka · 1 min

KKKKKKKKKKKKKKKKKK

ArqueiroExplosivo · 1 min

Vsf!!!!!!!!!!!! nunca mais te ajudo

ALailaTanka · 1 min

🖤

Nic Melo
visto por último às 23:24

Sábado, 26 de junho de 2021

> Amiga, eu sei que é de madrugada e você provavelmente já dormiu, mas eu quis relatar que evitei o Vladimir. tomei um banho DEMORADO pra conseguir chorar e superar tudo o que tá rolando e só ficar de boa na água quentinha
> 00:37

> e aí depois que eu saí de lá só arrumei minhas coisas no chão acarpetado aqui do quarto (ainda bem que eu trouxe um lençolzinho hehehe a gente nunca sabe quando vai precisar, é sempre bom ser precavido) e o Vladimir entrou pra tomar banho. e aí eu aproveitei e deitei no chão mesmo.
> 00:37

> eu percebi que ele saiu do banheiro meio rápido e ficou parado na porta uns segundos. acho que ele esperava que eu ainda estivesse acordado, mas fingi que tava dormindo hehehe EU SEI, é infantil, mas me deixa, eu não quero falar com ele agora. não vou conseguir
> 00:38

> no fim ele só apagou a luz e deitou e agora
> 00:38

Nic Melo
visto por último às 23:24

> baseado na respiração, acho que ele dormiu. por isso achei seguro pegar o celular pra te mandar mensagem.
> 00:38

> enfim, vou ver se dou um jeito de evitar ele durante o dia e pegar a cama primeiro à noite. e aí ele que durma no chão. não vou passar por isso duas noites
> 00:39

> boa noite amiga, até amanhã
> 00:39

thiago 3h

bom dia, gente. começando o dia nesse lugar de muita paz. estou tendo uns perrengues na viagem, mas pelo menos a vista vale a pena.

09:39

SÁBADO,
26 DE JUNHO DE 2021

esse aqui foi o meu café da manhã. lindo pra postar, maravilhoso, mas eu tô é morrendo de fome.

é um desses retiros *detox* de meditação e eu SÓ QUERO COMER

thiago 12min

eu não sei viver desse jeito, eu preciso COMER. não dá pra repetir muitas vezes porque a comida é limitada. ontem minha janta foi uma sopa rala com meia fatia de pão e esse aqui vai ser o almoço.

Cardápio

ENTRADA
Carpaccio de beterraba

PRATO PRINCIPAL
salada de ricota com tomate cereja, manjericão e proteína (atum ou grão de bico)

SOBREMESA
maçã

12:39

thiago 2min

12:49

começando a me questionar que sabor uma lasca dessa árvore teria. lentamente o desespero toma conta de mim.

thiago 6s

eu sei que eu estou bem gordo e uma das minhas decisões para esse ano tinha sido EMAGRECER, mas eu não estou aguentando. eu preciso comer. socorro me resgatem dessa cilada (ou mandem um motoboy com comida, o que for mais fácil)

12:51

Mãe
on-line

Sábado, 26 de junho de 2021

Janaina Souza
oi, thiago. a geladeira chegou aqui em casa. será que você poderia parar com o seu showzinho e me responder?
12:57

Janaina Souza
eu preciso de ajuda para instalar. você não pode vir aqui em casa amanhã e me ajudar?
12:57

Chamada de voz perdida às 13:09

Thread

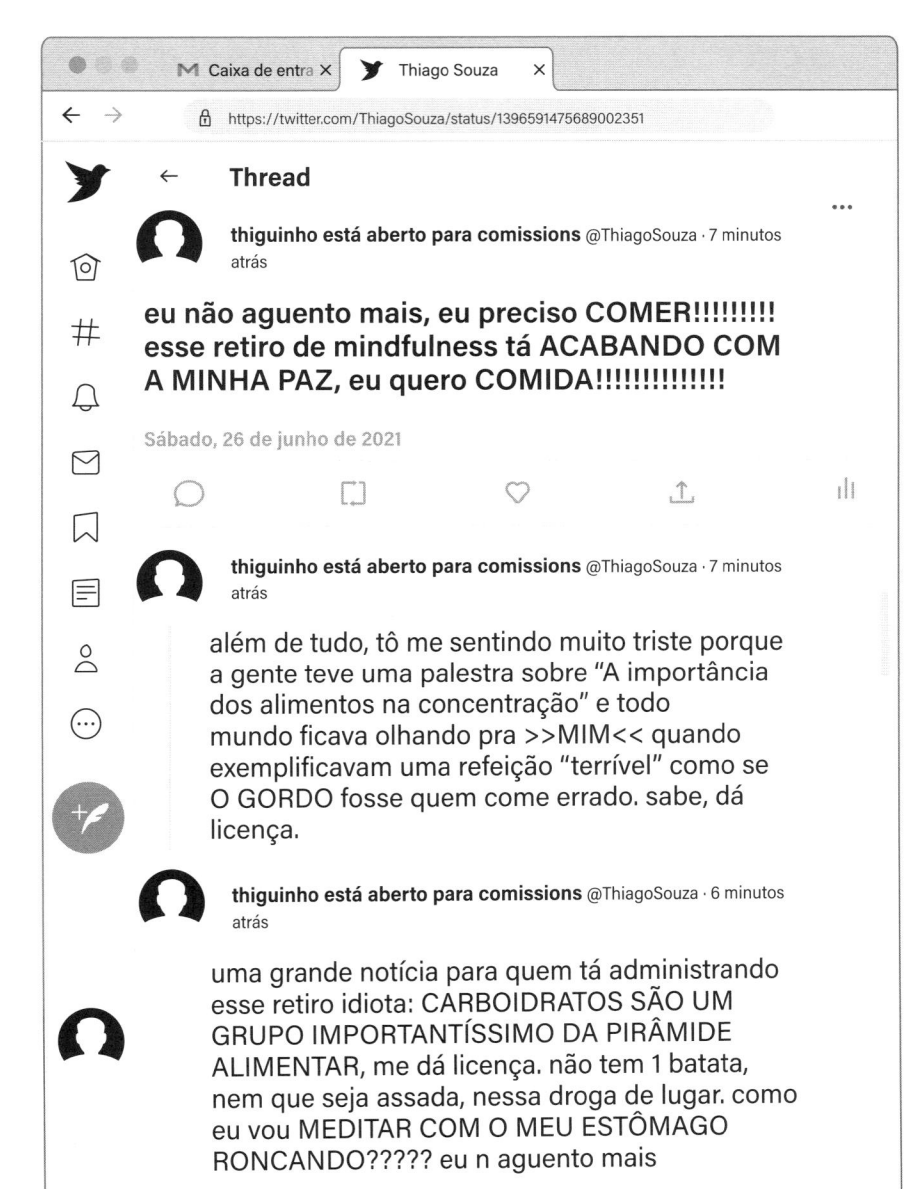

thiguinho está aberto para comissions @ThiagoSouza · 7 minutos atrás

eu não aguento mais, eu preciso COMER!!!!!!!!! esse retiro de mindfulness tá ACABANDO COM A MINHA PAZ, eu quero COMIDA!!!!!!!!!!!!!!

Sábado, 26 de junho de 2021

thiguinho está aberto para comissions @ThiagoSouza · 7 minutos atrás

além de tudo, tô me sentindo muito triste porque a gente teve uma palestra sobre "A importância dos alimentos na concentração" e todo mundo ficava olhando pra >>MIM<< quando exemplificavam uma refeição "terrível" como se O GORDO fosse quem come errado. sabe, dá licença.

thiguinho está aberto para comissions @ThiagoSouza · 6 minutos atrás

uma grande notícia para quem tá administrando esse retiro idiota: CARBOIDRATOS SÃO UM GRUPO IMPORTANTÍSSIMO DA PIRÂMIDE ALIMENTAR, me dá licença. não tem 1 batata, nem que seja assada, nessa droga de lugar. como eu vou MEDITAR COM O MEU ESTÔMAGO RONCANDO????? eu n aguento mais

```
          - CUPOM FISCAL -

              SUPERBURGER
         CNPJ: 84.785.441-0001/06
IE: 385.435.435.123
IM: 2.442.354-3   data 26/06/2021 13:11
----------------------------------------
CÓD. 52427    COMBO SUPERBURGER CHEDDAR
(BATATA E REFRIGERANTE)         QTD: 1
UN:                           R$ 34,90

CÓD. 45453     COMBO SUPERBURGER BACON
(BATATA E REFRIGERANTE)         QTD: 1
UN:                           R$ 34,90

----------------------------------------
TOTAL:                      R$ 69,80
Pagamento: Cartão - Débito

     SERVINDO BEM PARA SERVIR SEMPRE!
```

Thread

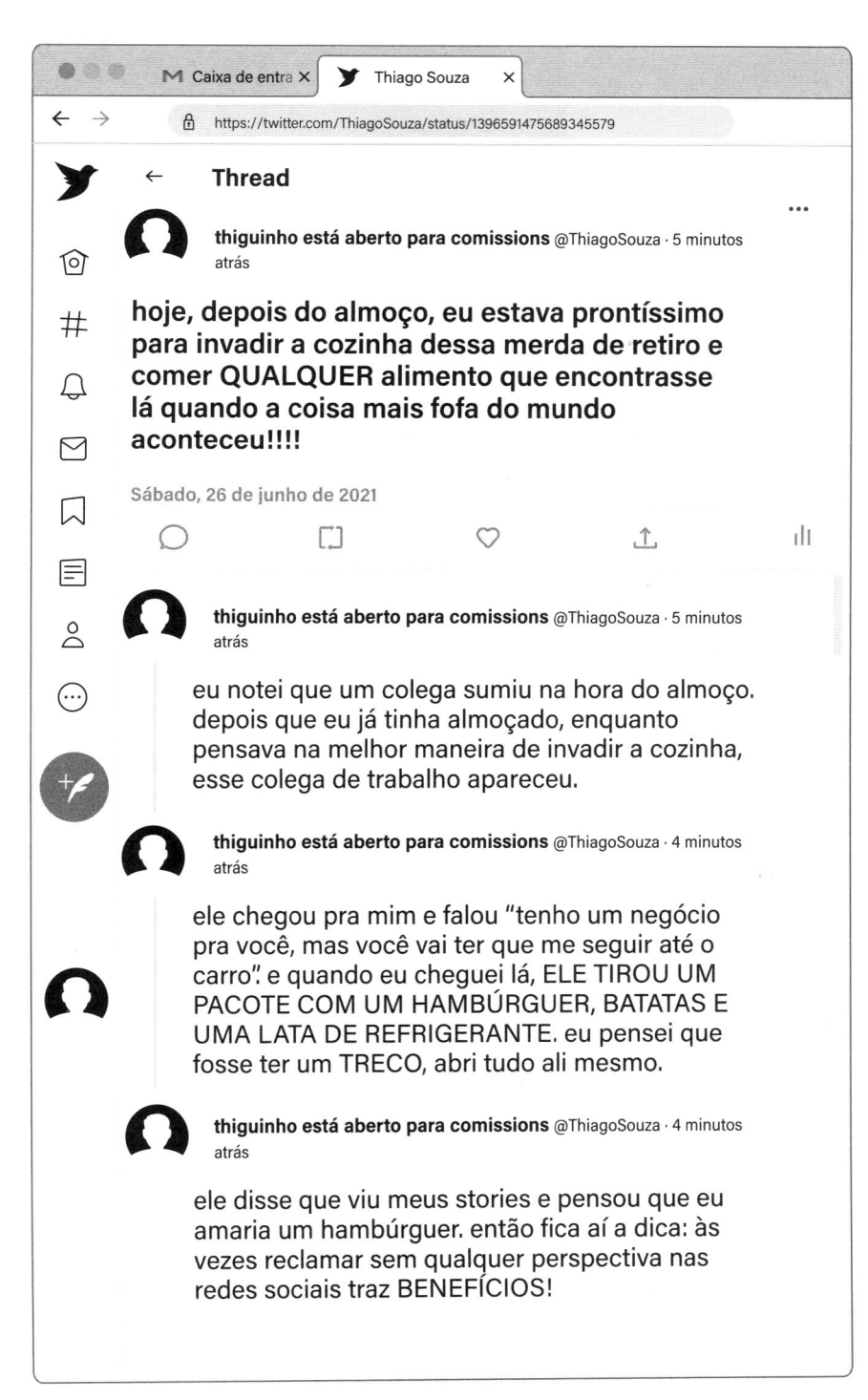

thiguinho está aberto para comissions @ThiagoSouza · 5 minutos atrás

hoje, depois do almoço, eu estava prontíssimo para invadir a cozinha dessa merda de retiro e comer QUALQUER alimento que encontrasse lá quando a coisa mais fofa do mundo aconteceu!!!!

Sábado, 26 de junho de 2021

thiguinho está aberto para comissions @ThiagoSouza · 5 minutos atrás

eu notei que um colega sumiu na hora do almoço. depois que eu já tinha almoçado, enquanto pensava na melhor maneira de invadir a cozinha, esse colega de trabalho apareceu.

thiguinho está aberto para comissions @ThiagoSouza · 4 minutos atrás

ele chegou pra mim e falou "tenho um negócio pra você, mas você vai ter que me seguir até o carro". e quando eu cheguei lá, ELE TIROU UM PACOTE COM UM HAMBÚRGUER, BATATAS E UMA LATA DE REFRIGERANTE. eu pensei que fosse ter um TRECO, abri tudo ali mesmo.

thiguinho está aberto para comissions @ThiagoSouza · 4 minutos atrás

ele disse que viu meus stories e pensou que eu amaria um hambúrguer. então fica aí a dica: às vezes reclamar sem qualquer perspectiva nas redes sociais traz BENEFÍCIOS!

Thread

thiguinho está aberto para comissions @ThiagoSouza · 4 minutos atrás

depois disso a gente voltou correndo pra atividade do dia, porque entre almoçar no refeitório e comer um HAMBURGÃO não sobrou tempo pra mais nada. sorte que a atividade era MEDITAÇÃO, pois eu pude dormir gostosinho sem me incomodarem e de buchinho cheio.

Alex is an artist @alexdraws · 3 minutos atrás

ow, quem foi que te trouxe comida? da próxima pede pra trazer um hambúrguer pra mim tbm por favor! eu juro que pago!

thiguinho está aberto para comissions @ThiagoSouza · 3 minutos atrás

ué amigo, que curioso, achei que você estivesse muito feliz com o cardápio detox, pois está aproveitando esse tempo para "focar em você mesmo de verdade, no minimalismo e apenas no necessário"!!!!! foi o que você me disse no almoço quando eu reclamei da quantidade de comida.

Alex is an artist @alexdraws · 2 minutos atrás

mas isso não quer dizer que eu não fosse querer um hamburguinho, sabe... poderia inclusive ser plant-based.

thiguinho está aberto para comissions @ThiagoSouza · 1 minuto atrás

🙂

04:30

Vladimir: Ok, mas por que você ligou o Tom pra nossa conversa?

Thiago: Ah... sei lá. Acho que me sinto mais seguro desse jeito. Garante que a gente tem um registro oficial, sabe.

Vladimir: Entendi. Quando você liga significa que a gente tá se falando de forma... oficial, né? Essas eram as regras?

Thiago: Sim. Quer dizer, eu acho... sinceramente, a essa altura eu já nem sei mais.

(Silêncio.)

Vladimir: Tá, vamos começar a conversa. Eu posso considerar que o hambúrguer me redimiu por ontem?

(Silêncio.)

Thiago: Então você entendeu que precisava se redimir por ontem? Ou você só me trouxe o hambúrguer porque... sabia que eu estaria emocionalmente vulnerável e decidiu fazer isso pra ganhar minha devoção eterna?

Vladimir: Não, o hambúrguer foi o meu jeito de levantar a bandeirinha branca. Eu estou aqui propondo paz e dizendo que eu me importo com você. Eu gosto muito de você e só queria que a gente... não brigasse.

Thiago: Entendi. Mas você disse que precisava se redimir, isso quer dizer que você quer pedir desculpas pelo que aconteceu?

Vladimir: Sim. Eu queria pedir desculpas.

Thiago: Por ter sido um cabeça-dura irritante que não escuta nada do que eu falo?

Vladimir: Eu escuto o que você fala. Tanto escuto que sabia que você estava morrendo de fome sem você nem precisar falar. Eu só... achei que soubesse chegar aqui de carro pela minha memória.

Thiago: Entendi.

Vladimir: E não gostei de como você disse que eu não sei chegar a algum lugar porque não sou de lugar nenhum... Isso meio que... me machucou um pouco.

Thiago: Desculpe. Mas... sabe... era verdade. Você realmente não sabia chegar aqui.

Vladimir: Eu sei. Eu só achei que soubesse...

(Silêncio.)

Vladimir: Sabe, às vezes você me irrita, mas eu amo como você me irrita e mesmo agora eu só tenho vontade de te dar um beijo e dizer pra você que eu gosto muito, muito de você. E que eu vou estar aqui cuidando de você, se você quiser.

Thiago: Tá, eu acho que nesse ponto a gente precisa mesmo conversar. Quer dizer, o que... o que exatamente a gente tá fazendo?

(Silêncio.)

Vladimir: Entre a gente, você diz?

Thiago: Sim. Pra onde a gente tá indo? A gente... quer continuar esse negócio que acontece toda vez que a gente fica perto um do outro? Ou a gente precisa *evitar* isso? Porque eu sei, racionalmente, que preciso evitar que essas coisas aconteçam e entendo que meu emprego é muito importante, mas às vezes só quero... sabe, beijar você. E minha cabeça não consegue me convencer a priorizar... sei lá, dinheiro e carreira, sabe? Isso parece insignificante quando tô perto de você.

(Silêncio.)

Vladimir: Eu tenho pensado exatamente a mesma coisa. Quando a gente tá longe um do outro eu me julgo pelo que estou sentindo e só consigo pensar que talvez eu esteja completamente pirado, porque não há motivos consistentes pra eu querer abrir mão do meu emprego por sua causa. Mas fica muito difícil de me convencer de que meu emprego vale mesmo a pena quando tô perto de você. E eu confio mais nos meus sentimentos quando a gente tá junto, porque você desperta os melhores sentimentos em mim. Com você, eu posso me abrir de verdade. É quando eu me sinto mais... eu mesmo.

Thiago: Eu acho que faço você se sentir você mesmo porque eu me sinto eu mesmo perto de você também. A gente tem essa intimidade esquisita que não é só sexual, sabe... sei lá. Hoje, quando você chegou com os lanches, eu me senti tão... seguro. Sabe, como se tivesse alguém de fato tentando... cuidar de mim. Sendo que eu tô acostumado a ser a pessoa que cuida dos outros, não o contrário. Foi importante pra mim.

(Silêncio.)

Vladimir: Às vezes você fala coisas que me fazem querer te botar contra aquela parede ali do quarto e te beijar inteirinho. E te abraçar bem apertado pra mostrar como eu, de fato, quero cuidar de você.

(Silêncio.)

Thiago: Eu fiz você querer me beijar inteirinho, é?

Vladimir: Você sempre faz.

(Silêncio.)

Vladimir: Eu não sei direito qual é a natureza do que a gente tem. Mas eu acho... acho que não adianta mais tentar negar que tem alguma coisa muito intensa entre nós dois. Quase elétrica. Acho que, se a gente continuar negando, vai ser pior.

Thiago: Eu até concordo... mas eu tenho muito medo.

Vladimir: Muito medo pelo trabalho?

Thiago: Sim. Com certeza, muito medo pelo trabalho. E também porque eu alugo um apartamento que depende diretamente do meu salário e que divido com a minha melhor amiga. E com um gato, que também ficaria sem teto se eu perdesse o emprego. E não tenho como voltar pra casa dos meus pais, sabe... enfim.

(Silêncio.)

Thiago: Mas também porque eu tenho medo de você acabar com a minha vida porque... eu gosto muito de você e tenho medo desse sentimento. É muito forte.

Vladimir: Eu também tenho muito medo pelo trabalho. Você não faz ideia... sei lá, acho que se descobrissem e eu sofresse qualquer tipo de sanção eu não ia conseguir... levantar da cama. Eu construí minha vida inteira em torno da minha carreira. Sempre achei que não teria problema estar sozinho desde que fosse bem-sucedido. Mas eu não consigo parar de pensar em você. E de fato é forte e me assusta também.

(Silêncio.)

Thiago: Caralho, Vladimir, o que a gente vai fazer?

(Silêncio.)

Vladimir: Eu não faço ideia. Mas... acho que a gente pode tentar. Sabe, a gente já escondeu tudo isso mais ou menos bem até agora.

Thiago: "Mais ou menos bem"? A gente quase foi flagrado transando numa sala de reunião com evidências físicas...

(Risadas.)

Vladimir: A gente foi meio inconsequente nessa hora. Mas se prestar mais atenção e de fato ficar junto em horários que não são de trabalho, talvez... a gente possa, sabe... tentar alguma coisa. Sem ninguém saber.

Thiago: É... é perigoso, mas eu sinceramente não vejo outra saída. Porque tem esse homem lindo e gostoso dizendo pra mim que quer tentar *burlar as regras da empresa* por mim e eu só quero... eu só quero te beijar inteirinho também.

(Som de beijo.)

Vladimir: Você vale a pena. Vale a pena qualquer loucura. Mesmo que coloque minha carreira em jogo.

(Som de beijo.)

Thiago: Isso significa que... você é meu... namorado?

Vladimir: Depende, você tá me pedindo em namoro?

Thiago: Ué, eu deduzi que a gente tivesse algo sério agora. Eu só queria saber se isso é exclusivo.

Vladimir: Você vai me pedir em namoro ou não?

Thiago: Que saco, sim, eu tô pedindo você em namoro, Vladimir Varga. Você aceita ou não?

Vladimir: Aceito.

(Som de beijo.)

Vladimir: Agora somos nós dois nessa. E eu vou cuidar de você. Sempre.

(Som de beijo.)

Thiago: Você não tá mais sozinho.

(Som de beijo.)

Vlado: Somos nós dois contra o mundo.

(Som de beijo.)

Thiago: Eu acho que ... hoje à noite... a gente pode, sabe... dividir a mesma cama.

Vlado: Eu não acredito que você parou de me beijar pra falar isso.

(Risadas. Som de beijo. Sons de corpos caindo na cama.)

Thiago: Eu preciso desligar o...

Vlado: Deixa que eu dou um jeito no Tom. Aqui, pron...

– Interrupção de gravação –

Nic Melo
on-line

Domingo, 27 de junho de 2021

> amigo, eu sei que está muito cedo e é domingo e que eu não mandei mensagem ontem 08:28

> mas só queria avisar que o oncologista percebeu um novo avanço do câncer nos exames, por isso marcou a consulta 08:28

> e aí minha avó deu uma piorada e tá o caos por aqui e... sei lá, ela agora está numa fila para uma cirurgia? os médicos aqui do hospital conversaram comigo e com a minha mãe e disseram que é arriscado, mas é o único jeito 08:28

> minha mãe tá arrasada, eu to tentando segurar as pontas aqui 08:28

> enfim, perdão pelo sumiço, mas tá tudo megacorrido e eu tô precisando conversar com parentes e ficar no hospital com a minha mãe ao mesmo tempo. então só pra avisar que tá tudo muito, muito doido por aqui e vai ser difícil de responder mensagens agora. 08:29

> só complicação 08:29

Nic Melo
on-line

você sabe como a vovó Vera é forte, né? mas ela não tá mais tão forte. eu tô com muito medo. 08:29

torce por ela, Thi 08:29

Nicole do céu, eu só vi suas mensagens agora. desculpa
10:39

por favor, por favor, me avisa se mais qualquer coisa acontecer. eu sei que deve estar corrido por aí, mas me dá notícias, ok? conta comigo
10:39

Chamada de voz não atendida às 10:45

Chamada de voz não atendida às 10:52

thiago 20min

DOMINGO,
27 DE JUNHO DE 2021

16:24

finalmente o encontro das lendas aconteceu! Hugo conhecendo um novo amigo.

sinto que perdi meu gato para uma pessoa mais interessante do que eu. feliz que eles se deram bem ♥

thiago 50s

16:54

meu mais novo significado de felicidade

Enviar mensagem...

Mãe
on-line

Domingo, 27 de junho de 2021

Janaina Souza
oi, thiago, é a sua mãe 18:48

Janaina Souza
a geladeira chegou e se você não vier instalar, eu vou ter que instalar sozinha. 18:48

Janaina Souza
será que você poderia por favor me responder? 18:52

Janaina Souza
esquece, eu vou dar um jeito. 19:03

Nic Melo
on-line

> amigo, perdão não ter te atendido 19:03

> é que aconteceram mil coisas e aí tava um corre-corre porque é médico pra cima, médico pra baixo, minha avó sendo transferida de um lado pro outro 19:03

> mas agora finalmente ela tá em cirurgia e a gente tá aqui no aguardo. chegou naquele estágio: operar é perigoso, mas não operar é tão perigoso quanto, sabe? e aí eles fizeram mil exames e disseram que a cirurgia pode ser um risco, mas talvez salve a vida dela e acham que ela aguenta o tranco. 19:03

>> Nicole do céu, ainda bem que você apareceu!!!! eu tava muito nervoso 19:03

>> falei agorinha pro Vlado o quanto eu tava preocupado. então a vovó Vera tá em cirurgia? 19:03

> sim. e aí agora tá batendo o cansaço, sabe? desde ontem correndo e agora que eu parei e podemos respirar, porque não tá nas nossas mãos, meu corpo resolveu relaxar. 19:04

Nic Melo
on-line

> eu queria muito poder estar aí pra te dar um abraço BEM apertado e passar forças pra sua avó. como ela tá no meio disso tudo?
> 19:04

ai amigo... daquele jeitinho dela, né? não deixa de ser uma fofa. fica quietinha durante os exames e procedimentos, mesmo a gente sabendo que talvez ela esteja sentindo dor. 19:04

reclama de vez em quando, mas só de coisas que não têm a ver com a doença, sabe. tipo, que ela queria tomar um caldo de cana da feira perto de casa, mas infelizmente tá aqui presa nesse hospital etc. 19:04

e ela agradece a mim e minha mãe pelo esforço toda vez... e eu não posso abrir um berreiro na frente dela, mas é isso que eu tenho vontade de fazer. 19:05

> eu amo muito você. muito muito. e amo muito a vovó Vera. você, mais do que ninguém, que viveu com ela a vida inteira, sabe que essa mulher já passou por muita coisa, né?
> 19:05

Nic Melo
on-line

> ela consegue. e você também. amiga, você pode abrir um berreiro sim, viu? claro que pode
> 19:05

eu tenho medo de abrir a torneira e não conseguir mais fechar. preciso ser forte por ela.
19:05

> e você acha que se abrir um berreiro não vai estar sendo forte PRA PORRA passando por tudo isso com ela? claro que vai. chorar não muda nada. sério mesmo. Sente essas emoções aí bem sentidinhas, viu?
> 19:06

> se você precisar de mim, mesmo que seja só pra ficar aí do seu lado, me avisa que eu corro pra Ribeirão na hora
> 19:06

> fica firme agora, mas desaba quando precisar. e vê se consegue ir pra casa logo, pra pelo menos tomar um banho e descansar um pouco
> 19:06

> já que não tem nada dentro do seu controle no hospital agora, é mehor se recuperar
> 19:06

Nic Melo
on-line

obrigada amigo 🤍   19:07

eu amo você também. e pode deixar.   19:07

mas vai, distrai a minha cabeça e me conta o que tá rolando   19:07

eu sabia que o Vladimir ia aí em casa hoje, você já tinha me contado, mas achei as fotos nos stories do Instagram com o Hugo fofas demais. vai, desembucha.   19:07

como foi que isso aconteceu?   19:08

então, minina...   19:08

você viu no twitter que ontem ele me trouxe um hambúrguer no meio do meu TOTAL DESESPERO de fome?   19:08

não vi, não deu tempo de abrir o twitter ontem. mas e aí?   19:08

e aí que ele ME TROUXE COMIDA, sabe, e a gente valoriza pessoas que sabem que um hambúrguer num momento de fome extrema é tudo o que a gente precisa pra voltar a viver.   19:08

Nic Melo
on-line

exato. mas e aí? vocês conversaram sobre a briga no carro? 19:09

sim... e aí como a gente tava ali conversando, sei lá... pintou um clima de novo. 19:09

caralho, rápido assim? 19:09

ai Nicole, não me julga 😩 19:09

não, sem julgamentos aqui. só achei engraçado. kkkkk 19:09

daí a gente acabou desembocando na conversa de "mas o que a gente tá fazendo? a gente pode se pegar?" etc. 19:09

necessário, necessário, pois tem o emprego de vocês etc. 19:09

e qual foi a resposta pras perguntas? 19:09

bom, resumindo bastante 19:09

a resposta foi que a gente decidiu finalmente parar de negar o inegável e ficar junto de uma vez 19:10

Nic Melo
on-line

AAAAAAAAAAAAAAAAAA 19:10

FINALMENTE OS REFRESCOS 19:10

A GAY DESENCALHOU 19:10

mas pera, calma, você vai pedir demissão, então...? ou ele? como isso vai funcionar? 19:10

> não, a gente decidiu em conjunto que ninguém do trabalho pode ficar sabendo. a gente vai seguir escondendo. estamos juntos e é um relacionamento exclusivo, mas ninguém pode saber dele no trabalho de jeito nenhum. 19:10

olha, acho que ainda assim pode ser bem perigoso, thi 19:11

tô feliz por você, mas ao mesmo tempo... preocupada 19:11

> é, eu sei... eu sei... eu também 19:11

> mas sei lá, sabe, não dava mais pra gente ficar como tava. e agora a gente combinou de ser BEM sigiloso e tal... não sei. 19:11

Nic Melo
on-line

> talvez funcione. e eu gosto demais desse cara, Nicole.
> 19:11

hmmmm vou ficar de olho. e te ajudar se necessário. 19:11

o Hugo gostou dele, né? 19:12

> SIM!!!!! a gente veio aqui pra casa e você SABE como o Hugo fica todo desconfiado e arisco e nunca gosta de ninguém, né?
> 19:12

sim!!!! 19:12

> pois esse gato se DERRETEU de amores pelo Vlado. simplesmente deitou e se arregaçou no sofá pedindo carinho. e o Vlado também ficou todo FOFÍSSIMO fazendo voz de nenê, ele já tinha me dito outro dia que ama gatos mesmo
> 19:12

bom, se ele passou no árduo teste de confiabilidade do Hugo, eu vou respeitar a decisão do gato e dizer que... é seguro 19:12

> SIM!! É SEGURO!! Hahaha o Vlado me passa muita segurança.
> 19:12

Nic Melo
on-line

mas hein, toma cuidado, viu? e cuidado com essas fotos sem mostrar rosto também. vai que dá merda. 19:12

acho que não, a gente tá sendo bem cauteloso. 19:13

tá. mas segue tendo cuidado. 19:13

eu vou ver se corro pra casa e tomo um banho e dou uma deitadinha 19:13

POR FAVOR faça isso amiga, você precisa descansar!!! até pra estar bem quando a cirurgia terminar. 19:13

sim, tava pensando nisso mesmo. 19:13

eu também preciso ir porque o Vlado decidiu cozinhar umas coisas aqui e ele acabou de aparecer na porta do quarto pedindo ajuda, então vou lá. 19:13

ele cozinha?????? 19:13

sim 😍 🤍 esse homem jogando manteiga numa frigideira é a definição de atraente. se você olhar no dicionário, é isso que vai ter lá. 19:14

Nic Melo
on-line

uhum, com certeza 19:14

beleza, já vou, ok? aliás, eu não vou pro trabalho amanhã, mas eu aviso a Débora 19:14

beleza, se precisar de qualquer coisa me avisa, viu? estarei a postos. 19:14

e me mantém informado 19:14

te amo 19:14

tbm te amo 🖤 bjo 19:14

bjo 19:15

VLADO
on-line

Segunda-feira, 28 de junho de 2021

Deu certo? Ou ele suspeitou de alguma coisa?
09:45

ele não te viu!!!!!!
09:45

a desculpa de que eu precisei vir de Uber porque me atrasei colou bem direitinho. o Alex real achou que você era Uber hahaha sorte que ele não olhou pra quem tava dirigindo
09:45

então amanhã a gente precisa ser mais cauteloso com onde eu vou te deixar.
09:45

eu realmente achei que um quarteirão pra trás dava certo. talvez eu precise deixar você mais longe, então.
09:45

mas me sinto mal deixando você andar mais do que isso =(
09:45

tá tudo bem ♡
09:46

já é maravilhoso acordar com você do meu ladinho e vir com você pro trabalho.
09:46

VLADO
on-line

> não importa que eu fique três quarteirões pra trás. de verdade.
> 09:46

hm =(eu queria poder só... te trazer pro trabalho. e te dar um beijo de despedida quando a gente precisasse ir cada um pra um lado da empresa hahaha
09:47

> a gente trabalha literalmente no mesmo lugar, Vlado. hahaha só tem uns... sei lá, dez passos de distância entre a gente?
> 09:47

dez passos que na minha cabeça são muito distantes.
09:47

> hahahahahahahaha exagerado
> 09:47

> 😍 🤍
> 09:47

🤍🤍🤍🤍 09:47

LISTINHA DE AFAZERES PARA ME MANTER SÃO:

- Marcar horário no veterinário pro Hugo tomar as doses das vacinas
- Comprar uma lâmpada e um abajur para a sala pra repor o que o Hugo quebrou ontem
- Comprar arroz!!!!!!!
- Me demitir
- MANTER A CALMA!!!
- Esfregar na cara da Débora que eu não preciso desse emprego
- Repor o estoque de camisinhas (comprar do pacote grande pra valer a pena??)
- Casar com o Vlado e fugir para uma ilha deserta com um isqueiro e um canivete, onde ninguém vai achar nenhum de nós dois nunca mais e viver uma vida idílica e frugal (mas com idas esporádicas a um grande centro pois de vez em quando todo mundo precisa de fast-food)
- Abrir uma cafeteria rústica numa cidade idílica e frugal do interior da Inglaterra?
- Descobrir que minha verdadeira vocação é ser o confeiteiro mais famoso da pequena cidade
- Expor minhas artes em cafés pela Europa e ganhar muitos prêmios de confeitaria & de arte pelas minhas ilustrações ⟶

- Construir um império internacional com meus bolos, criar várias franquias pelo mundo e ir morar num local ainda mais afastado e pitoresco (Escócia?)
- Comprar um curso de confeitaria
- Pagar o boleto do aluguel
- Deixar o saleiro e o pimenteiro que comprei de presente pro Vlado na mesa dele sem ninguém perceber <3

Segunda-feira, 28 de junho de 2021, 10:42
De: Débora Santos
Para: Thiago Souza; Alex Gomes; Vladimir Varga
Assunto: Reunião hoje

Olá, queridos, bom dia. Tudo certo?

Espero que tenham se divertido no retiro revigorante! Eu amei demais, vocês também?

Gostaria de avisar que acabei de conversar com o Paulo, da Caseira, e marquei aquela reunião sobre a qual conversamos na sexta-feira para hoje, às 14h.

Aguardo uma apresentação das primeiras versões de artes para os rótulos e para a identidade visual das postagens em redes sociais. Por favor, se dediquem ao máximo, Thiago e Alex! Façam uma apresentação profissional e elegante e vamos com tudo.

Vladimir, mais uma vez, fique à vontade para se juntar a nós, se quiser.

Obrigada,

Débora Santos

**Coordenadora de projetos
Agência Innovativ**

Segunda-feira, 28 de junho de 2021, 10:50
De: Michael Pott
Para: Vladimir Varga
Assunto: Com a corda no pescoço

Traduzido do inglês ˅

Olá, Vladimir.

Mando este e-mail para dar notícias nada animadoras. Com base em novas análises feitas pelo CFO da Innovativ, os gráficos indicam que estamos com a corda no pescoço na filial do Brasil. Precisamos conversar urgentemente sobre estratégias para decidirmos como prosseguir. Novas diretrizes de marketing, ações massivas, comece a pensar em soluções e apresente ideias, por favor.

Preciso de toda a sua dedicação a esse problema, tudo o que você puder entregar. Mais uma vez, peço que não meça esforços para manter todos os clientes atuais. Não podemos nos dar ao luxo de perder qualquer centavo, e precisamos fazer essa filial decolar. Haverá uma reunião amanhã, sexta--feira, às 19h, com o CFO para conversarmos sobre tudo isso. Caso não consigamos reverter esse quadro, precisaremos conversar sobre o futuro da filial no Brasil e o seu futuro na Innovativ também.

Obrigado e conto com você,

Michael Pott

COO
Agência Innovativ

Nic Melo
on-line

Segunda-feira, 28 de junho de 2021

amiga, bom dia <3
11:02

como estão as coisas por aí?
11:02

espero que a cirurgia tenha corrido bem
11:02

tô sentindo sua falta aqui no trabalho, parece quando a gente ia pra escola e nosso melhor amigo faltava, sabe?
11:15

enfim. acho que você não tá podendo responder, né? faz sentido. assim que der, por favor, dê notícias da vovó Vera. tô preocupado, sentindo muito sua falta por aqui e pensando muito nela.
11:27

te amo, fica bem <3 se puder, fala pra ela que eu amo ela também <3
11:27

Mãe
on-line

Segunda-feira, 28 de junho de 2021

Janaina Souza
olá, thiago, bom dia, é a sua mãe   11:39

Janaina Souza
só queria avisar que a geladeira que você indicou para que a gente comprasse é péssima, está dando um cheiro de queimado horrível, acho até que já pifou. a zilda veio aqui em casa jogar buraco ontem e falou que não estava aguentando o cheiro, ficou com dor de cabeça e tudo.   11:39

Janaina Souza
estou pensando em chamar de uma vez o seu anacleto, aquele vizinho da zilda, pra dar logo uma olhada, mas ele está sem horário hoje, então vou ter que deixar do jeito que está   11:39

Janaina Souza
ele me perguntou se ela tem garantia e eu não sei. será que você poderia me dizer?   11:40

Janaina Souza
enfim, por favor, me responde logo, ok?   11:40

Janaina Souza
para com o seu show e conversa comigo   11:40

Rifa dos amigos: Gela...
Janaina, Neuza, Zil...

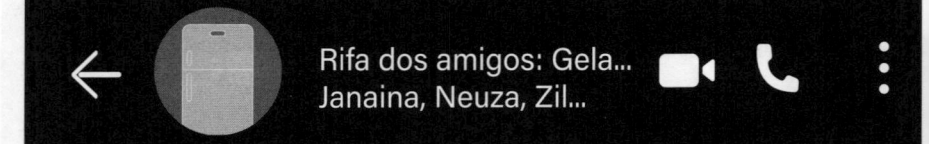

Segunda-feira, 28 de junho de 2021

Janaina Souza
olá, amigos! boa tarde, tudo bem? 12:38

Janaina Souza
vim aqui mostrar que finalmente entreguei a cesta para a vencedora da nossa rifa ontem! caso vocês não tenham ficado sabendo, entreguei ontem no bingo aqui do bairro. 12:40

Janaina Souza
a vencedora foi a zenaide com o nome lucila! 12:42

Zenaide
Janaina, querida, obrigada pela rifa, amei os meus mimos. estou fazendo uma máscara de pepino no rosto e uma nos pés, além de estar com um removedor de cravos no nariz, pois o vencimento desses produtos era hoje. amanhã vou fazer a máscara de argila roxa e depois a preta, que vão vencer também, meu marido falou que parece que estou num spa 12:43

Rifa dos amigos: Gela...
Janaina, Neuza, Zil...

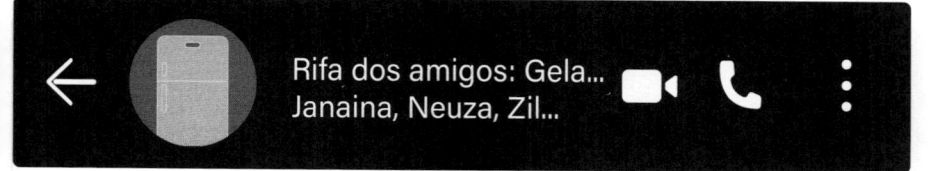

Zenaide
aproveito a atenção do grupo pra reforçar que faço bolos para fora e também docinhos e salgados, ok? venham prestigiar, qualquer coisa entrar em contato, meu número é esse que tô usando aqui, pode chamar no privado 12:45

Janaina Souza
obrigada, zenaide! obrigada também à zilda e à leticia pelos prêmios da rifa. 12:46

Janaina Souza
um beijo, e precisando de avon, chamem a zilda! 12:46

Segunda-feira, 28 de junho de 2021, 12:48

De: Departamento de Recursos Humanos – Innovativ
Para: Empresa
Assunto: Comunicado interno

– COMUNICADO INTERNO –

Sobre o uso de incenso em local de trabalho

Atenção colaboradores da Innovativ,

A equipe de RH comunica a todos que às 12h15min da segunda-feira foi reportado que um funcionário da equipe de arte acendeu um incenso no escritório.

Lembramos que é terminantemente proibida a utilização de incenso nas dependências da empresa. Além de incomodar os colegas pelo cheiro, há risco de incêndio e a fumaça pode disparar os sprinklers de última geração das instalações da Innovativ, o que provocará desconforto e ocasionará perda de horas de trabalho.

O responsável já foi identificado e advertido. Entretanto, como o episódio pode servir de aviso para eventos futuros, faz-se necessário o comunicado.

O RH reforça a necessidade de atenção às normas de boa convivência da empresa.

Sem mais,

**Departamento de Recursos Humanos
Agência Innovativ**

Segunda-feira, 28 de junho de 2021, 12:52
De: Débora Santos
Para: Thiago Souza
Assunto: Alex

Olá, Thiago! Tudo bem?

Caso não tenha visto, o RH acabou de enviar um comunicado a todos da empresa sobre o incenso que o Alex acendeu agora há pouco na mesa dele. Ele alegou que não estava conseguindo se concentrar para terminar as peças de uma empresa importante e que por isso quis se utilizar do incenso, que essa dica havia sido dada no retiro de mindfulness no fim de semana. Acredito que ele estivesse se referindo à Caseira. Ele ainda não terminou as peças para a reunião das 14h?

Thiago, acho que não podemos mais seguir dessa maneira. O Alex tem demonstrado claro desrespeito às regras da empresa e também certa incompetência. A produtividade dele anda baixíssima e ele não tem dado conta das demandas, além de, quando finalmente produz algo, irritar os clientes por não ter atentado ao briefing. Já o alertamos muitas vezes, eu já conversei com você para que falasse com ele sobre isso, e não houve mudança. Acho que precisamos dar início ao processo de demissão, ok?

Por favor, avise o RH imediatamente. Espere ele terminar as peças da Caseira e comunique-o da demissão antes da reunião. Não quero que ele participe, você deve apresentar as artes. Depois precisamos conversar e verificar se você ainda fica mesmo nessa conta ou se repasso para outro colaborador, porque você também tem demonstrado certa irresponsabilidade.

Obrigada,

Débora Santos

**Coordenadora de projetos
Agência Innovativ**

Segunda-feira, 28 de junho de 2021, 13:02
De: Thais Rosa
Para: Thiago Souza
Assunto: Sobre o Alex

Oi, Thiago! Como tá tudo por aí?

Eu sei que você deve estar passando por uma barra pesadíssima agora porque o Alex me contou sobre o incenso e esse escritório tá com uma energia caótica bizarra e… bom, não preciso explicar mais nada. Acho que um sinal claro de que as coisas estão esquisitas é que ninguém reclamou ainda de eu estar há uns dez minutos mexendo no celular, assistindo a vídeos de gatinho no Instagram pra cortar essa tensão.

Eu super entendo que você deve estar de SACO CHEIO do Alex e prontinho pra demitir ele se a megera da Débora pedir, mas eu queria, por favor, pedir pra que você tente convencê-la do contrário.

Por favor, considera com carinho. O Alex é ótimo. Briga pelo meu amigo, por favor. Eu posso pagar em doces da dona Ida, pode ser uma assinatura VITALÍCIA de café na dona Ida. Joga tudo na minha conta. Mas, por favor, me ajuda a manter meu amigo aqui dentro. Eu não sei se aguento sem ele.

Beijo,
Thais Rosa
Designer Sênior
Agência Innovativ

Segunda-feira, 28 de junho de 2021, 13:05
De: Frank Lima
Para: Thiago Souza
Assunto: O Alex

Oi, Thiago! Aqui é o Frank.

Eu sei que não nos falamos faz um tempão e que tecnicamente isso não é da minha conta porque não trabalho mais com vocês, mas o Alex está surtando de leve porque acendeu aquele incenso e foi pego e agora ele disse que está com pressentimentos ruins sobre a Débora.

Por favor, Thiago, ele tá realmente mal. Eu sei que parece que ele tá só sendo um doido destrambelhado, mas o sentimento de culpa é real e ele já foi, inclusive, chorar no banheiro. Eu sei porque ele me ligou e eu fiquei vinte minutos no telefone. Por favor, por favor, não demita o Alex. Ele está morrendo de medo disso porque não sabe como vai pagar o aluguel.

Quebra essa pra gente? Por favor?

Abraço,

Frank Lima

VLADO
on-line

> que bomba explodiu nesse escritório hoje? você tem ideia de por que tá todo mundo tão disperso e falando pelos cantos? que esquisito 13:07

> e por que esse cheiro estranho tão forte na empresa inteira? 13:07

> eu estava em reunião e agora que saí, o clima está horroroso aqui fora. parece que alguém morreu. usando um perfume muito peculiar. 13:07

> quando puder, por favor, me responde 13:07

> aliás, fiquei com muita vontade de participar daquela reunião da Caseira agora à tarde porque vi que você vai estar nela 🤭 13:07

> vou aparecer 13:07

Segunda-feira, 28 de junho de 2021, 13:09
De: Alex Gomes
Para: Thiago Souza
Assunto: Incenso e Caseira

Amigo, me perdoa.

Eu juro que pensei que não ia dar nenhum problema se eu acendesse o incenso. Eu surtei. Preciso terminar as artes da Caseira para a reunião e simplesmente não consigo. É quase um bloqueio, e achei que o incenso fosse me ajudar.

Aliás, eu não consegui terminar ainda. Eu fiz algumas artes, mas ainda não estão finalizadas. Quase nenhuma delas.

O que vai acontecer comigo? Eu só quero sentar e chorar sem parar. Eu não sei o que fazer.

Obrigado,

Alex Gomes

**Designer Pleno
Agência Innovativ**

Segunda-feira, 28 de junho de 2021, 13:13
De: Thiago Souza
Para: Alex Gomes
Assunto: RE: Incenso e Caseira

Oi, Alex,

Por favor, me manda os abertos de tudo o que você fez. Vou trabalhar nisso até o horário da reunião. Você não precisa participar dela, a Débora pediu para que eu conversasse com você, ok? Conversamos depois que eu sair da reunião.

Eu ia almoçar rapidinho, mas vou terminar as artes pra não dar problema.

Obrigado,

Thiago Souza

**Diretor de arte
Agência Innovativ**

REUNIÃO COM CASEIRA

Aviso: para todos os efeitos, essa é uma transcrição automática. Erros de ortografia e equívocos podem acontecer.

Data: 28/06/2021
Horário: 14h
Local: Sala de reunião amarela – Innovativ

PARTICIPANTES

– Paulo Lima (Caseira)
– Vladimir Varga (Innovativ)
– Débora Santos (Innovativ)
– Thiago Souza (Innovativ)

TRANSCRIÇÃO

Vladimir: Olá, boa tarde, Paulo.

Paulo: Boa tarde, Vladimir! O gerente de operações no Brasil novamente com a gente em reunião... impressionante. Desse jeito vou me sentir mimado.

(Risada.)

Vladimir: É um enorme prazer estar aqui novamente em reunião com um cliente tão importante, Paulo. Todos nós com certeza estamos fazendo o melhor para a sua marca.

Paulo: Muito obrigado, Vladimir.

Débora: Boa tarde, Paulo.

Paulo: Boa tarde, Débora, querida, como vai?

Débora: Tudo certinho por aqui, trabalhando bastante pra entregar o melhor para você.

(Risadas.)

Paulo: Poxa, estou lisonjeado. E boa tarde... é Thiago, certo?

Thiago: Isso. Boa tarde, Paulo.

Paulo: Boa tarde... o outro mocinho não vai se juntar à gente? Aquele delicado e mais magrinho?

(Silêncio.)

Débora: Não, não, tivemos uma pequena ocorrência hoje e o Alex acabou tendo que priorizar outros trabalhos. Hoje ele não participa.

Paulo: Entendi... ele parecia promissor. Gostei dele, ele se adequava à linha... quer dizer, ele parecia mais... embora, sabe, ele não fosse *exatamente* o público-alvo, porque os homens que consomem nossos produtos costumam ser um pouco mais... rústicos, se entende o que quero dizer.

(Risadas. Silêncio.)

Paulo: Bom, então vocês me chamaram aqui porque aparentemente têm algo para me apresentar, certo?

Débora: Isso, isso, temos uma apresentação... na verdade quem vai apresentar é o Thiago.

Thiago: Isso, estou só terminando de colocar o pen drive... é sempre meio difícil, essa gaveta às vezes me atrapalha um pouco...

(Silêncio.)

Débora: Então, Paulo, antes de o Thiago conseguir abrir a apresentação, você tem novidades sobre a linha fitness da Caseira?

Paulo: Na verdade saí agora há pouco de uma reunião com os desenvolvedores de produto e eles disseram que estão pensando em adicionar um novo produto baseado em biomassa de banana verde... eu não entendo completamente do assunto, mas pareceram bastante animados com isso. Aparentemente essa biomassa é riquíssima em valor nutricional e pode ser usada para substituir uma série de ingredientes *muito* prejudiciais à saúde, como a farinha branca.

Débora: Você está brincando? Que máximo! Hoje em dia tudo é muito prejudicial, né? Eu estava lendo no final de semana sobre como os efeitos do açúcar refinado são idênticos aos da cocaína...

(Risada abafada. Silêncio.)

Débora: Algum problema, Thiago?

Thiago: Não, não, é que aconteceu um... enfim, um ícone divertido aqui no computador do trabalho. Não é tão engraçado assim, você não entenderia. É mais uma piada interna. Mas... enfim, estou quase conseguindo. Pronto. A apresentação de slides está pronta.

Débora: Então você já pode começar?

Thiago: Sim, tudo certo para começarmos.

Débora: Fique à vontade.

Thiago: Bom... boa tarde novamente, Paulo...

Paulo: Boa tarde...

Thiago: Então... como sabe, ficamos responsáveis por desenvolver, inicialmente, uma primeira versão dos rótulos e da identidade visual de redes sociais dos produtos, certo? E aqui está o que fizemos até agora.

(Som de botão sendo clicado.)

Thiago: Bom... segui as referências que mostramos pra você na última reunião. Uma identidade visual que converse com o público mais jovem e ativo, como vocês mesmos deixaram claro no briefing, mas que não perca o diálogo com pessoas mais velhas e focadas no... como está mesmo escrito? Ah, sim, mais focadas na própria saúde e em... isso, na própria saúde e em evitar os *perigos da obesidade*.

Paulo: Correto.

(Som de botão sendo clicado.)

Thiago: Bom... então... é... a paleta de cores que definimos foi essa aqui, com cores vibrantes, para passar a ideia de atividade, dinamismo, vigor e também para... sim, para deixar claro que é um produto convidativo, para quem tem uma vida ativa e que não vai ser... *prejudicial* para a sua saúde, como... *outros produtos que podem estar na mesma prateleira.* É isso mesmo, certo?

Paulo: Corretíssimo. Aqui queremos cores vibrantes, enérgicas. Nada de cores pastel, não queremos pastel nem no nosso conceito.

(Débora e Paulo riem.)

Thiago: Certo... sim. Isso mesmo, nada de pastel. Enfim. Bom... é... espera, deixa eu ver, onde eu estava...

(Som de botão sendo clicado.)

Thiago: Sim, isso, você tinha dito que havia gostado desse lettering aqui, certo? Na última reunião. Me baseando um pouco nele, trabalhei em cima de uma tipografia única para deixar as letras ainda mais redondas e mais comerciais, mais divertidas, bem fantasiosas, para trazer essa ideia de que é *divertido* comer assim. E aí, quando juntamos todas as letras da marca, elas acabam passando essa ideia de jovialidade e de confiança, além de criar um visual chamativo e amigável por conta das curvas, criando um conceito *único e bem comercial* quando você coloca, por exemplo, em um ponto de...

Paulo: Licença, mas...

(Silêncio.)

Thiago: Sim?

(Silêncio.)

Paulo: Como é que eu vou colocar isso? Hm, deixe eu pensar.

(Silêncio.)

Paulo: É que... eu não queria muito que... sabe, não me leve a mal, eu entendo o conceito e tudo, mas... não sei se a ideia da marca é exatamente... sabe, passar para o consumidor a ideia de *curva*.

(Silêncio.)

Thiago: Como... assim?

Paulo: Sabe, a ideia de *curva*. Você fez uma letra mais redonda e cheia de curvas, mas a ideia do produto é gerar justamente um efeito *contrário* ao das curvas.

(Silêncio.)

Paulo: Quando eu falei, por exemplo, que seria importante termos um consumidor de produtos fitness na equipe de criação da arte, era sobre isso que eu estava...

Thiago: Desculpe, mas isso é doentio.

(Silêncio.)

Paulo: O que foi que você disse?

Thiago: Isso que você está falando não tem nada a ver. A teoria de significado das formas não tem a ver com como o corpo das pessoas deve ou não ser. É um estudo sobre como a forma redonda passa mais confiança e tem aparência mais amigável, e foi isso que você disse querer passar. Nada tem a ver com a forma do...

Paulo: Veja bem, Thiago... eu não quero que uma pessoa compre o nosso produto acreditando que *ser gordo é legal*, sabe? Ou simpático, ou amigável, ou sei lá o que você falou.

Débora: Thiago, eu acho que podemos escutar o Paulo nesse sentido e só repensarmos a fonte no futuro, para outras versões do rótulo, correto? Afinal, essa é apenas a primeira versão. Nas próximas nós podemos trabalhar com formas mais angulosas para o lettering...

Thiago: Na verdade, não. Eu sou o diretor de arte e estou dando a direção aqui... não é assim que funciona. A gente não descarta uma forma só porque ela é redonda, e não angulosa...

Paulo: Enquanto cliente da agência, eu digo que...

Thiago: Não, não, você já falou demais. Pra mim chega. Não quero mais ouvir o que você tem pra falar. Francamente, perigos da obesidade? Farinha branca é prejudicial? Açúcar refinado é igual cocaína? Você não quer que as letras sejam redondas porque não quer associar essa *forma* com a marca? Tudo isso são... mecanismos pra assustar as pessoas. E pra criar e manter distúrbios alimentares. Isso não faz o menor sentido, é doentio.

Paulo: Bem, é claro que você acha isso, tendo em vista que você é...

Thiago: Gordo? Sim. Mas também sou uma *pessoa saudável*, caso você queira saber. Você quer que eu traga pra você meus exames na próxima reunião?

Débora: Thiago, isso está sendo terrivelmente inapropriado, por favor...

Thiago: O que eu estou fazendo é inapropriado?

Débora: Sim. Não é correto falar assim com o representante de uma empresa tão importante.

(Silêncio.)

Thiago: Olha, quer saber? Você me botou nessa pra acabar comigo, certo, Débora? Pra ver até onde eu aguentava e tentar me fazer desistir. Pra me testar e testar o Alex também. E quer saber? Este aqui é o meu limite, eu desisto. Chega, Débora, você venceu.

Débora: Thiago, você está nos fazendo passar vergonha em frente a...

Thiago: Vladimir... você... não quer falar nada?

(Silêncio.)

Vladimir: Desculpe, na verdade acho que podemos debater isso tudo em outro momento. Acalmar os ânimos e finalizar a reunião para...

Paulo: Na verdade eu não gostaria de encerrar a reunião. Eu gostaria de pessoas mais *competentes* e menos reativas no time de criação das artes dos meus produtos de linha fitness. Pessoas que de fato trabalhassem, e não me chamassem para uma reunião para me ofender.

Thiago: Eu sou muito competente e não sou reativo. Só reajo quando uma pessoa absolutamente *escrota* decide começar a me ofender e duvidar do meu trabalho por causa do meu peso.

Débora: Já chega, Thiago, você está passando do limite do tolerável, a partir de agora...

Vladimir: Bom, vamos acalmar os ânimos. Paulo, não quero que você pense que a Caseira não é importante para nós. Fique tranquilo, iremos pensar na realocação do trabalho para que você seja atendido conforme espera.

Thiago: Realocação do trabalho? Vladimir, eu quero saber o que você tem pra dizer. Não aconteceu nada de inapropriado aqui nessa reunião hoje? Por acaso você acha que fui eu a pessoa inapropriada aqui?

Vladimir: Thiago, veja bem, precisamos encerrar a reunião para que a situação não saia ainda mais do controle. Por favor, podemos conversar sobre isso depois.

Thiago: Não, eu quero conversar agora. O que está acontecendo aqui é muito inapropriado, mas *comigo*. Eu não estou fazendo drama desnecessário, eu estou lutando para que me respeitem e para que não duvidem do meu trabalho por causa do meu corpo. Eu já disse e vou repetir: eu sou um profissional competente. Minhas ideias podem e devem ser ouvidas.

Vladimir: Eu tenho certeza de que sim, mas não agora e não nesse contexto. E principalmente, não nesse clima. Podemos só dar a reunião por...

Paulo: Bom, elas podem e devem ser ouvidas por quem gosta de gente como você. Eu não quero ouvir suas ideias, afinal elas já se provaram bastante fora de tom e de adequabilidade. Chega, eu vou embora, já fui muito ofendido aqui hoje.

Thiago: Vladimir, você falou que éramos nós dois contra o mundo.

Débora: O... quê?

(Silêncio.)

Thiago: Você falou que queria cuidar de mim. Que íamos ser nós dois contra o mundo.

Vladimir: Thiago, eu já *disse*, agora não é o momento para...

Thiago: Agora é exatamente o momento. Olha o que está acontecendo. Parece que você não estava falando sério quando prometeu aquelas coisas. Parece que... o seu "nós dois contra o mundo" tinha letras miúdas que eu não li na hora de assinar o contrato. Cadê o "nós dois contra o mundo" agora? Você vai dar pra trás?

Vladimir: Thiago, a Caseira é uma empresa importantíssima para a Innovativ. Paulo, me perdoe por... bem, por tudo isso. Por favor, eu insisto em convidar você para um café para apaziguar a situação. Tem uma cafeteria aqui ao lado, um lugar ótimo...

Paulo: Agradeço, Vladimir, mas acho que não vai ser necessário, acho que prefiro colocar a cabeça no lugar sozinho.

(Silêncio.)

Thiago: Você nunca me ouviu de verdade, né? Você não é diferente dele. É que nem a vez que eu falei para você seguir o GPS. Você acha que sabe mais do que eu só porque é o chefe.

Vladimir: Thiago, já chega, *agora não*...

Thiago: Você nunca gostou de mim de verdade, né? Na verdade, você só se importa com a sua carreira. Foi divertido brincar com o coração do gordinho inseguro? Satisfez o seu ego teimoso e autocentrado? Finalmente entendi por que você não tem ninguém.

(Silêncio.)

Vladimir: Vamos encerrar aqui. Você não está pensando no que está falando.

Thiago: Não, acho que não fui eu quem não pensou no que falou. Bom, foi um prazer. A todos. Estou indo embora. E por favor, Vladimir, não me procura mais, tá? Vê se some. Encontra outro trouxa pra iludir e depois dar pra trás. Você não me engana mais.

(Som de passos.)

Débora: Bom, eu não entendi metade do que aconteceu aqui, mas vou desligar o...

– Interrupção de gravação –

Alex Gomes
on-line

Segunda-feira, 28 de junho de 2021

> amigo, eu sei que esse não é um bom momento, mas você PRECISA ver uma coisa URGENTE 15:03

> acho que fudeu tudo ainda mais. cadê você? 15:03

>> oi, alex, esse realmente não é um bom momento. eu acabei de pedir demissão. estou no saguão do prédio e vou pedir um Uber pra minha casa logo. 15:04

>> aliás, agora que eu me demiti, já posso te dizer: alex, você vai ser demitido. e provavelmente a Débora vai fazer isso ainda hoje. Se prepara. 15:04

> eu vi você saindo da sala de reunião chorando e correndo pro banheiro. 15:04

> e eu meio que já sabia da minha demissão... o Guilherme, do RH, acabou me contando meio por cima durante o almoço quando eu pressionei ele. 15:05

> faz parte 15:05

Alex Gomes
on-line

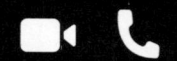

mas isso é mais urgente e vai afetar muitas coisas daqui pra frente. assiste. 15:05

e sim, todo mundo da empresa já viu. tá nos grupos de fofoca e tudo. alguém gravou da TV e repassou. 15:05

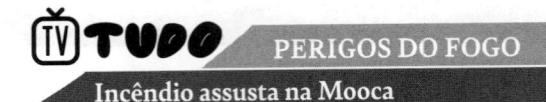

TV TUDO — PERIGOS DO FOGO
Incêndio assusta na Mooca

ÂNCORA: E agora um alerta sobre os perigos do fogo. Um incêndio doméstico acabou assustando os moradores da Mooca. Seguimos com a Manu, que nos traz informações ao vivo diretamente do local do acidente. Bom dia, Manu.

MANU: Muito bom dia, Ana, é isso mesmo, um incêndio acidental assustou os moradores da Mooca. O risco de o fogo se alastrar era grande e os moradores da casa que deu origem ao incêndio estavam dentro do imóvel, mas felizmente nada de muito grave, além do dano material, aconteceu. Nós vamos falar aqui com Janaina Souza, uma das moradoras da casa. Sra. Janaina, como foi que o incêndio começou?

JANAINA SOUZA: Bom dia, Manu, o incêndio começou por causa da minha geladeira nova, você acredita? Minha geladeira antiga era muito, muito boa, mas estava dando uns probleminhas de vazar água e descongelar do nada, e também parava de funcionar de vez em quando e depois religava... enfim, ela era ótima, mas começou a dar uns probleminhas, né? Aí achei que estava na hora de trocarmos de geladeira, ela já era antiga, ganhei quando o Thiago, meu filho, tinha cinco anos... já tinha mais de vinte anos aquela geladeira. Aí eu até fiz uma rifa com o pessoal aqui do bairro... olha aqui atrás minhas amigas, essas aqui... aquela ali é a Zilda...

MANU: Mas então o incêndio começou por causa da geladeira antiga, sra. Janaina?

JANAINA SOUZA: Não, Manu, foi a geladeira nova. O meu filho, Thiago, foi comigo e com meu marido comprar uma

TV TUDO
PERIGOS DO FOGO
Incêndio assusta na Mooca

geladeira nova que ele pesquisou lá que era boa, porque eu não entendo nada disso, mas como a geladeira nova tinha o padrão novo de tomada, que eu nunca vou entender por que trocaram, eu precisei comprar um benjamin pra colocar na tomada da minha casa, que é a antiga ainda, porque a casa é mais velha mesmo...

MANU: Entendi, então o fogo começou por causa do benjamin?

JANAINA SOUZA: Exatamente, Manu. Na verdade era um benjamin velho que o Anacleto, um amigo meu aqui do bairro, tinha, que tava meio quebrado, mas encaixava direitinho na tomada da geladeira. Sabe que eu tinha até falado com o meu filho Thiago que a Zilda tinha vindo aqui em casa pra jogar buraco ontem e comentou que estava cheirando a plástico queimado, mas o meu filho tá com namorado novo agora, que ele é gay, né? É do trabalho dele, nem era pra eu falar muito, o Vladimir, um homem bom, maravilhoso, e é chefe dele, sabe. Enfim, eu falei pra ele mais de uma vez que precisava vir instalar a geladeira, mas ele não me respondeu, né? Daí o Anacleto trouxe aquele benjamin quebrado e dito e feito: derreteu. Tava cheirando a queimado hoje, daí pegou fogo, e aí na hora eu nem tava aqui em casa, quem tava era minha mãe e meu marido, porque eu fui no grupo do crochê na casa da Clélia...

MANU: Tá certo, sra. Janaina. A senhora gostaria de deixar um alerta para as donas de casa que estiverem nos assistindo?

TV TUDO — PERIGOS DO FOGO
Incêndio assusta na Mooca

Janaina Souza: Ah, eu quero sim. Olha, precisa tomar muito cuidado com o benjamin que vai botar na geladeira, né? E também precisa ficar atenta aí aos cheiros, né? Se alguma coisa cheirar a queimado precisa correr atrás rápido antes que pegue fogo. Daqui mesmo queimou só a parede ali da cozinha e meu marido já conseguiu controlar o fogo, minha mãe também, e daí os bombeiros chegaram rápido. Mas imagina o perigo se pega fogo na casa toda? Ah, e também não sei se pode, mas queria deixar avisado que a Zilda revende Avon e Natura, pode fazer pedido pra ela aqui no número...

Manu: Muito obrigada, sra. Janaina, muito obrigada por contar pra gente o que aconteceu. É isso aí, precisa ter muita atenção com eletrodomésticos mesmo, né, Ana? É com você aí no estúdio.

Âncora: É isso mesmo, Manu. Fica o alerta da sra. Janaina pra todo mundo: tomem cuidado com cheiro de queimado e fiquem atentos aos eletrodomésticos! E lembrem-se: tenham cuidado com a fiação elétrica e com o que vocês ligam na tomada, certo? Agora vamos para a previsão do tempo...

– **Interrupção do vídeo** –

Segunda-feira, 28 de junho de 2021, 15:12
De: Guilherme Braga
Para: Thiago Souza
Assunto: Aviso de desligamento

Olá, Thiago, bom dia! Espero que esteja bem.

Escrevo este e-mail para informá-lo, infelizmente, de seu desligamento da Innovativ devido ao descumprimento da regra da empresa referente a relacionamentos e à sua performance insatisfatória na resolução de conflitos com clientes. Se ainda estiver nas dependências da Innovativ, um segurança o acompanhará até a sua mesa para esvaziá-la e você deve em seguida deixar o escritório e esperar por novas instruções. Em um futuro próximo marcaremos uma reunião para acertarmos todas as questões burocráticas.

A Innovativ lamenta por ter chegado a esta medida, mas garante que todos os seus direitos serão assegurados.

Obrigado,

Guilherme Braga

**Departamento de Recursos Humanos
Agência Innovativ**

Segunda-feira, 28 de junho de 2021, 15:14
De: Guilherme Braga
Para: Vladimir Varga
Assunto: Aviso de afastamento

Olá, Vladimir, bom dia! Espero que esteja bem.

Escrevo este e-mail para informá-lo, infelizmente, de seu afastamento imediato do cargo de gerente de operações da Innovativ no Brasil. Uma análise de sua conduta está sendo realizada pelo escritório central e uma decisão sobre o seu destino na empresa será tomada em breve. Se ainda estiver nas dependências da Innovativ, um segurança o acompanhará até a sua mesa para esvaziá-la e você deve em seguida deixar o escritório e esperar por novas instruções. Em um futuro próximo marcaremos uma reunião para acertarmos todas as questões burocráticas.

A Innovativ sente muito por ter chegado a esta medida, mas garante que todos os seus direitos serão assegurados.

Obrigado,

Guilherme Braga

Departamento de Recursos Humanos
Agência Innovativ

hugobatom

123.754 curtidas

hugobatom: Credo, que delícia! É cada uma que acontece nas firmas desse Brasil, né?
Um vídeo do telejornal local de São Paulo viralizou depois de uma dona de casa revelar ao vivo durante uma reportagem sobre um incêndio que o filho dela estava pegando o chefe! E ninguém da empresa sabia!!! 👀😍 kkkkk
É claro que os colegas de trabalho dos apaixonados logo juntaram dois mais dois e descobriram o caso de amor tórrido. Ao ser contatada, a empresa informou que um dos rapazes acabou sendo demitido, já que também apresentava outros probleminhas de comportamento no trabalho... ops!
Vem ler mais sobre esse caso e saber de tudo clicando no link da bio.

Nic Melo
on-line

> amigo, você tá aí? 15:20

tem um milhão de coisas acontecendo. na verdade, um BILHÃO. sério mesmo. mas eu tô sim.
15:20

amiga, ainda bem que você mandou mensagem, eu não tô aguentando esse dia sem você. queria muito você aqui
15:20

tá tudo bem?
15:20

> não. não tá não. 15:20

> é a vovó 15:21

o que houve? como ela tá?
15:21

> ela faleceu, amigo. agora há pouco. 15:21

> eu tô mal. 15:21

ah não.
15:21

vou praí. chego em algumas horas.
15:21

Nic Melo
on-line

eu quero muito te dar um abraço.
15:21

obrigada, amigo 15:21

te espero 15:21

```
- BILHETE DE PASSAGEM RODOVIÁRIA -
         SÉRIE ÚNICA
       1ª via - Passageiro
           2831203

Viação: Astro-Rei
De: São Paulo/SP
Para: Ribeirão Preto/SP
Linha: Astro-Rei São Paulo/Ribeirão
Data: 28/06/2021    Horário: 16:00
Poltrona: 15
Plataforma: 12

Data da emissão: 28/06/2021
Tarifa: R$ 136,79

Total:                       R$136,79

    SERVIÇO EXECUTIVO - SEM PARADAS

       Viação Astro-Rei: aqui,
         sua viagem é real!
```

Número restrito
16:28

Thiago: Alô?

Número restrito: Oi, eu falo com Thiago?

Thiago: Quem gostaria?

Número restrito: Oi, Thiago, meu nome é Sheila, eu sou repórter na TV Tudo, no Canal 13. Tudo bem com você?

Thiago: Tudo bem... espera, como você conseguiu meu número?

Número restrito: Ah, essa informação é confidencial. Mas eu queria falar com você sobre o que aconteceu na empresa Innovativ, sobre o romance que você teve com o seu chefe.

Thiago: O... quê?

Número restrito: É, eu queria saber se você topa dar uma exclusiva pra gente sobre essa história. Você já aceitou participar da programação de algum outro canal? A gente queria mesmo que fosse exclusiva. Você tem algum representante, algum agente?

Thiago: Não... eu não tenho nada disso. Moça, espera aí...

Número restrito: Ah, ótimo. Então, vai dar visibilidade no Instagram, você já pensou nisso? Em trabalhar com mídias sociais? Poxa, Thiago, essa visibilidade toda pode alavancar sua carreira de criador de con-

Número restrito
16:28

teúdo, sabia? Um escândalo desses caindo na mídia, com o espaço certo e chegando pro público certo...

Thiago: Não, eu não tenho interesse, moça. Agora eu vou desligar porque...

Número restrito: Você não quer dar entrevista pra falar sobre o romance com o seu chefe?

Thiago: Não, eu não tenho nenhum interesse nisso. Não quero falar sobre isso.

Número restrito: Olha, Thiago, a matéria vai sair de qualquer forma. Você não quer ter a chance de falar com a gente sobre o caso?

Thiago: Não, eu não tenho o menor interesse. Falem o que vocês quiserem só... por favor, nunca mais me liga nesse número, ok?

Número restrito: Algum outro canal entrou em contato antes?

Thiago: Não. Eu vou desligar.

Número restrito: Mas por quê...

– Chamada encerrada às 16:30 –

Telefone	≡ 🔍 ⋮
📞 Número restrito	17:14
📞 Número restrito	16:40
📞 Número restrito	16:36

Teclado	**Recentes**	Contatos

VLADO
on-line

> Thiago, a gente precisa conversar. 17:38

> eu fiquei sabendo pelo RH que você foi demitido, foi isso mesmo que aconteceu? eu tô desesperado aqui porque fui afastado do meu cargo. tá tudo dando errado, eu tô surtando. fala comigo. preciso muito falar com você. 17:38

> eu sei que nada justifica o meu comportamento e que eu deveria ter te defendido na reunião. eu tô me sentindo um lixo. mas eu tava sendo pressionado pelos meus superiores a manter todos os clientes. 17:38

> estou com muito medo de perder minha carreira. tudo que investi. 17:38

> mas sinto mais medo ainda de perder você. isso não pode acontecer. 17:38

> posso passar na sua casa? 17:38

> eu quero mesmo explicar tudo e pedir um milhão de desculpas. 17:38

> por favor. por favor. 17:38

VLADO
on-line

> Thiago, por favor, quando puder, me responde. eu preciso mesmo falar com você.　18:42 ✓✓

> por favor, eu quero conversar. posso te ligar? fui até o prédio em que você mora e o porteiro disse que você passou rapidinho e saiu com malas e não voltou mais pra casa. por favor, estou preocupado. dá notícias.　18:42 ✓✓

Vera Melo

★ 25 de abril de 1943
✝ 28 de junho de 2021

"Eu amo viver, mas eu também sou uma pessoa cansada, então quando o fim chegar, eu vou aceitar. Não é que eu não queira mais viver. É que eu amei intensamente cada segundo que passei aqui e sou grata por tudo e por todos. Não quero que se sintam tristes pela minha partida, porque todos se esforçaram pra me fazer feliz e eu agradeço todos os dias por isso a cada um de vocês."

Nic Melo
on-line

> amiga, to aqui na lanchonete do velório. prefere que eu leve empada de palmito ou de frango? tem dos dois tipos.
> 20:50

tanto faz, amigo. eu nem quero comer. 20:50

> não senhora, você precisa comer. me diz qual sabor você prefere.
> 20:50

> vai, desembucha. sua mãe falou que você não come desde manhã. não vai te fazer bem ficar todo esse tempo sem comer. precisa se manter forte.
> 20:51

pode ser a de frango. 20:51

> beleza. vou levar um chocolate também porque é importante. e um refrigerante.
> 20:51

amigo, de verdade, eu agradeço a preocupação, mas eu não sei se consigo comer agora
20:51

eu tô completamente sem fome. sabe quando você tá com uma parte do corpo doendo tanto que perde a fome? só que dói por dentro
20:51

Nic Melo
on-line

> ei, não esquece que tem muita gente que te ama e se importa com você
> 20:51

> e que ama sua avó também. e não esquece nunca nunquinha que eu te amo muito, viu?
> 20:52

> e eu sei que você tá sem fome, eu também não tô com fome. mas você vai ter que comer o salgado, nem que seja empurrado, porque o enterro da sua avó é só amanhã de manhã. você precisa de energia.
> 20:52

tá certo. traz o salgado pra cá e eu vejo o que consigo fazer.
20:53

> uhum!!! e o chocolate. e o refrigerante.
> 20:53

Ana Melo
on-line

Segunda-feira, 28 de junho de 2021

oi querido, tudo bem? 20:54

agradeço de coração tudo o que você tem feito pela gente. 20:54

> oi, dona Ana! já ia mesmo te mandar mensagem perguntando o salgado que você prefere aqui da lanchonete. você está com fome? comeu alguma coisa? 20:54

é sobre isso mesmo que eu ia te falar, meu lindo 20:55

a Nicole me falou que você vai trazer comida pra ela, mas eu gostaria muito que você chamasse ela pra descer aí. acha que a gente consegue convencer essa cabeça dura? ela precisa sair um pouco deste ambiente 20:55

traga um salgado pra mim, pode ser o que você ia trazer para a Nicole, e vamos conversar com ela para que ela saia daqui para comer. 20:55

eu sei como ela amava a minha mãe, sei que ela está arrasada, mas ela precisa descansar um pouco e relaxar. 20:56

Ana Melo
on-line

nem que seja por alguns minutos, antes de voltar para cá. ela tem sido forte até demais, e isso não faz bem pra ela. amo minha filha demais e estou preocupada. 20:56

pode deixar, dona Ana. 20:56

chegando aí a gente conversa com a Nicole. a gente consegue. 20:56

você é um anjo, meu filho. obrigada por tudo. 20:57

VLADO
on-line

Segunda-feira, 28 de junho de 2021

você alugou um triplex na minha cabeça. eu não consigo parar de pensar em você. por favor, me dá só um sinal de vida, eu preciso muito saber que você está bem. 21:02

não precisa me explicar nada, a gente não precisa conversar, só me avisa que tá tudo bem. 21:02

Terça-feira, 29 de junho de 2021

eu queria muito desabafar sobre o que aconteceu nos últimos dias com alguém, mas percebi que só tinha você pra conversar. eu não sei mais viver sem ter com quem falar sobre a minha vida. você me fez entender a importância disso. eu não quero mais ficar sozinho. não quero. 02:34

eu tô recebendo ligações de jornalistas e bloqueando. eu nem imagino como estão as coisas por aí. 02:35

eu não consigo dormir. eu sinto falta de tanta coisa, mas principalmente de poder falar com você. 02:35

VLADO
on-line

só queria conversar. ouvir sua voz. você pode me xingar do que quiser. eu mereço. mas por favor, vamos conversar. eu tô com medo de ficar sozinho outra vez.
02:36

Você bloqueou Vladimir Varga

Nic Melo
on-line

Terça-feira, 29 de junho de 2021

amigo, eu e minha mãe já deixamos minha tia na casa dela e agora estamos finalmente voltando pra casa com o motorista de aplicativo 15:02

desculpa mesmo por você ter tido que ir no mercado sozinho, eu juro que nunca pediria pra você fazer isso se a casa da minha mãe não estivesse totalmente desabastecida depois de tantos dias de correria no hospital 15:02

tá tudo bem por aí? você vai conseguir voltar sozinho com as compras? 15:02

amiga, para com isso, eu me ofereci. fica tranquila, eu já tô com a listinha que sua mãe me deu e tô levando tudo o que precisa. nem esquenta a cabeça. 15:03

e que bom que deu tudo certo por aí. todo mundo chegou bem? 15:03

ah, bem é relativo né, tava todo mundo destruído 15:03

Nic Melo
on-line

e o cansaço bateu tão forte depois desse dia inteiro sem dormir e sem comer direito e com todas aquelas emoções que eu acho que se eu chegar em casa e sentar no sofá, só levanto daqui dois dias. 15:03

pois então faça o certo e já deite direto na sua cama hahaha 15:03

é, acho que vou fazer isso. 15:04

mas sabe, eu aposto que não vou conseguir dormir. 15:04

parece que minha cabeça não fica quieta, sabe? é só uma espiral de coisas se repetindo. e do rosto da minha avó. 15:04

é amiga, isso é normal. acho que vai acontecer por um tempo. mas tenta dormir. descansa. 15:04

eu vou tentar, juro. é só que tá tudo doendo demais. 15:04

a Vera era preciosa demais, né? 15:04

Nic Melo
on-line

> eu amava muito essa mulher. parece que é mentira, sabe? que eu vou acordar amanhã e ela vai estar no quarto dela, me chamando pra comentar o último romance ruim envolvendo bilionários que ela leu e jogando fatos aleatórios sobre plantas
> 15:05

> pedindo pra eu contar as últimas fofocas da sua vida amorosa ou falando de algum ator de novela coreana que ela viu no streaming...
> 15:05

> mas a realidade é que agora eu vou ter que arrumar as coisas do quarto dela sem ela e pensar no futuro...
> 15:05

> não, nada disso, uma coisa de cada vez. nada de futuro por agora. a Vera era uma pessoa incrível que eu amava muito e que você também amava. ela merece que você se sinta mal por uns diazinhos e não pense em nada além dela.
> 15:05

> hoje você precisa descansar. Eu já vou chegar com as compras e aí a gente faz uma comida gostosa e depois todo mundo pra cama. Aliás, você prefere que eu fique em um hotel pra não pesar por aí?
> 15:06

Nic Melo
on-line

> você só pode estar de zoeira... thiago, é claro que você vai dormir na casa da minha mãe, você tá doido? depois de tudo o que você faz por mim em São Paulo? é o mínimo
> 15:06

é, a gente precisa falar disso também...
15:06

eu fui demitido, né? e sinceramente não sei como vou fazer com as contas e com o aluguel agora... quer dizer, você mora no apartamento também, então é bom saber que talvez as coisas fiquem difíceis, se eu demorar a arranjar outra coisa.
15:06

mas a gente pensa sobre isso mais para a frente. vai dar tudo certo.
15:06

> amigo, acho que eu consigo me virar por um mês ou dois com as contas. minha mãe disse que consegue me ajudar com um pouco de dinheiro também, agora que as contas do tratamento da minha avó
> 15:07

> meio que cessaram
> 15:07

Nic Melo
on-line

> é, a gente fala disso depois e acerta direitinho. agora não.
> 15:07

> foca em relaxar. Eu nem sei por que toquei nesse assunto. desculpa.
> 15:07

> aliás, o pacote de batata que tá aqui na lista... é batata congelada?
> 15:07

isso. é aquele pacotão de batata semipronta. 15:07

> beleza, imaginei que fosse esse mesmo e já botei no carrinho.
> 15:08

e como você tá, hein amigo? 15:08

> eu juro pra você que acabei de ver um cara minimamente parecido com o Vladimir e quase tive um treco no meio do mercado.
> 15:08

> juro, eu quase mudei de corredor. Eu tô completamente paranoico. Ele nem sabe que eu tô em ribeirão, como ele iria aparecer aqui, né? enfim.
> 15:08

Nic Melo
on-line

> eu acho que isso te diz como eu tô. destruído pela vovó Vera, pensando mais do que deveria na minha mãe e naquele incêndio, com uma bola gigante de ansiedade no peito que queima só de pensar que tô sem emprego e ainda tenho contas pra pagar e provavelmente acabei com a minha carreira e com uma vontade louca de chorar o tempo todo lembrando do Vladimir.
> 15:08

a gente pode chamar ele de Aquele Lá se ficar melhor pra você.
15:08

> amiga, foco certo porém no problema errado. acho que o jeito de chamar ele é a última das minhas preocupações
> 15:08

eu sei seu bobo, tô só tentando aliviar a situação com piada 🤭
15:09

> eu sei, a gente é gay 😭
> 15:09

é, amigo... parece que tudo na sua vida aconteceu de uma vez
15:09

> eu só queria um abraço apertado 😭
> 15:09

Nic Melo
on-line

bom, essa é a parte fácil de resolver. 15:09

mas não esquenta. nenhum desses problemas é tão grande assim. relaxa, vai dar tudo certo. 15:09

se tem uma coisa que a vovó Vera ensinou pra gente é que precisa resolver uma coisa por vez, devagar, até chegar no fim, sem se afobar nem se desesperar. com calma. 15:09

eu dou um jeito nas contas por um tempo enquanto você procura outro emprego, você senta pra conversar com a sua mãe e estabelecer limites, a gente bota fogo na casa do Vladimir e pronto. resolvido. 15:10

é, amiga, queria que botar fogo na casa dele fosse a solução. seria fácil. 15:10

você prefere detergente de coco ou o de limão? 15:10

eu prefiro de coco, mas minha mãe gosta mais do de limão 15:10

então vou levar o de limão. 15:10

Nic Melo
on-line

você e a minha mãe, viu 😳 15:10

beleza, amigo, chegamos em casa. vou enfiar minha mãe no banheiro e depois entrar pra tomar um banho, me avisa quando você estiver saindo do mercado, ok? 15:11

pode deixar, já tô quase no caixa. estou levando também umas coisas pra gente ir beliscando enquanto espera a pizza pronta assar, ok? 15:11

muito obrigada por tudo o que você tá fazendo, amigo. 15:11

eu tenho certeza que a vovó Vera tá muito feliz que você tá aqui 15:11

fica tranquila amiga, não é nada de mais. tô fazendo isso tudo pela Vera. e eu sei que você faria igual por mim. 15:11

amo você. 15:11

eu também te amo. 15:11

OVERVIEW STATISTICS ACHIEVEMENTS **+** 🐱 **VIGIAS**

Quarta-feira, 30 de junho de 2021

GayFairy enviou uma solicitação de partida do jogo Vigias às 16:45

GayFairy enviou uma solicitação de partida do jogo Vigias às 17:50

GayFairy enviou uma solicitação de partida do jogo Vigias às 18:47

Você bloqueou GayFairy com sucesso.

thiago 58min

Quarta-feira, 30 de junho

(Ana está atrás de uma mesa com uma vasilha de vidro, de frente para a câmera. De trás da câmera, a voz de Thiago é projetada.)

Thiago: Eu tô aqui em Ribeirão e a mãe da Nicole, a Ana, dá oi dona Ana...

Ana: Oi, gente.

Thiago: Ela faz um bolo de chocolate que é um FENÔMENO, aprovado em mais de 180 países e também por mim. Ela disse que vai me ensinar a fazer e eu vou ajudar. E decidi gravar e deixar nos stories porque aí guardo pra posteridade e também todo mundo pega essa receita imperdível. É isto. Vou botar a lista de ingredientes no próximo story, daí o modo de fazer a gente mostra.

(A mãe da Nicole dá uma risadinha e finge sair do alcance da câmera.)

Thiago: Ué, agora tá com vergonha de aparecer nos stories, Ana?

Ana: Eu tô toda feia, Thiago...

Thiago: Mentira que passou até um blush pra dar uma corada no rosto.

Ana: Para de me explanar, menino...

Thiago: Você tá linda, Ana!

Ana: Obrigada, querido... são seus olhos...

(Risadas.)

Ana: Vamos lá. Vamo fazer rapidinho, mas com amor senão não dá certo.

Thiago: Tá. Então o ingrediente secreto é amor?

446

thiago 58min

Ana: É amor. A receita desse bolo é de família, e quem me ensinou foi minha mãe. Então precisa colocar amor. Hoje tô pensando nela.

Thiago: Eu também tô.

(Silêncio.)

Thiago: Você já peneirou os ingredientes secos e misturou nessa vasilha aí, né?

Ana: Sim. Daí agora vou botar o ovo e o leite... Esse bolo é muito simples, não tem segredo na massa... o segredo é mesmo fazer com cuidado e carinho.

(Ana incorpora o ovo e o leite aos poucos na massa.)

Ana: Daí agora que eu já botei os líquidos, vou bater na mão usando uma colher de pau. Pode ser na batedeira se você tiver, daí bate direitinho até ficar bem homogêneo, mas não bate demais senão fica ruim. Eu prefiro bater na mão mesmo porque acho que fica mais gostoso e tenho mais controle na força que coloco na massa.

Thiago: Entendi. E pode fazer no liquidificador se não tiver batedeira?

Ana: Bom... eu nunca fiz. Sei lá. Acho que pode. Mas não vou dizer que pode senão vai que alguém tenta e dá errado.

(Risadas.)

Ana: Não, mas agora falando sério, acho que o melhor é na batedeira mesmo, porque o liquidificador vai deixar a massa muito líquida e o bolo não vai formar legal. Mas não deve dar errado, o bolo só deve ficar piorzinho.

thiago 58min

Thiago: Estamos claramente fazendo um ótimo trabalho, bem embasado em FATOS.

(Risadas.)

Ana: Tá, agora que misturou tudo, a gente coloca o fermento.

Thiago: E não pode colocar antes de bater senão a massa cresce antes da hora, né?

Ana: Isso, e depois que colocou o fermento tem que ser gentil, como se a massa fosse um bebê. Misturando devagarinho, com cuidado, não pode bater nem fazer movimentos bruscos até incorporar o fermento.

Thiago: Você tá fazendo com tanto cuidado que dá até vontade de chorar, Ana.

(Risadas. Ana mexe a colher de pau devagar.)

Ana: Mas é que tem que ser gentil e botar amor. É que nem na vida mesmo, né? Se eu bater a massa aqui na mão já fermentada, eu vou estar fazendo esforço, né? E não pode, porque daí a receita desanda. Amor não tem esforço. Tem que ser delicado, pensar no melhor pra pessoa, nesse caso pra massa, né... pensar sempre que o amor precisa ser sentido e é mútuo... senão não é amor. Amor não se exige. Assim, ó... devagarinho, com cuidado. E agora a massa tá pronta. Precisa ir logo pro forno.

Thiago: E aí é só isso?

Ana: É isso. A fôrma você já untou, né?

Thiago: Sim, eu untei antes de começar a gravar.

Ana: Então pronto, é só colocar aqui na fôrma...

(Ana pega a fôrma untada de cima da mesa e vira o conteúdo da tigela.)

Ana: E aí agora vai pro forno.

thiago 58min

MASSA PRONTA E JÁ NA FÔRMA!
Agora vai pro forno.

Enviar mensagem...

alex

Caralho, eu amei a receita e também tudo o que ela falou sobre amor... quase chorei aqui 🩶

a mãe da Nicole é tipo uma guru espiritual

sim. ela é incrível

me influenciou demais, vou fazer esse bolo aqui em casa!!!

é uma delícia! segue os passos da dona Ana que não tem segredo

thais

thiago do céu, essa mulher é maravilhosa.

manda um beijo pra ela e pra Nicole por mim, viu? diz que tô pensando nelas por aqui e mandando energias boas.

pode deixar, Thais <3

thiago 53min

(Ana aparece sentada numa cadeira atrás da mesa, olhando para a câmera. Nicole está parada no batente da porta atrás da cadeira da mãe. A voz de Thiago se projeta de trás da câmera.)

Thiago: Agora a gente espera assar, né?

Ana: Isso. Mas por que você ainda tá gravando?

Thiago: Ah, as pessoas estão amando o que você falou sobre tratar a massa com amor, daí quis gravar mais sabedorias da dona Ana.

(Risadas.)

Thiago: O que mais você quer falar, Ana?

Ana: Não tenho mais nada pra falar, não... na verdade eu só falei aquelas coisas porque estavam na minha cabeça.

Nicole: Até parece que não quer falar mais nada, a senhora fala o dia inteiro, mãe...

(Risadas.)

Thiago: Mas vem cá, conta a fofoca, você tava pensando em alguém específico quando falou aquilo, Ana?

Ana: Sim. É. Vai, se os seus seguidores querem que eu fale, eu falo.

Thiago: Eu tenho certeza que TODO MUNDO quer que você fale mais, Ana.

(Risadas.)

Ana: Então... eu tava pensando sobre como eu amei muito minha mãe e demonstrei que amava ela durante a vida dela, sabe? Eu fiquei pensando muito tempo que eu não queria nunca, nunca, que eu me arrependesse por não ter feito uma coisa ou outra pela minha mãe, de não ter demonstrado o suficiente o quanto amava ela, sabe?

thiago 53min

Esses sentimentos que a gente tem mesmo. Tinha medo de que ela não sentisse que estava sendo cuidada. Porque eu amava ela, e queria cuidar dela da melhor maneira. E daí tinha esse desespero de que quando ela morresse eu me sentisse culpada... mas daí aconteceu o que aconteceu, né? E hoje eu não me sinto culpada. Porque eu amei tanto essa mulher que fiz de tudo pra dar pra ela todo o carinho que ela merecia. E a melhor vida que ela merecia.

Thiago: Isso é muito bonito, dona Ana.

Ana: Pois é, e é uma coisa boba se você para pra pensar, meio óbvia, mas não é assim tão bobo quando você percebe. Tem mesmo que fazer em vida... eu não me sinto desesperada porque sei que minha mãe foi amada. A gente fazia questão de demonstrar que amava ela... de cuidar dela, sabe? E eu sinto que mostrei pra ela como eu tinha orgulho de ser filha dela, e ela me tratava com respeito. Enfim. Coisas que passaram pela minha cabeça enquanto eu fazia a receita dela. Por isso que falei sobre como o amor é simples... se tem amor, tem amor. Se não tem amor, não tem jeito... não dá liga. Se você se esforça pra gostar do outro, vai querer exigir amor, vai virar uma coisa esquisita e com muitas expectativas não atingidas... e com a minha mãe nunca foi assim.

Nicole: Com você também nunca foi assim, mãe. E a vovó sabia que tinha muito amor.

(Nicole claramente emocionada.)

Thiago: É muito bonito ver a forma como vocês se tratam aqui na casa de vocês... eu admiro demais. É muito fofo e todo mundo faz e fala as coisas pensando no melhor do outro.

thiago 53min

Ana: Deveria ser assim sempre, né? No fim, as pessoas podem achar que eu tô falando só de amor por pessoas da família, mas na verdade isso aqui é pra todo amor. Todo tipo de amor pra mim foi meio igual... no fim, a lição que fica é a mesma. Seja marido, namorado, mãe, pai, irmão, sei lá... amor precisa ser sentido sem imposição e nunca cobrado.

Thiago: Você tem... muita razão.

(Fungadas.)

Enviar mensagem...

thiago 13min

Gente, ficou 40 minutinhos no forno e já estava cheirando a bolo pronto, então a gente tirou.

Parei de gravar porque virou um chororô

Tá uma delícia, dá pra sentir muito amor! A Ana fez uma cobertura de brigadeiro e ficou perfeito

Thread

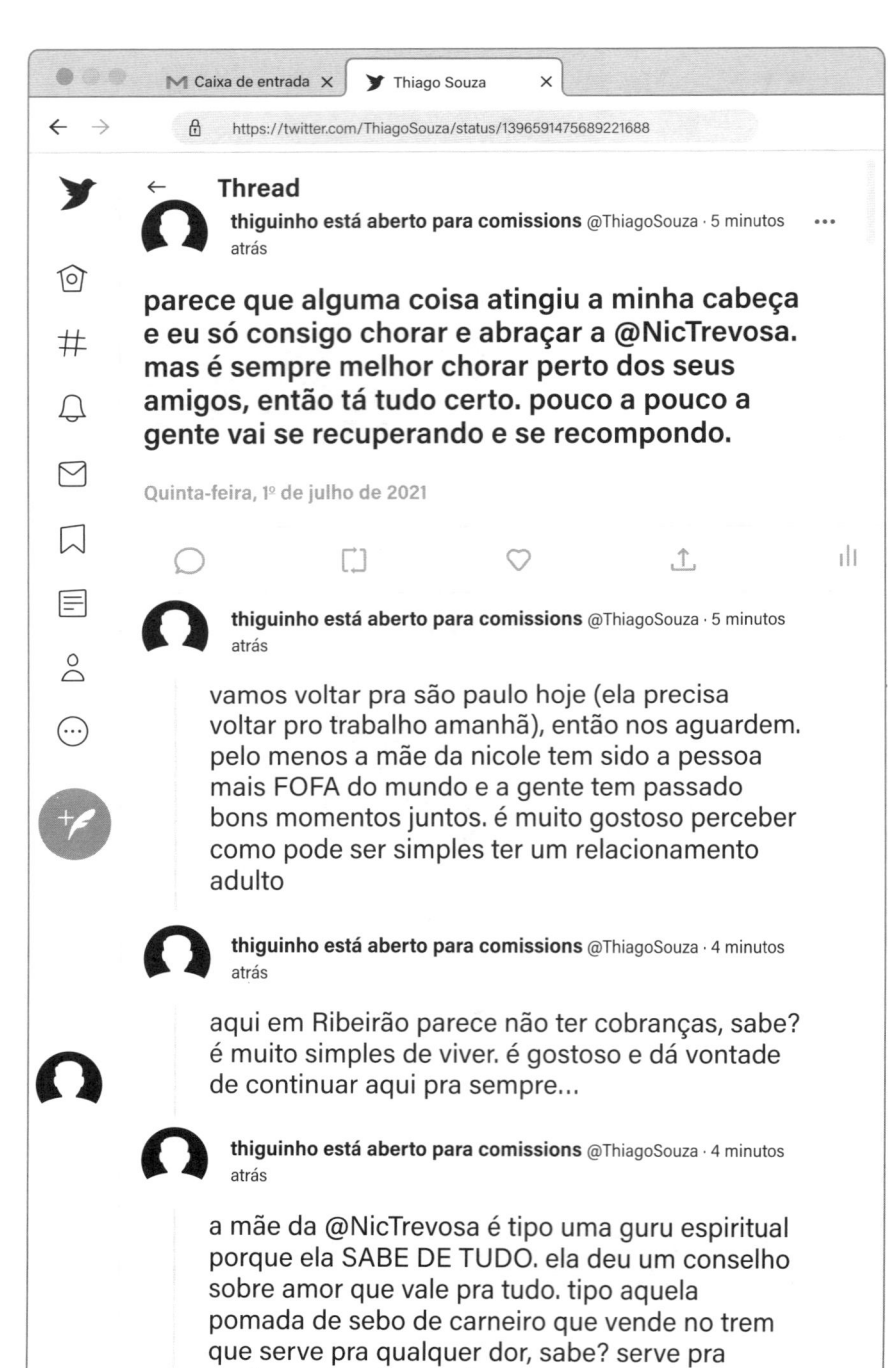

thiguinho está aberto para comissions @ThiagoSouza · 5 minutos atrás

parece que alguma coisa atingiu a minha cabeça e eu só consigo chorar e abraçar a @NicTrevosa. mas é sempre melhor chorar perto dos seus amigos, então tá tudo certo. pouco a pouco a gente vai se recuperando e se recompondo.

Quinta-feira, 1º de julho de 2021

thiguinho está aberto para comissions @ThiagoSouza · 5 minutos atrás

vamos voltar pra são paulo hoje (ela precisa voltar pro trabalho amanhã), então nos aguardem. pelo menos a mãe da nicole tem sido a pessoa mais FOFA do mundo e a gente tem passado bons momentos juntos. é muito gostoso perceber como pode ser simples ter um relacionamento adulto

thiguinho está aberto para comissions @ThiagoSouza · 4 minutos atrás

aqui em Ribeirão parece não ter cobranças, sabe? é muito simples de viver. é gostoso e dá vontade de continuar aqui pra sempre...

thiguinho está aberto para comissions @ThiagoSouza · 4 minutos atrás

a mãe da @NicTrevosa é tipo uma guru espiritual porque ela SABE DE TUDO. ela deu um conselho sobre amor que vale pra tudo. tipo aquela pomada de sebo de carneiro que vende no trem que serve pra qualquer dor, sabe? serve pra qualquer tipo de relacionamento.

Thread

thiguinho está aberto para comissions @ThiagoSouza · 4 minutos atrás

enfim, tenho refletido muito sobre um monte de coisas que tem acontecido na minha vida e sobre todos os relacionamentos que tive até hoje... não só amorosos, como a Ana falou... e aí fico todo filosófico aqui no twitter. peço perdão desde já a todos por isso hahaha

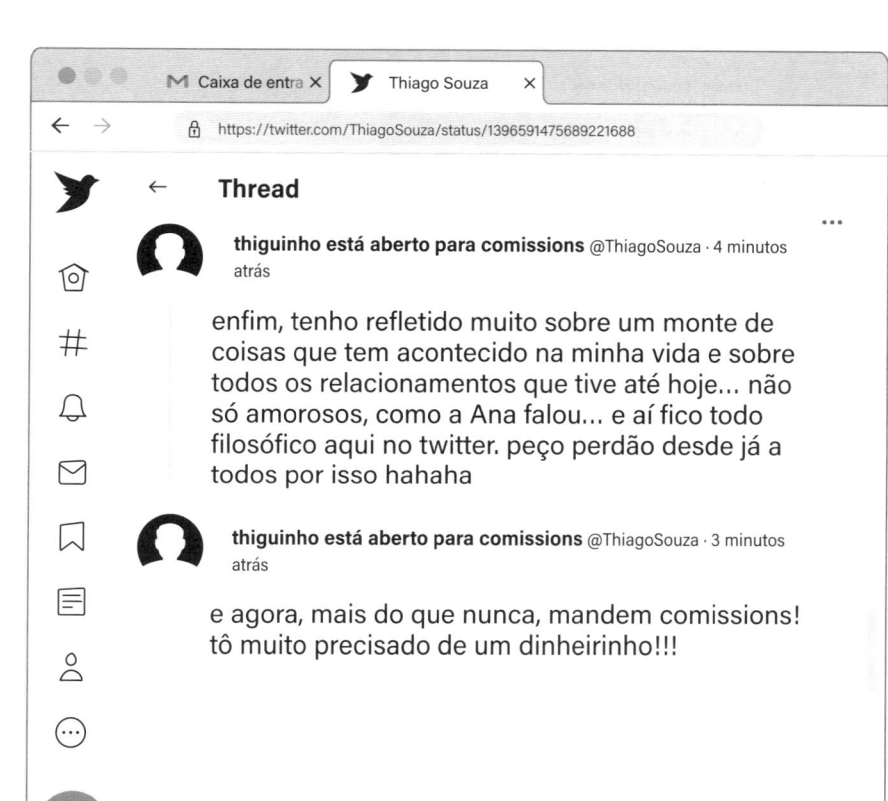

thiguinho está aberto para comissions @ThiagoSouza · 3 minutos atrás

e agora, mais do que nunca, mandem comissions! tô muito precisado de um dinheirinho!!!

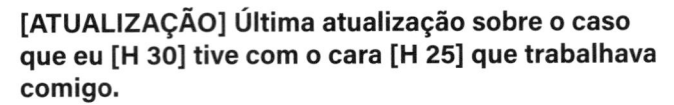

r/PeçaUmConselho Enviado por u/GayFairy há 6 minutos

[ATUALIZAÇÃO] Última atualização sobre o caso que eu [H 30] tive com o cara [H 25] que trabalhava comigo.

Acho que é a minha última atualização sobre esse caso por aqui. Não sei se tem mais gente acompanhando todo o meu drama com o cara do meu trabalho por quem eu, agora percebo, me apaixonei, por mais que tenham sido poucos dias. Foi intenso e foi doido e foi gay, muito gay. Caso não tenha acompanhado, veja as outras atualizações no meu perfil.

Então. Resumindo bastante: eu estraguei tudo. Tivemos uma reunião terrível no trabalho, e eu não defendi ele. Um cliente da empresa foi absolutamente preconceituoso com ele e eu não consegui me opor ao que o idiota estava falando porque não podia perder aquele contrato. De jeito nenhum. Eu já vinha recebendo e-mails e fazendo reuniões com os meus superiores há dias porque a filial do Brasil estava por um fio. Teve algum problema na análise sobre a empresa, enfim. Não podíamos perder o cliente. E meu trabalho sempre foi tudo pra mim. E agora todos estão irritados comigo e recebi umas cinco broncas de superiores diferentes e vou ser transferido para uma filial em outro país e já sei que vou ficar sob olhar bem atento por um tempo. Mas com isso eu consigo lidar.

Eu não consigo é lidar com o fato de que o cara simplesmente não quer mais nada comigo. Ele sumiu e não tenho conseguido me aproximar de forma alguma. Eu tentei me explicar, tentei chamar ele pra conversar, mas acho que estraguei tudo de um jeito irreparável. Inclusive, achei que tínhamos nos resolvido depois daquela discussão sobre o GPS um tempo atrás e que estava tudo bem, mas ele trouxe isso à tona de novo e falou que não se sentia ouvido nem valorizado por mim, que eu só ligava para o trabalho. Eu tinha prometido que seríamos *nós dois contra o mundo*, mas no fim eu meio que abandonei ele porque não consegui desligar a parte profissional, o que me fez ser totalmente impessoal e sem alma. Queria poder explicar pra ele que eu estava sob muita pressão e que faria de tudo pra que ele se sentisse ouvido e valorizado agora. Só queria que ele me desse mais uma chance pra provar que pode ser diferente. Que eu amo ele. Mas eu respeito a decisão dele, afinal eu fui *mesmo* um babaca. E sei que ficou parecendo que eu não ligo para ele, mas eu *ligo demais*. Eu juro. Eu amo esse cara.

É só isso. Queria dividir com vocês a minha frustração e dizer que nos últimos dias eu chorei mais do que já chorei na vida toda. Não tô nem conseguindo levantar pra fazer as coisas… eu nunca fiquei assim antes. E acho que nem é por causa do trabalho. Eu sempre me orgulhei de ser forte e de não deixar as emoções me derrubarem, mas parece que não sou tão forte assim. Pra quem queria uma atualização do caso, é assim que termina: eu ferrei com tudo. Espero de verdade que ele seja feliz, porque é um cara incrível e merece tudo de melhor nessa vida.

ArqueiroExplosivo · 5 min

Opa, parceiro. Sinal vermelho na parada. Nada disso de ser derrotista. Como você vai desistir desse cara desse jeito?

Não, u/GayFairy, nada disso. Nada nada disso. Eu não fiquei aqui torcendo, gritando e chorando por pessoas que conheço só de forma virtual por nada. Você foi um babaca? Foi um babaca. Deveria ter defendido o cara? Sim, claro que deveria. Mas um erro não pode fazer isso tudo que vocês tinham cair por terra.

Quer dizer, vocês ainda se gostam, você só fez uma merda fenomenal, certo? Tá no jornal e até EU fiquei sabendo disso. Mas ainda tem conserto. Você precisa demonstrar que ama ele e que ouve ele. Isso se você, no caso, de fato ouve ele. E se você de fato ama ele, mas esse post completamente dramático e desolado só prova que você ama sim. CORRE ATRÁS DELE, seu maluco!!!!!! Luta por ele. Eu tenho certeza de que você vai pensar em alguma coisa.

ALailaTanka · 4 min

> É, u/GayFairy, acho que pela PRIMEIRA VEZ eu concordo com o u/ArqueiroExplosivo. Quer dizer, mais ou menos, veja bem. Eu acho que você precisa sim respeitar o moço e não ficar insistindo se ele não quiser te ver, ok?
>
> Você não percebeu ainda que o moço tá machucado e precisa de cuidado? Você abandonou ele num momento de fraqueza e ele parece estar bem cansado de lidar com um monte de coisas. Sabe, "invadir" um pouquinho o espaço de uma pessoa para ajudar ela com algo que ela de fato precisa sem nem precisar pedir talvez seja a melhor demonstração de amor que existe. E talvez mostre pra ele que você se importa e que vocês dois são o time que você disse pra ele que eram.
>
> **ArqueiroExplosivo** · 4 min
>
>> Tá tudo bem insistir um pouquinho e ser bem invasivo e louco sim pra demonstrar que você ama uma pessoa, certo u/ALailaTanka? Algumas coisas são justificáveis pra se dizer que se ama, né? Você concorda com isso então?

ALailaTanka · 3 min

Não, u/ArqueiroExplosivo, você está tirando as coisas de contexto. POR FAVOR, EU JÁ TE DISSE, NUNCA ME PEÇA EM CASAMENTO EM PÚBLICO, ISSO É UM AVISO!!!!!!!! EU VOU FALAR "NÃO" E TE HUMILHAR NA FRENTE DOS OUTROS.

GayFairy · 3 min

Obrigado pelos ótimos conselhos, u/ALailaTanka, e por me animar. Acho que tenho uma coisa em mente. E obrigado pra você também, u/ArqueiroExplosivo, mas menos porque você não ajudou muito, ok? E eu não indicaria pedir a Laila em casamento em público.

ALailaTanka · 2 min

u/ArqueiroExplosivo eu recomendo fortemente que você ouça o conselho do u/GayFairy.

ArqueiroExplosivo · 2 min

Aff

UnicornRainbow · 4 min

nunca pensei que ficaria genuinamente triste em ler uma atualização no reddit, mas agora fiquei, hein? parece que nada mais importa e o amor não é real. NÃO EXISTE AMOR.

GayFairy · 3 min

sabe, ou talvez exista, e eu só tenha matado o amor de um jeito horrível

UnicornRainbow · 3 min

você foi um cuzão, mas isso não te define!!!! segue em frente e lute por esse homem. eu acredito em você!!!!!

JackFox · 3 min

estou devastado. eu queria que essa história na verdade fosse um quadrinho de *Vigias* e que vocês fossem o Cadete Infernal e o Dragão Espadachim para que eu tivesse a plena certeza de que vocês vão terminar juntos no fim. um arco meio enemies to lovers, como sempre é o arco do Cadete Infernal e do Dragão Espadachim. enfim. triste demais. eu só queria vocês dois juntos. por favor por favor corre atrás desse homem.

GayFairy · 3 min

como o Dragão Espadachim faria pra convencer o Cadete Infernal de que ele é um homem bom? mas obrigado pelos sentimentos <3 (eu não acredito que estou traindo a Grace dizendo que eu seria um personagem de dano)

JackFox · 2 min

mas ele não é um *homem bom*... o Dragão Espadachim é um cara meio cuzão às vezes, lembra quando ele entregou para os aliens a localização da base dos *Vigias*? o Cadete Infernal ficou devastado... mas todo mundo sabe que o Dragão Espadachim é só um personagem bem real. às vezes ele faz umas cagadas e às vezes comete uns erros, mas ele sempre tenta consertar tudo e a intenção dele na maioria das vezes é boa. e isso importa. pelo menos pro Cadete Infernal, que continua com ele sempre.

GayFairy · 2 min

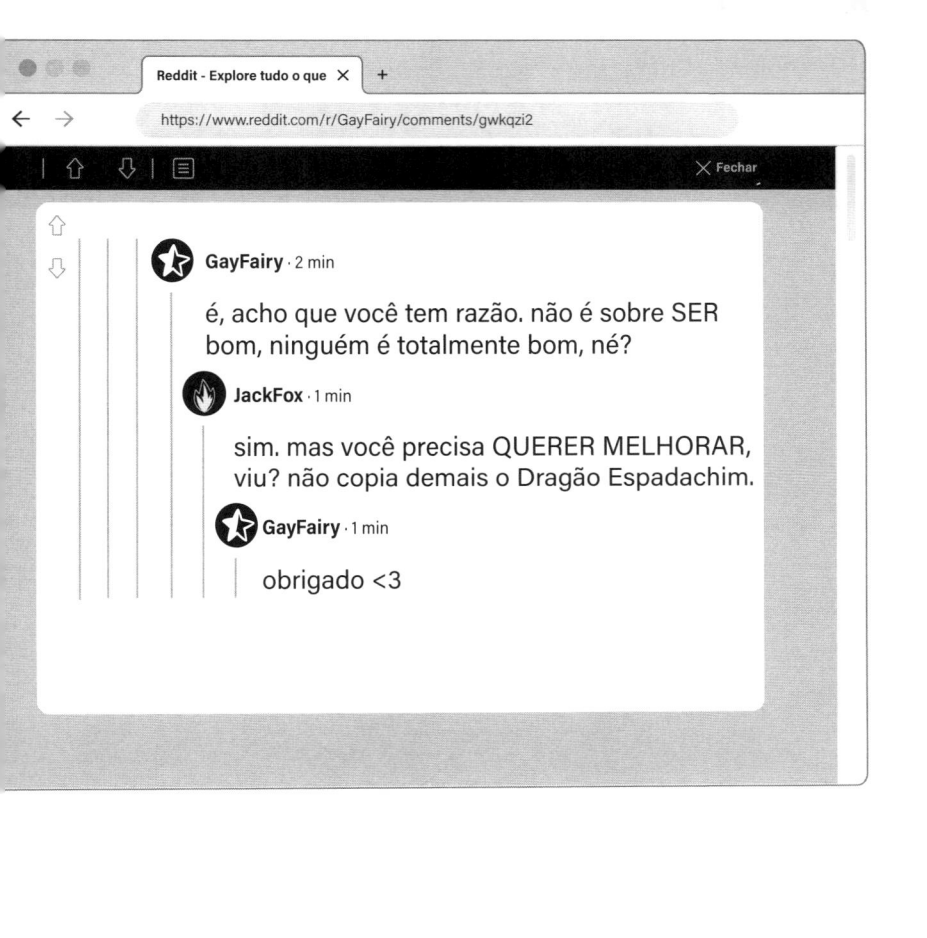

é, acho que você tem razão. não é sobre SER bom, ninguém é totalmente bom, né?

JackFox · 1 min

sim. mas você precisa QUERER MELHORAR, viu? não copia demais o Dragão Espadachim.

GayFairy · 1 min

obrigado <3

Neuza Souza
on-line

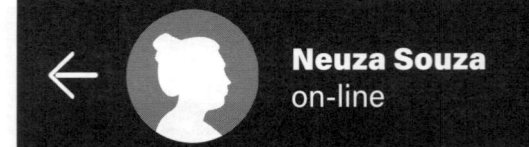

> Quinta-feira, 1º de julho de 2021

> oi, vó. boa noite, tudo bem?
> 20:55

> eu sei que minha mãe deve estar esquisita agora e que eu não tô falando com ela, mas fiquei com saudades da senhora e quis mandar mensagem pra dizer que te amo muito e que não vejo a hora de chegar em São Paulo pra poder te dar um beijo. muita saudade mesmo.
> 20:55

> hoje meu coração ficou apertadinho de saudade. vamos tomar um café e conversar assim que eu chegar?
> 20:57

boa noite neto como esta espero que bem 20:57

o meu filho eu também amo você viu vovó ama muito. não precisa ficar assim não que vovó vai fazer um café gostoso sim quando aparece aqui em casa e aquele bolo de fubá que você gosta 20:58

sua mãe aquela atrapalhada tá borocoxô só chora fala que você odeia ela e eu sei que meu neto coração de ouro nunca odiaria mãe 20:59

Neuza Souza
on-line

> eu não odeio a mamãe. Haha eu só tô muito bravo com ela.
> 20:59

eu sei meu filho tá certo. depois você resolve isso aí com sua mãe mas bom que ela aprende um pouco também. falta valorizar o filho que tem. 21:00

> eu preciso passar aí e conversar com ela, vó. daí a gente se entende direitinho. aí aproveito pra dar um abraço bem apertado na senhora e um beijo.
> 21:00

ah mas eu vou dar beijão em você. 21:05

mas viu. moço bonitão champanhe passou em casa um amor. 21:05

> o Vladimir foi aí?
> 21:05

veio. perguntou se tudo bem mas não trouxe champanhe fiquei triste. trouxe comida. Falou de dormir na casa dele mas fogo apagou rápido e não queimou muita coisa dá pra dormir aqui 21:09

perguntou onde que você tava e sua mãe falou que você foi pra Ribeirão ok 21:10

Neuza Souza
on-line

mas falei que não é pra ele incomodar você se você não quer falar é porque não quer falar é preciso respeitar. falei que cada um cada qual. é bom que o bonitão aprende um pouco também 21:12

obrigado, vó 🖤 você é um anjo. 21:12

jornalista fica ligando sua mãe pedindo entrevista mas eu falei pra sua mãe nada de entrevista ela já fez muita besteira 21:15

tem jornalista ligando aí em casa? 21:15

tem. mas sua mãe nem pensou dar entrevista não quer mais jornal aqui pegou trauma 21:19

agora chega celular vo dormi ok. depois combina hora pra liga pra vó de câmera que vó tá com saudade também. 21:25

pode deixar, vó. vou tentar ligar pra senhora amanhã, agora tá muito tarde e a mãe da Nicole conseguiu pegar no sono. daqui a pouco vamos pra rodoviária 21:25

Neuza Souza
on-line

um beijo fica com deus nossa senhora cubra manto anjos sustentem estrelas boa viagem amo você   21:29

boa noite, vó. te amo muito. dorme bem. saudades.   21:29

hugobatom ✓

♥ 571.331 curtidas

hugobatom: OMG! Alerta de casalzão da porra!
Há muito tempo fãs torcem para que Tom Holland e Zendaya, que protagonizam o arco romântico dos filmes do *Homem-Aranha*, assumam um relacionamento. Existiam até várias teorias por aí que afirmavam categoricamente que os dois estariam vivendo um ROMANCE SECRETO! 👀👀
Nessa sexta-feira (2), as dúvidas e especulações finalmente chegaram ao fim depois de um grande veículo de imprensa divulgar fotos feitas por paparazzi. Ontem (1º), o casal estava em momentos pra lá de fofos dentro do carro do ator no bairro de Silver Lake, em Los Angeles. Segundo informações, esse é local em que supostamente mora a mãe da atriz. 🖤🖤
O ship Tomdaya vive!!!! Vem ler mais sobre esse caso, ver as fotos e entender tudinho no link da bio.

Nic Melo
on-line

Sexta-feira, 2 de julho de 2021

amigo, acabei de ver a notícia do Tom Holland e da Zendaya, você viu?!? 16:33

tô em choque. 16:33

no fim das contas, nem eles conseguiram lidar com a tensão sexual dos filmes hahaha 16:33

ai amiga, eu vi. 16:34

fico muito feliz pelo Tomzinho, porque ele merece demais, e pela Zendaya também, porque ela é perfeita 🥺 16:34

mas não consigo não pensar que isso vai dar errado e eles vão se machucar. 16:34

opa opa, parou. tá agourando o MEU shipzinho TOMDAYA porque você teve uma experiência amorosa ruim recentemente? nada disso 16:34

suas experiências não são universais, meu querido 16:35

Nic Melo
on-line

> ainda é tópico sensível, amiga 💀
> 16:35

eu sei. mas amigo, você precisa superar isso!!!!!! o seu Tom Holland ainda tá por aí. tenho certeza
16:35

> mas agora ele tá comprometido 😭😭😭😭
> 16:35

AMIGO, LIMITES 16:36

você não achava que ia ficar com o Tom Holland ORIGINAL, né? 16:36

Tom Holland aqui é uma METÁFORA, eu ESPERO que você tenha entendido que eu nunca sequer supus que você fosse ficar com o Tom Holland original, o britânico fofo que ama cachorro 16:36

> eu sei, amiga, eu sei, eu tava brincando.
> 16:36

> mas cada dia eu fico mais desiludido. eu acho que o meu Tom Holland tá, sei lá, perdido em algum lugar
> 16:36

> não é possível. eu nasci pra sofrer com relacionamentos. que inferno
> 16:37

Nic Melo
on-line

o Vladimir acabou com você, hein, amigo. mas você precisa continuar dando uma chancezinha pro amor. vai que? 16:37

aliás, você teve notícias dele? 16:37

> nenhuma. Ele segue bloqueado de todas as formas que poderia chegar até mim. tô sendo forte. Eu pedi até pro porteiro da noite, o seu Zé, não deixar ele ficar ali na frente do prédio, que nem ele fez ontem com aquela panela. 16:37

> o que será que tinha na panela? 16:37

hehehe tinha risoto. ele te fez risoto. 16:38

o seu Zé ficou com o risoto. ele falou pra mim que não quis te contar, mas tava uma delícia. 16:38

> O SEU ZÉ FICOU COM O RISOTO? 16:38

uhum. ué, é melhor que o Vladimir não tenha desperdiçado comida mesmo e dado pro porteiro. 16:38

Nic Melo
on-line

enfim, aqui na empresa está tudo parecendo um cenário pós-apocalíptico. 16:38

a Débora está ensandecida, umas olheiras fundas que parece que não dorme há dias. 16:38

> hehehe pelo menos ela não tá dormindo. me sinto um pouquinho mais vingado com essa versão zumbi. 16:38

acho que tá preocupada por todas as baixas na equipe, né? kkkkk 16:38

> eu estaria, no lugar dela
> 16:38

e eu fui informada de que várias contas pelas quais você era responsável foram redistribuídas, e aí algumas delas passaram pra mim, mas a Caseira não veio, ainda bem. 16:39

também recebi um e-mail padronizado do RH desejando condolências e oferecendo um voucher de auxílio psicológico para lidar com o luto, o que eu sinceramente achei bem decente. 16:39

Nic Melo
on-line

> daí li as letrinhas miúdas e descobri que era só mais uma pegadinha, porque eles oferecem um voucher de 2 sessões numa dessas plataformas on-line de terapia 16:39

NÃO É POSSÍVEL QUE ELES TENHAM FEITO ISSO, MEU DEUS 16:39

> acredite amigo, fizeram. vai ser ótimo lidar com o luto em DUAS sessões de terapia 😄 16:39

ai amiga, ainda bem que você não precisa desse voucher porque já faz terapia há um tempo 16:39

> é, mas sabe, imagina se eu precisasse 16:40

> daí a Thais veio me trazer uns doces da dona Ida e me deu um abraço apertado e eu chorei um pouquinho, mas deu tudo certo. 16:40

e você tem alguma notícia, sabe... 16:40

dele? 16:40

Nic Melo
on-line

do Vladimir? 16:40

sim. 16:40

achei que você NUNCA fosse perguntar 16:41

por favor diz que tem notícias 16:41

usei todos os meus dotes investigativos pra descobrir isso pra você, ok? 16:41

mas o máximo de fofoca que consegui pescar até agora é que ele não trabalha mais aqui nesse escritório, da filial brasileira. a sala dele tá vazia, eu dei um jeito de passar na frente quando fui no banheiro e conferi. 16:41

eita!!! isso significa que ele não trabalha mais pra Innovativ? 16:42

pelo que eu consegui entender das conversas que peguei no corredor, sim. mas é tudo informação pela metade, porque as pessoas estão só cochichando sobre isso. não tenho certeza de nada. juro que tô tentando saber mais. 16:42

Nic Melo
on-line

> entretanto, é aqui que vem o pulo do gato 16:42

> vou ter atualizações melhores daqui a alguns minutos, porque recebi um e-mail da Débora de que temos uma reunião com o CEO e o CFO da Innovativ. 16:42

> reunião importante, aparentemente. coisa grande, com todo o departamento artístico. 16:42

>> caralho, eu nem sei quem é o CEO da Innovativ. que loucura. 16:42

> pra você ver. coisa pequena não é. 16:42

>> por favor, me mantém informado. quero saber o que aconteceu com ele. 16:42

> eu sou seus olhos e ouvidos dentro desta empresa. às ordens. 16:43

Sexta-feira, 2 de julho de 2021, 18:03
De: Vladimir Varga
Para: Nicole Melo
Assunto: Pendências e agradecimento

Olá, Nicole, boa tarde,

Como já deve ser de seu conhecimento, registrei uma queixa formal no departamento de Recursos Humanos contra a funcionária Débora Santos por assédio moral que foi acatada. Algumas trocas de e-mails e transcrições de áudio (principalmente da última reunião com o Thiago) foram revisadas e ela acabou sendo afastada do cargo de coordenadora de projetos até que se decida o que será feito.

No mesmo e-mail de queixa, elogiei seu trabalho, porque acompanhei um pouco o que você desempenhou desde que entrou para a Innovativ e fiquei positivamente surpreso. Os relatórios de satisfação dos seus clientes sempre tiveram muitos elogios ao seu trabalho, e seus níveis de produtividade são invejáveis. Não entendo como ainda não tinham reconhecido seu desempenho.

Não sei qual foi a decisão do conselho, mas espero que seja pela sua promoção porque você merece. De qualquer forma, gostaria de informar que estou de saída da Innovativ por motivos pessoais e vou alçar novos voos. Não consigo mais trabalhar aqui depois de tudo o que aconteceu. Preciso me conhecer melhor e me abrir mais aos outros.

Tenho um último assunto para tratar, mas seria pessoal. Será que poderia me passar seu número para que a gente converse em particular?

Obrigado,

Vladimir Varga

Nic Melo
on-line

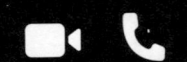

> AMIGO VOCÊ NÃO VAI ACREDITAR NO QUE ACONTECEU 18:17

> eu ainda tô me tremendo um pouco 18:17

< eita, o que rolou? 18:18

> LEMBRA DA REUNIÃO? 18:18

< aquela importantona com o CEO e o CFO? 18:18

> sim, exatamente essa reunião 18:18

> então... eles avisaram que a empresa estava se reestruturando depois de alguns problemas internos e baixas na equipe e que poderia acontecer uma redistribuição ainda maior de clientes nas próximas semanas 18:18

> e aí anunciaram alguns cortes para diminuir as contas da empresa 18:18

< é, eu imaginei que talvez fossem anunciar cortes, pelo que o Vladimir me falava as finanças não andavam bem 18:18

Nic Melo
on-line

foi meio chocante, todo mundo estava muito silencioso, uma tensão horrorosa. eles também avisaram que a gente vai ter uma palestra em breve sobre assédio moral e sexual no ambiente de trabalho e que vão criar novos canais de denúncia e rever algumas regras da empresa. que eles querem escutar o que a gente tem pra dizer.   18:19

hm... entendi.   18:19

enfim, mas aí eles disseram que precisavam conversar individualmente com algumas pessoas e anunciaram os nomes. disseram que o RH aguardava essas pessoas e que era pra irem pra lá imediatamente. o restante estaria dispensado pra voltar a trabalhar.   18:19

e o meu nome estava no meio dos chamados pra conversa.   18:19

ah não, não me diz que eles te DEMITIRAM?   18:19

eu sei que isso é sobre você, mas esse seria o pior momento da MINHA VIDA pra voltar pra casa dos meus pais   18:19

Nic Melo
on-line

calma que ainda não terminei 18:20

eu entrei na sala do moço do RH e ele me disse que na verdade uma vaga de coordenadora de projetos estava aberta por conta das baixas recentes e que eles queriam ocupar a vaga internamente. 18:20

então decidiram me oferecer uma promoção. 18:20

ou seja, basicamente a débora caiu fora e eu entrei no lugar dela. 18:20

AAAAAAAAAAAAAAAAAAAAAAAAAAAA 18:20

PARABÉNS!!!!!!! 18:21

eu tô TÃO feliz por você!!!!!!!! EU QUERO TE DAR UM ABRAÇO!!!!!!!!! 18:21

você sabe que merece isso demais. 18:21

MUITO OBRIGADAAAAA 18:21

amigo, com o meu salário agora eu consigo até fazer PLANOS? 😌 18:21

Nic Melo
on-line

> você MERECE fazer PLANOS!!!!!!!!!!!
> 18:21

inclusive, assim que você conseguir se estabelecer de novo, um dos meus planos é finalmente MORAR SOZINHA e te deixar livre de mim. E TRAZER MINHA MÃE PRA SÃO PAULO.
18:22

> a gente fala disso depois porque só de pensar na gente não morar mais junto eu talvez tenha começado a sentir vontade de chorar. só talvez.
> 18:22

> e o Hugo também
> 18:22

tá, mas não acabou. 18:22

ainda tenho coisas pra contar. e envolve o Vladimir.
18:22

> ansioso.
> 18:23

então... ele me mandou um e-mail. falou que denunciou a débora depois de tudo o que rolou com você lá na Innovativ por assédio moral e também me indicou para o cargo dela pelo meu ótimo trabalho
18:23

Nic Melo
on-line

e ele não trabalha mais na Innovativ. me falou que pediu demissão. 18:23

então sua dúvida está respondida. 18:23

eu não acredito que ele assumiu o crédito pela sua promoção. 18:23

mas ele não fez isso!!!!!!!!! ele só quis me falar o que aconteceu. na real eu fiquei bem grata. 18:23

hm. sei. não tô impressionado. 18:23

é, amigo. sei lá. 18:24

quer dizer, eu sei que ele foi um cuzão com você. eu concordo, ele foi mesmo, aquela reunião com a Caseira poderia ter sido totalmente diferente 18:24

mas sei lá. eu realmente me senti grata por ele ter me indicado pro cargo de coordenadora. talvez ele esteja tentando mudar? 18:24

eu acho que tá tudo bem você se sentir grata e a gente continuar odiando ele por ele ter sido um cuzão comigo. 18:24

> porque no fim, eu me apaixonei por ele.
> 18:24

> eu amei ele, nic. ele foi o cara por quem eu faria qualquer coisa. estar com ele foi ótimo. mas ele acabou sendo um cuzão no fim. então eu sei do que ele é capaz e desconfio um pouco das boas intenções dele. talvez ele só estivesse interessado em melhorar a própria imagem.
> 18:24

sim. eu sei. é complicado. 18:24

mas vou confessar pra você que isso me balançou um pouco e eu já não consigo odiar ele tanto assim. 18:25

as pessoas tem que ser só BOAS ou só MÁS? não dá pra ele ser só um cara que errou feio mas que tá buscando redenção? 18:25

> você tá ouvindo isso nicole?
> 18:25

quê? 18:25

> esse som
> 18:25

Nic Melo
on-line

> que som Thiago, do que você tá falando? 18:25

É O SOM DO TABU QUEBRANDO, NICOLE 18:26

lacrou, mana. 18:26

> que sacooooo eu achei que você tava falando de um som REAL 18:26

hahahaha claro que não 18:26

> mas pensa no que eu falei, ok? 18:27

uhum. não é só bom e mau etc. eu entendi. 18:27

mas vem cá, o que a gente vai fazer pra comemorar sua promoção? 18:27

> eu tenho a ideia perfeita 18:27

> a gente vai PEDIR PIZZA daquele lugar CARO, ok? aquele que a gente nunca pede, sabe? que a gente sempre bota no carrinho mas tira quando vê o valor com frete. HOJE VAI SER O DIA. 18:27

Nic Melo
on-line

> olha, grey's anatomy na TV e pizza superfaturada pra comemorar sua promoção era tudo o que eu mais queria
> 18:27

é sobre isso. agora eu preciso voltar pro trabalho pra terminar um projeto eterno e me planejar pra uma reunião semana que vem com meus novos chefes. 18:28

> beleza. a gente se vê mais tarde.
> 18:28

LISTINHA DE AFAZERES PARA ME MANTER SÃO:

- Comprar uma capa de almofada nova pra repor a que o Hugo rasgou enquanto eu tentava brincar com ele.
- Mandar currículo pra vaga de designer que vi ontem no LinkedIn.
- Implorar pras pessoas que já trabalharam comigo deixarem avaliação no meu perfil me elogiando?
- Arrumar a casa
- Pelo menos varrer a casa? Se for possível, passar pano.
- Definitivamente comprar mais chocolate, foda-se a dieta. Eu não quero ouvir falar em dieta nunca mais.
- Comprar balões e chapeuzinhos pra comemorar a promoção da Nicole
- ~~Chamar o Alex e o Frank pra fazer surpresa?~~ Chamar a Thais?
- ~~Mandar mensagem pro Vladimir?~~
- Não chamar ninguém, cancelar minha linha telefônica e a internet aqui de casa pra não ter riscos de entrarem em contato comigo
- Estocar comida para nunca mais precisar sair

→

na rua e viver apenas dentro deste apartamento, incomunicável pelos próximos anos.

- ~~Fingir minha morte?~~
- ~~Passar casualmente na frente da casa do Vladimir pra ver se tem alguma placa indicando que a casa está desocupada.~~
- ~~Se ele estiver do lado de fora ou nos arredores (duvido), fingir que não o conheço. Se ele insistir em falar comigo, fingir que tenho só alguma vaga lembrança, mas até já me esqueci quem ele é e perguntar o nome dele de novo.~~
- Arranjar um namorado que me valorize e me ajude a superar o trauma do meu último relacionamento.
- Me casar e construir uma vida a dois no Brasil porque, se eu sair do país, posso encontrar o Vladimir e o Brasil é o meu território por direito.
- Tomar banho.

Mãe
on-line

Sexta-feira, 2 de julho de 2021

oi, mãe.
19:02

queria saber se tá tudo bem. eu vi que a cozinha pegou fogo pelo jornal uns dias atrás.
19:02

fiquei preocupado.
19:02

ai filho, graças a deus você mandou mensagem
19:02

sim, está tudo bem. ninguém se machucou, estragou aquele móvel que ficava do lado da geladeira, mas não perdemos mais nada além disso. foi controlado bem rápido.
19:03

que bom, mãe. fico aliviado que está tudo certo. que perigo
19:03

e com você, meu filho? está tudo bem?
19:03

queria pedir desculpas. não queria fazer isso por aqui, escrito assim, mas é o jeito. percebi que não tenho sido uma boa pessoa com você.
19:04

Mãe
on-line

esses dias todos e esse incêndio me fizeram perceber que eu dependo demais de você. 19:05

está tudo bem comigo. é, mãe, a gente precisa conversar. estou muito chateado porque perdi o emprego. você acabou falando no jornal que eu estava namorando com o Vladimir e por conta disso o RH da empresa descobriu. 19:05

ah não, filho. eu já estava me sentindo culpada, agora estou mais culpada ainda. 19:05

é, acho que ia acabar acontecendo mesmo uma hora ou outra. não foi esse o único motivo, no final... 19:05

eu e o Vladimir brigamos também. 19:05

ah, filho, eu sinto tanto. de verdade. sua mãe tem sido péssima. eu peço desculpas de novo. estou tão envergonhada com a situação. 19:06

eu juro que quero muito mudar a forma como tenho te tratado, mas ainda é muito difícil pra mim. 19:06

Mãe
on-line

> acho que você pode começar sabendo que vai ser uma transição lenta, mãe, mas que você vai precisar me ouvir mais nesse processo.
> 19:06

eu tô preparada pra te ouvir mais, meu filho! tô, sim!!!
19:07

> que bom, mãe.
> 19:07

você quer jantar aqui hoje agora que estamos resolvidos? você acha que consegue trazer uma sobremesa? 19:07

> não é assim que funciona, mãe
> 19:08

> eu preciso que você respeite um pouquinho mais o meu espaço e entenda que eu não vou estar aqui sempre. e que você não pode e não deve depender de mim o tempo todo pra ser feliz. eu também tenho uma vida.
> 19:08

> e a sua vida é só sua, e a minha é só minha, e a gente precisa desenvolver laços de um jeito que você goste de mim e me valorize por quem eu sou, e não pelo que eu posso fazer por você.
> 19:08

Mãe
on-line

> você pensa um pouquinho nisso antes de a gente decidir que está tudo certo? 19:08

desculpe, meu filho. 19:08

> só pensa com carinho no que eu te falei, ok? 19:09

> e depois a gente conversa mais. quando eu estiver com a cabeça mais fria e sentir que é o momento. 19:09

tudo bem, meu filho. eu vou pensar no que você disse. fica bem, viu? 19:09

e agora que você está sem emprego, estamos aqui à disposição. se precisar que a gente pague alguma conta ou te ajude de alguma forma, por favor, avisa. 19:10

mamãe ama você demais e quer mudar. 19:10

> tudo bem. obrigado, mãe. 19:10

por nada. 19:11

Rifa dos amigos: Gela...
Janaina, Neuza, Zil...

Sexta-feira, 2 de julho de 2021

Janaina Souza
olá pessoal, boa noite 19:51

Janaina Souza
como todos vocês viram no jornal, minha geladeira nova pegou fogo. a gente perdeu a geladeira e um móvel da cozinha aqui de casa e também precisamos consertar a parede, que ficou toda preta. 19:52

Janaina Souza
por isso, vamos fazer uma nova festinha aqui em casa para arrecadar fundos. a gente se compromete a ceder o espaço e dar o cachorro-quente. precisa de gente que traga bebida e mais comida. e tragam dinheirinho pros fundos. vai ter brincadeiras legais!!! vamos gente, vamo animar!!! 19:53

Janaina Souza
sei que está em cima, mas vai ser amanhã e espero todo mundo!!!!! amanhã às 20h aqui em casa. nem pensem em dizer que não podem, viu? preciso de ajuda pra pagar a reforma, me ajudem!! 19:54

Rifa dos amigos: Gela...
Janaina, Neuza, Zil...

Zenaide
mais festa? conta comigo sim janaina já vou aproveitar levar um bolinho e uns salgados pode deixar comigo que aí já deixo pra degustação do povo. se alguém não puder levar nada vou estar fazendo encomenda de salgadinho doce e bolo pra festa ok? tratar comigo no privado para acertarmos a questão do pagamento
19:57

Neuza Souza
favor ajudar festa comprar geladeira reforma casa deus abençoe champanhe favor alguém trazer
19:59

Letícia ♥
vizinha, íamos ter aula de ponto-cruz aqui amanhã à noite, mas como é uma causa importante, estou cancelando a aula de ponto-cruz, ok? acho que todo mundo que ia vir está aqui nesse grupo. E se alguém aparecer a gente só vai pra festinha na Janaina.
20:00

Janaina Souza
obrigada, letícia, você é um amor. eu não ia conseguir ir na aula de ponto-cruz mesmo, então vou me juntar a vocês quando remarcar.
20:01

Rifa dos amigos: Gela...
Janaina, Neuza, Zil...

Letícia ♥
ótimo, Janaina! vou levar bebidas, conte comigo   20:01

Neuza Souza
champanhe?   20:02

Letícia ♥
não dona neuza, vou levar bebidas não alcoólicas pois minha religião não permite   20:02

Neuza Souza
ok tristeza de vida alguém favor trazer champanhe ok   20:03

Sônia Souza
boa noite precisa levar pinga do seu toneco? aproveita já avisa que eu pego no sítio dele senão fica que nem na outra festa que ficou meio em cima você sabe como lá é longe janaina. mas eu vou sim conta comigo e com o Jaime   20:06

Janaina Souza
tia, só traz se a senhora for beber.   20:07

Sônia Souza
ok então levar pinga do seu toneco   20:09

Rifa dos amigos: Gela...
Janaina, Neuza, Zil...

Zilda Gomes
Janaina, querida, pode deixar comigo! Chego cedo para ajudar você na decoração, viu? E Zenaide, vou mandar mensagem no privado pra gente falar sobre os salgados
20:10

Janaina Souza
zilda, mulher, te chamo no privado pra gente conversar sobre a festa.
20:11

Zilda Gomes
tá ótimo, querida, chama sim. 20:11

Zenaide
opa Zilda chama eu sim posso fazer o que você precisar tem croquete coxinha empadinha de palmito um sucesso essa empadinha viu, muita gente gosta dela. também tem risóle enfim muita coisa mando as opções via privado ok mas só deixando aqui pra outros que talvez queiram.
20:14

Janaina Souza
tá ótimo zenaide, manda pras pessoas no privado, ok?
20:16

Rifa dos amigos: Gela...
Janaina, Neuza, Zil...

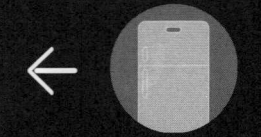

Janaina Souza
por favor, confirmem participação pra mim no privado também se não quiser mandar aqui pra eu ter noção de números. 20:17

Janaina Souza
boa noite pra todo mundo 20:18

Nic Melo
on-line

Sábado, 3 de julho de 2021

amigo, eu tenho um programa imperdível pra hoje e preciso que você vá comigo. é um negócio aqui que fui convidada e posso levar mais uma pessoa. 9:20

eu tenho certeza que você vai gostar. 9:20

ai amiga, hoje eu tô meio pra baixo... não queria sair de casa 9:27

por favoooor... 9:28

mas o que vai ser? 9:28

então, é um evento chique pro qual fui convidada... queria muito ir, mas não quero ir sozinha 9:29

tenho que chegar lá umas 20h, então eu precisaria que você se aprontasse até umas 19h30 9:29

ah, eu agradeço mesmo o convite, mas acho que vou ficar em casa mais tarde... realmente não tô muito na vibe 9:29

vai ter comida de graça 9:30

Nic Melo
on-line

> sério?
> 9:30

sim. comida boa, à vontade e de graça. 9:31

> bom, então eu me vejo na OBRIGAÇÃO de ir
> 9:31

beleza 9:32

mas a gente precisa sair daqui sem atraso, ok? senão vai ficar feio pra mim de verdade 9:35

> beleza, amiga
> 9:35

> mas não é coisa de trabalho, né? não vai ter ninguém da Innovativ lá?
> 9:35

claro que não, amigo. você acha que eu convidaria você pra um evento desses? 9:36

> sei lá né
> 9:36

não, fica tranquilo e confia em mim. você vai gostar. 9:37

Nic Melo
on-line

> beleza. umas seis e pouco começo a me arrumar pra não ter correria. não se preocupa.
> 9:38 ✓✓

é assim que se fala. 9:39 ✓✓

Vladimir Varga
on-line

Sábado, 3 de julho de 2021

> oi, aqui é a Nicole
> 09:45

> a minha parte tá feita. ele aceitou ir
> 09:45

obrigado, Nicole. de verdade. 09:45

> você conseguiu pegar as ilustrações que eu deixei na casa da mãe do Thiago? são as que estavam na pasta dele aqui no apartamento
> 09:46

sim, deu tudo certo. já arrumei um lugar pra elas também. 09:46

> beleza então. feliz que deu certo.
> 09:47

> mas viu, escuta aqui
> 09:47

pode falar. 09:48

> se você fizer qualquer coisa hoje ou em qualquer outro dia que machuque o Thiago de novo, eu vou comer você na porrada, ok?
> 09:50

Vladimir Varga
on-line

> eu te ajudei dessa vez porque vocês dois têm coisas pra resolver e conversar e porque acredito que você talvez seja um pouco bom
> 09:50

> mas é a sua última chance. eu não costumo ser legal assim com quem acaba com o coração do meu amigo.
> 09:51

entendido, Nicole. eu juro que não vou desperdiçar minha chance. 09:51

e obrigado por ser uma amiga tão boa para o Thiago 09:51

> de nada. agora vê se não pisa mais na bola, ok? e melhore como pessoa.
> 09:52

obrigado de novo. 09:52

eu juro que você não vai se arrepender. 09:53

EXPOSIÇÃO

Uma vida em arte:
um olhar sobre o trabalho ilustrado de Thiago Souza

Data: 3 e 4 de julho de 2021
Horário: A partir das 20h no dia 3,
das 9h às 20h no dia 4
Preço único: R$5,00

Todos os fundos arrecadados serão revertidos para a reforma da cozinha e compra da nova geladeira da família Souza.

HAVERÁ LOJINHA E OFICINAS PAGAS!

Curador: Vladimir Varga
Apoio: Nicole Melo, Janaina Souza e Zilda Gomes

Uma livestream da abertura da exposição ocorrerá no perfil **@ZildaGomesOficial** no Instagram!
Caso não possa comparecer, acompanhe e compartilhe.

ZildaGomesOficial   AO VIVO   ◉139

Zilda: Oi, povo querido que tá chegando agora na live! Estamos todos aqui na frente da casa da Janaina aguardando para poder entrar na exposição das artes do filho dela. Nossa, já tem cem pessoas nessa live? Opa, que beleza. Se você mora aqui em São Paulo, pode vir, viu? Aparece aqui durante o dia amanhã. E compartilhem a live com as pessoas para a gente conseguir aumentar as visualizações e fazer as artes dele ficarem famosas e valorizadas. Deu uma trabalheira pra ajudar o… enfim, vocês vão ver, acho que…

(Todos os presentes batem palma. Os portões do quintal se abrem.)

Zilda: É isso, gente, a exposição vai começar! Vocês tão vendo aquele palquinho ali que o Vladimir tá em cima? Então, eu que fiz. Improvisei com uns caixotes de MDF cru e usei aquele grampeador de gatilho, sabe? Posso fazer de novo e mostrar tudinho pra vocês aqui no Instagram… Ai, desculpa Vladimir. Sim, pode começar a falar, vou virar a câmera, um minuto… isso.

Vladimir: Mas eu não quero atrapalhar a sua…

Zilda: Não, que bobagem…

Vladimir: Posso começar?

Zilda: Sim, vai, começa. Pessoal, não é pra entrar ainda na exposição! A inauguração vai ser aqui no palquinho. Isso, Zenaide, vem aqui antes, que o Vladimir vai falar sobre a exposição. Depois você come. A comida não vai fugir. Isso, vamo gente, tô com a live aberta aqui no Instagram, poxa vida…

(A filmagem muda para a câmera traseira e Vladimir entra em foco em cima de um palco improvisado de caixotes de MDF cru.)

Vladimir: Boa noite, gente!

(Pausa.)

ZildaGomesOficial

Vladimir: Bem-vindos à exposição *Uma vida em arte: um olhar sobre o trabalho ilustrado de Thiago Souza*. Eu sou o Vladimir, curador da exposição, e tive apoio de três pessoas bem importantes pra que tudo isso acontecesse. O objetivo desse evento é expor as obras do Thiago Souza e mostrar toda a evolução de um artista genial, alguém que cresceu bem aqui no bairro de vocês. Um artista muito talentoso, aliás. Expor as próprias obras é um sonho dele, e a gente tá só ajudando na realização desse sonho. A mãe do Thiago cedeu alguns desenhos que estavam em pastas antigas dele para mostrarmos como as coisas começaram e se desenvolveram com o passar do tempo. Vocês sabem que as ilustrações do Thiago se comunicam principalmente pelas expressões das emoções, a partir das formas e dos ângulos corporais bem demarcados, certo? É impressionante como o traço dele evoluiu e foi demonstrando cada vez mais emoção, partindo de traços mais duros e retos até os atuais, mais fluidos e mais redondos. O Thiago também desenha corpos gordos como ninguém... Vocês vão ver um autorretrato lindíssimo que estava numa pasta dele ali na sala e vão entender que esse estilo de retratar as pessoas e essa visão dele de desconstruir a estética esperada da representação de um corpo é muito, muito interessante. Acho que ele compreende como ninguém que a beleza não tem forma, cor, nem tamanho, e é importante que a gente entenda isso pra ter uma compreensão maior da visão artística dele e do que ele quer comunicar com a própria arte. Por fim, eu trouxe um desenho muito especial pra mim, que foi feito no momento em que eu soube que o Thiago era o melhor cara que eu já conheci na vida: um polvo muito simpático. É lá que acaba a exposição, onde a ilustração do polvo está em destaque, mas está tudo bem explicado no programa que vocês vão receber. Talvez vocês até tenham visto essas telas por aqui, se já estiveram na casa dos pais dele, mas nem soubessem que foi ele quem pintou. Agora vão saber o nome do artista, a data da obra e entender a trajetória do Thiago.

(Pausa. Vladimir olha para a multidão, mas não parece encontrar a pessoa que está procurando.)

Vladimir: Teremos também uma pequena oficina de ponto-cruz, gentilmente oferecida pela Letícia, vizinha aqui do bairro, para que todos nós exercitemos um pouco a nossa criatividade e a forma como nos expressamos. Vai ser lá dentro, ao lado da exposição. A oficina vai ser paga pra arrecadar fundos e começa às 20h30.

Zilda: Calma, Zenaide, você vai pra lá depois, mulher... É só às 20h30... Espera isso aqui terminar...

Vladimir: Além disso, vamos ter uma lojinha pra arrecadar fundos também. É mais uma brincadeira, mas eu... eu meio que tive essa ideia. Porque queria arrecadar fundos e queria... me expressar, sabe? A gente vai vender uns panos de prato com artes do Thiago recriadas por mim e pela Janaina. São poucas unidades e vão começar a ser vendidas assim que a exposição começar.

(Silêncio. Vladimir ainda procura alguém na multidão, mas continua sem encontrar.)

Vladimir: Bom... independentemente de o Thiago estar aqui e me perdoar ou não, eu quero mostrar que de fato o que ele fez por mim foi importante. Ele me transformou. A forma como ele olha pro mundo e registra isso nessas ilustrações e pinturas que vocês vão ver é tão potente que me fez enxergar o mundo de outra forma e me mudou de verdade. Tudo sempre é tão... bonito. Acho que ele me mostrou que existe beleza em tudo. É tudo tão confortável. E agradável. E colorido. E aí... eu fui percebendo que essa minha vida formal, certinha e fria é chata demais. Eu preciso de calor, preciso de conforto. Não no sentido de precisar de luxo, mas de um conforto que vem das pessoas, um acolhimento; eu preciso de afeto e de... um lar. Uma conexão. Preciso ter com quem contar. Preciso saber que a minha vida não está solta no mundo. E encontrei tudo isso aqui, pelo olhar de um cara incrível.

(Pausa. Vladimir respira fundo.)

Vladimir: Sabe, não foi só ele. Todo mundo aqui foi um pouco responsável por me mostrar que a gente precisa pertencer a algum lugar, e não necessariamente à nossa família. Então hoje eu também queria usar essa oportunidade para agradecer a algumas pessoas... queria agradecer à Zilda, que logo que eu cheguei no Brasil me chamou pra uma festa junina sem nem me conhecer, mas de uma forma tão sincera e receptiva que me fez querer participar... e que também me ofereceu uns produtos da Avon.

Zilda: Ô, querido, não precisa nem agradecer. E eu ainda estou vendendo Avon, se alguém quiser a revistinha, mas... desculpe, querido, continue...

Vladimir: Eu também queria agradecer à Janaina Souza, mãe do Thiago, por todo o apoio que ela demonstrou a esse evento e por ter me recebido tão bem quando cheguei no Brasil, permitindo que eu estivesse na festa junina. Queria agradecer à avó do Thiago por torcer por mim e por ter sido tão receptiva também. Queria agradecer à Nicole, amiga do Thiago, que me deu uma segunda chance... como poucas pessoas me deram na vida. Ela acreditou em mim e me fez entender que erros acontecem e a gente precisa querer melhorar. Queria agradecer a todos vocês aqui do bairro pelo carinho que demonstraram por mim e pelo aconchego que me deram. Por me adotarem como parte de quem vocês são. Obrigado por tudo. Eu... eu acho que amo vocês. E é a primeira vez que eu conheço pessoas de fora do meu trabalho e me importo com elas de verdade.

(Pausa. Vladimir suspira fundo e parece emocionado. A plateia segue em silêncio.)

Vladimir: Às vezes a gente sabe que o amor da nossa vida está bem na nossa frente, mas mesmo assim não cuidamos direito dele. Eu não consegui mudar minhas ações pelo Thiago quando ele precisou de mim. Cometi um erro feio, mas também aprendi muito. O Thiago merece isso aqui e muito mais. Merece que as pessoas demonstrem que amam ele, merece não ser deixado de lado por qualquer motivo. Merece que cada pessoa aqui entenda quem ele é, veja a essência dele nas obras e valorize e priorize ele por quem ele é. Espero que todo mundo aprenda com ele hoje. E que gostem da exposição. É isso. Os programas estão ali e a entrada é aqui. Fiquem à vontade.

(Palmas. As pessoas começam a se mover e se dirigir à porta atrás do palco para entrar na casa. Vladimir parece apenas encarar o chão. De repente, um burburinho vem do portão. A câmera mostra o fundo do quintal. Thiago e Nicole entram pelo portão.)

(Thiago para na frente do palco, Vladimir o encara.)

Thiago: E... E aí?
Vladimir: E aí?

(Silêncio.)

ZildaGomesOficial

Vladimir: Você... quer um programa?

(Vladimir desce do palco e estende o folheto para Thiago. Thiago o pega e encara o papel.)

Thiago: Obrigado.

(Silêncio.)

Vladimir: Eu...
Thiago: Eu...

(Silêncio.)

Vladimir: Pode falar primeiro.
Thiago: Não, tudo bem. Fala você primeiro.
Vladimir: Certo. Na verdade, eu só queria te pedir desculpas. Eu cometi um erro enorme. Fui idiota e não consegui priorizar o que a gente tinha... que era a melhor coisa que me aconteceu na vida. Eu não soube amar você do jeito que você precisava, não soube dar razão pra você no momento em que você mais precisou de mim. Não soube valorizar você.

(Vladimir soluça, emocionado.)

Vladimir: E queria também agradecer por você ter me mostrado quanto eu era solitário e por ter me acolhido e me ajudado a me integrar. E por ter me mostrado que uma vida com apoio e amor de verdade é melhor do que tudo. Acho que... eu nunca me senti tão vivo quanto nesses últimos tempos no Brasil. E devo tudo isso a você. Obrigado por ser um cara tão incrível. Daqui pra frente eu quero tentar... Bem, quero tentar construir uma vida legal, que faça mais sentido pra mim, sabe? E esse desejo só veio porque você existiu nela e me impactou. Mesmo... mesmo que você continue me odiando,

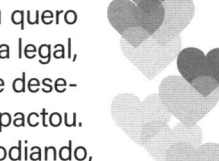

ZildaGomesOficial AO VIVO 1703

seu impacto na minha vida foi tão genuíno que... que eu quero continuar tendo isso. Mesmo que não seja aqui. Mas está na hora de encontrar esse sentido.

(Pausa. Vladimir funga, limpa as lágrimas.)

(Thiago encara Vladimir.)

Thiago: Olha, eu vou ser sincero, a Nicole me trouxe até aqui e eu não queria entrar. Mas ela pediu pra eu pelo menos ficar do lado de fora e escutar o seu discurso, e, depois disso, se eu quisesse a gente podia ir embora.

(Vladimir soluça. Thiago olha para o chão.)

Thiago: Eu sei que você estava sendo pressionado, eu li a sua mensagem. Mas mesmo assim eu não consegui não me sentir machucado pelo que você fez.

Vladimir: E eu entendo totalmente. Sabe, eu poderia... eu poderia ter defendido você. Eu poderia ter gritado para aquele cara que ele é um babaca, que ele não poderia te tratar daquele jeito. Eu queria ter te abraçado e saído daquele lugar. Mas eu fui covarde e frio demais, não pensei em nós dois.

(Vladimir limpa mais lágrimas. Silêncio.)

Thiago: É. Faz sentido. Mas, sabe... você está aqui. No fim foi bom eu ter vindo. Foi você que fez tudo isso aqui por mim.

Vladimir: E a Nicole. E a sua mãe. E a Zilda.

(Risos.)

Zilda: Oi, Thiago! Dá oi pro Instagram.

(Uma mão se projeta de trás da câmera e acena para Thiago, que encara com uma expressão confusa.)

ZildaGomesOficial

Thiago: Enfim. Mas foi você quem pensou nisso. E escutar tudo o que você falou hoje sobre... sabe, sobre pertencer a um lugar que realmente ama e que te ama de volta... Isso me deixou... feliz. Porque me fez perceber que eu consegui fazer por você uma coisa que demorou até pra que eu mesmo entendesse. E sou muito grato por você também ter estado na minha vida nos últimos tempos, porque me fez enxergar que eu podia valer a pena. Que... que eu importava. Eu te perdoo, Vlado.

Vladimir: Você me perdoa? Mesmo eu tendo sido um completo idiota?

(Silêncio.)

Thiago: Mesmo você tendo sido um completo idiota. Porque a gente às vezes é idiota mesmo. Você veio aqui e fez tudo isso por mim porque gosta de mim. Sem esforço. Sem exigências. E, pra mim, isso... bem, isso é muito, muito importante.

(Thiago também chora, e Vladimir se aproxima dele.)

Vladimir: Eu... posso te abraçar? Eu juro que é só um abraço. Não acho que a gente precise voltar nem nada, é só que...

Thiago: Não.

(Vladimir dá um passo para trás. Thiago dá um passo para a frente, se aproximando de Vladimir.)

Thiago: Porque sou eu quem quer te abraçar. E te beijar, se você deixar.

Vladimir: Eu deixo você fazer o que quiser comigo, Thiago.

(Thiago dá um beijo em Vladimir, envolvendo-o com os braços. A cena dura alguns segundos.)

Thiago: A única coisa que eu consigo pensar agora é que não acredito que o polvinho que eu desenhei pra você está em destaque na exposição, como se fosse uma obra de arte.

Vladimir: Mas é uma obra de arte. Eu amo o Thiago, não fala mal dele.

(Risadas.)

Thiago: E eu amo você.

Vladimir: Eu também amo você.

(Thiago e Vladimir se beijam de novo.)

Zilda: O amor venceu! Vocês dois aí têm mais algum recado pra mandar pras pessoas que estão na live? Tem mais de duas mil pessoas on-line!

(Thiago e Vladimir não escutam e continuam se beijando. Nicole aparece diante da câmera, mais próxima de Zilda.)

Nicole: Mais de duas mil pessoas? Que porra é essa? Onde você divulgou essa live?

Zilda: Acho que é melhor eu encerrar, né?

Nicole: Sim, é melhor você encerrar, eu acho que fugiu do controle.

Neuza: Nicole, minha filha, como você tá? Dá aqui um abraço, fiquei sabendo da sua avó.

Nicole: Oi, dona Neuza. Que saudades da senhora...

Neuza: Ô, minha filha! Você ainda tem uma avó aqui, viu? Pra quando precisar.

(Nicole começa a chorar e abraça dona Neuza.)

– Fim da live –

Domingo, 4 de julho de 2021, 10:15
De: Vladimir Varga
Para: Ladislav Varga
Assunto: RE: RE: Como estão as coisas?

Traduzido do eslovaco ˅

Oi, tio! Tudo bem?

Faz tempo que eu não te mando e-mail, mas fiquei um pouco chateado com o que você disse no seu último.

Bom, estou avisando por aqui que vou ficar no Brasil por tempo indeterminado. Eu me demiti da empresa em que eu trabalhava, a Innovativ, e fui contratado por uma outra agência aqui do Brasil que trabalha com marcas voltadas para ecologia e políticas sustentáveis. Parece um desafio interessante, estou bem empolgado.

Além disso, lembra do cara que eu falei no meu último e-mail, o Thiago? Eu tenho certeza que o senhor vai gostar dele quando conhecê-lo. É um homem incrível, artista e muito, muito bonito. Estamos num relacionamento sério. Começamos a procurar apartamento e vamos morar juntos.

Por favor, fique à vontade para nos visitar aqui no Brasil se quiser. Devo voltar para a Eslováquia nas férias para te dar um abraço, ver como estão as coisas por aí e, quem sabe, levar o Thiago para você conhecer.

Com amor,

Vlado

VLADO
on-line

Sexta-feira, 9 de julho de 2021

gatinho 14:42

acabei de ver um porta-guardanapo em formato de gato que talvez seja tudo o que a gente precisa pra combinar com o jogo de talheres com o cabo de gato que você comprou naquele site suspeito na semana passada. 14:42

devo comprar? 14:42

sim!!!!!!!! 14:42

até porque o porta-guardanapo que eu usava com a Nicole ficou lá no apartamento. era dela, achei melhor deixar lá pra ela usar a partir de agora. 14:43

beleza 😌 já tá no carrinho 14:43

e você conseguiu ver por aí se precisa de mais alguma coisa além das lâmpadas e do chuveiro? 14:43

que aí aproveito e compro tudo logo 14:43

VLADO
on-line

> eu ACHO que não precisa de mais nada. a empresa que veio fazer a faxina acabou de ir embora e parece que tá tudo funcionando de boa.
> 14:44

> mas se você por acaso vir um vasinho de plantas que combina com aquele móvel que vai ficar na sala, por favor traga sem pensar duas vezes hehehe 😑
> 14:44

mas a gente já não tem um vaso de plantas pra esse móvel? aquele que eu mandei entregar no seu apartamento na semana passada.
14:44

> hehehe o Hugo quebrou
> 14:44

porra, Hugo... 14:44

> eu avisei que ele tem problemas seríssimos de comportamento 😑
> 14:44

mas eu amo ele demais mesmo assim 😍 14:44

> eu também!!!!!
> 14:44

> MUITO!!!
> 14:45

VLADO
on-line

aliás, vi um anúncio no jornal essa semana de um cara que educa pets, chamado Pai de Pet... talvez seja uma boa... só pro Hugo ser um pouquinho mais tranquilo 14:45

hm. pode ser uma possibilidade. 14:45

é, vale tentar. 14:45

eu não tô nem acreditando que a gente se muda amanhã. 14:46

eu mal consigo acreditar também. é muito incrível. 14:46

já pensou? nós dois... num apartamento só nosso... vivendo nossa vidinha? eu vou poder acordar de manhã, olhar pro lado e ver sua cara? talvez eu tenha um treco todo dia, sabe 14:47

acordar de manhã com o Hugo do lado, te dar um beijo, preparar um café gostoso, sentar na mesa com você e ter um dia inteirinho pra gente conversar, transar, jogar videogame, ter você ali do meu lado? é tudo o que eu mais quero na vida. 14:47

VLADO
on-line

> eu amo tanto você. tô tão feliz que até sinto vontade de chorar.
> 14:47

eu também amo você. muito. 14:47

> ah, traz uns dois tapetes emborrachados novos pro banheiro, por favor. eu deixei os que eu tinha com a Nicole também.
> 14:47

pode deixar. 14:48

mas fica tranquilo porque eu tenho certeza que a gente vai ter que vir aqui pelo menos mais umas dez vezes até conseguir comprar tudo o que falta 14:48

a Nicole conseguiu resolver o negócio de passar a titularidade da conta de luz pro nome dela? 14:48

> sim!!!!
> 14:48

> e a mãe dela deve chegar com algumas coisas da mudança dela na semana que vem. ela tá muito animada.
> 14:49

> aliás, chamei elas pra jantar no nosso apartamento na semana que vem, ok? 😊
> 14:49

VLADO
on-line

> quero apresentar você pra dona Ana. você precisa passar no teste dela.
> 14:49

tá tudo bem, eu queria mesmo conhecer a mãe da Nicole. e você pode ficar tranquilo porque eu sou muito bom em passar em testes de familiares 😎 14:49

minha carinha de bom moço engana qualquer um
14:49

> é, de bom moço você só tem a carinha mesmo
> 14:50

> porque eu sei que você é bem safado 😈
> 14:50

você me acha safado? 😏😳 14:50

> é... aquilo que a gente fez ontem foi bem legal 😈
> 14:50

> mas a gente fez barulho e eu tenho quase certeza que a Nicole ouviu.
> 14:50

tá tudo bem, a partir de amanhã a gente vai poder fazer até pior que ninguém vai ouvir, gatinho 😈
14:50

VLADO
on-line

> eu mal posso esperar 😈
> 14:51

> tá, já tá tudo encaixotado no apartamento e o caminhão chega amanhã bem cedo, o moço ligou mais cedo confirmando
> 14:51

> eu já separei suas caixas das minhas, deixei as suas na parte da frente pra elas irem primeiro, ok? daí você vem junto com o caminhão na primeira viagem e começa a arrumar aqui no nosso apartamento enquanto eu oriento ele a carregar a mudança lá no meu
> 14:51

tranquilo. 14:51

> já se prepara psicologicamente porque o Hugo fez xixi em uma caixa sua, eu acabei de ver
> 14:51

eu não acredito 😳 14:51

ligando para o Pai de Pet AGORA! 14:52

> eu não vou abrir a caixa, tá? vou esperar você chegar pra ver o tamanho do estrago hahaha socorro
> 14:52

VLADO
on-line

> você chega em casa que horas? só às 18 ou vai ficar até mais tarde?
> 14:52

pedi pra tirar o resto da tarde depois do almoço hoje pra gente deixar as caixas nos trinques e fazer o que mais precisar 😅 14:52

meu chefe falou que tava tudo certo. então saindo daqui eu já vou pra casa. 14:52

> eu amo você tanto 😘
> 14:53

eu também te amo. já já tô aí. 14:53

Rifa dos amigos: Gela...
Janaina, Neuza, Zil...

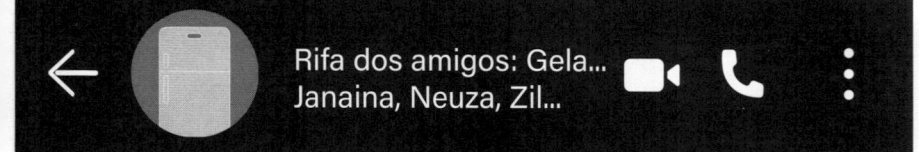

Domingo, 11 de julho de 2021

Janaina Souza
oi, povo! boa tarde! 15:34

Janaina Souza
queria agradecer a presença de todo mundo na exposição no fim de semana passado! deu tudo tão certo, né?
a comida da inauguração estava ótima e entre a venda de ingressos, de panos de prato e da oficina com a letícia, a gente conseguiu levantar bastante dinheiro. 15:34

Janaina Souza
essa semana está tão corrida que não consegui vir aqui no grupo agradecer, mas eu agradeci a quem vi por aí pelo bairro nos eventinhos. 15:34

Janaina Souza
eu e meu marido fomos na terça-feira de manhã comprar a geladeira nova e um móvel para a cozinha. o moço que pintou a parede e consertou a fiação já veio aqui em casa e terminou o trabalho. 15:34

Janaina Souza
deu tudo certo! quero agradecer a todo mundo que contribuiu. 15:35

Rifa dos amigos: Gela...
Janaina, Neuza, Zil...

> **Janaina Souza**
> queria aproveitar para avisar que hoje não vamos poder ter aquele bingo que estava marcado à noite aqui em casa porque vamos para um evento importante.
> 15:35

> **Janaina Souza**
> ele deixou eu falar, então eu vou compartilhar.
> 15:35

> **Janaina Souza**
> o thiago, meu filho, com a repercussão de tudo o que aconteceu e também a exposição que montamos pra ele, foi convidado para trabalhar em um estúdio de animação... ele deve começar na semana que vem. e aí a gente vai pra uma comemoraçãozinha que ele o vladimir vão fazer no apartamento novo deles.
> 15:36

> **Janaina Souza**
> muitas mudanças em pouquíssimo tempo, né? mas esse apartamento foi um achado. a zilda ajudou eles, parece que é de uma seguidora dela. enfim.
> 15:36

> **Janaina Souza**
> muito obrigada a todos que contribuíram para que tudo isso acontecesse!
> 15:36

Rifa dos amigos: Gela...
Janaina, Neuza, Zil...

Letícia ♥
Janaina, fico muito contente em ver que tudo acabou dando certo, no final! 15:37

Zilda Gomes
Janaina, querida, que bom que está tudo se ajeitando! Fico feliz em ter ajudado com o apartamento do nosso novo casalzinho preferido. 15:38

Zilda Gomes
Lembrando a todas e todos do grupo que as revistinhas da Avon desse mês estão incríveis! Cheias de produtinhos ótimos. 15:38

Letícia ♥
Revistinha da Natura comigo, hein? Se precisarem, estou disponível para uma olhadinha sem compromisso. Esse mês recebi alguns testes de produtos e estou dando de brinde para pedidos acima de cinquenta reais. 15:40

Zilda Gomes
Queridas, também revendo Natura. Está mesmo um mimo a revistinha! Recomendo muito! Por aqui, a cada cinquenta reais, estou dando um brinde de tamanho normal dos produtos, nada de testes. 15:41

Rifa dos amigos: Gela...
Janaina, Neuza, Zil...

Zilda Gomes
Se quiserem dar uma olhadinha sem compromisso, é só mandar mensagem aqui. 15:41

Neuza Souza
feliz demais geladeira namorado novo apartamento tudo novo 15:45

Neuza Souza
thiago neto de ouro 15:47

Neuza Souza
favor servir champanhe à noite ok 15:50

Vladimir Varga
pode deixar, dona Neuza, sua champanhe já tá gelando 😉 15:54

Neuza Souza
deus abençoa 15:57

Agradecimentos

Caro leitor, caso você tenha se sentido ultrajado com este livro, ou até profundamente ofendido, e esteja procurando os responsáveis por me fazer acreditar que sabia escrever e que me deram corda para que eu terminasse tal ofensa horrenda à literatura, fico feliz em informar que aqui segue uma lista de nomes. Essas pessoas são tão culpadas quanto eu, porque acreditaram em mim e me fizeram concluir esta obra. Por favor, não as xingue nas redes sociais. Mantenha o tom civilizado e guarde os adjetivos pesados apenas para sua resenha, que talvez chegue até mim. No caso de eventuais elogios, agradeço se os fizer aos quatro ventos. Esses certamente chegarão até mim.

Escrever um livro, como eu descobri ao me aventurar a colocar no papel a história de amor desses dois homens complicados, não é uma tarefa fácil. Escrever um livro em meio a uma pandemia global foi uma tarefa ainda menos fácil. E escrever um livro em meio a uma pandemia global em um formato novo e completamente doido (porque eu sempre escrevi em prosa!) foi extremamente desafiador. Muitas coisas aconteceram no espaço de tempo entre publicar um conto de forma despretensiosa, até de brincadeira, em 2020, e a publicação deste livro: perdi pessoas, precisei de ajuda durante minhas crises de saúde mental e quase deixei esse projeto de lado mais de uma vez. Primeiramente, agradeço a duas autoras incríveis que me adotaram quando eu estava meio caído na sarjeta das palavras, meio moribundo no mundo da escrita, e me ajudaram a fazer do meu livro o que ele é, com dicas imprescindíveis, conselhos preciosos e força nos momentos em que eu estava em ciladas narrativas e precisava de ajuda: Bárbara Morais e Laura Pohl. Este livro com certeza só existe por causa de vocês. Um agradecimento especial também a Luisa Suassuna, minha editora incrível, pelo trabalho cuidadoso, competente e talentoso e pelos comentários nas margens do documento, sempre pertinentes e engraçados, que me fizeram querer continuar a contar a história do Vlado e do Thiago. Obrigado também a Talitha Perissé, Suelen Lopes, Renata Rodriguez, Luísa Lacombe e a todas as pessoas na Intrínseca que me ajudaram e trabalharam no meu livro. Vocês abraçaram esse projeto quando eu precisava de um empurrãozinho e me fizeram avançar e acreditar ainda mais nele. Obrigado!

Também preciso agradecer a duas pessoas que nunca sequer vão chegar perto de ler este livro, mas que com certeza são as principais culpadas por eu tê-lo escrito: Meg Cabot e Sophie Kinsella. Essa obra é uma grande homenagem às duas, então nada mais justo do que agradecê-las. Além disso, quero agradecer a quem me manteve (mais ou menos) são no processo de escrita e a todos que não quiseram me matar com o objeto mais próximo a cada vez que eu falava deste livro, surtava com o enredo, com os personagens excessivamente teimosos ou com qualquer mínimo obstáculo no caminho: Camila Abdanur, Gabriela Benevides, Gui Liaga, Gustavo Sivi, Natália Gonçalves, Nathália Bergocce, Nicole Melo (que, além de tudo, me emprestou seu nome. Obrigado, amiga!), Pedro Martins, Stéphanie Roque, Taissa Reis, Thais Braga, Thais Rocha, Valesca Giuriati, Verônica Siqueira, além da minha psicóloga Camila Bentini (façam terapia!). Agradeço também a minha família pelo apoio e a Nat Busolo (menina, acredita que nós, escritores de fanfic, tínhamos mesmo futuro, no fim das contas? Chocado com essa reviravolta da vida! Espera só até nossa professora de matemática descobrir).

Por fim, agradeço a todos que me ajudaram com meus contos (foi muita gente, mas cito o Fred, do *Sem Spoiler*, e o Vitor Martins, pelas excelentes capas e pelos excelentes livros), a todos que esqueci de citar (porque minha memória é mesmo péssima) e a todos que leem minhas histórias e gostam do que eu escrevo: meu mais sincero muito obrigado!

intrinseca.com.br

@intrinseca

editoraintrinseca

@intrinseca

@editoraintrinseca

editoraintrinseca

1ª edição	JANEIRO DE 2023
impressão	LIS GRÁFICA
papel de miolo	AVENA 70 G/M²
papel de capa	CARTÃO SUPREMO ALTA ALVURA 250 G/M²